文学百年

名家散文自选集

# 山河气象入梦来

刘上洋／著

湖南人民出版社·长沙　民主与建设出版社·北京

**图书在版编目（CIP）数据**

山河气象入梦来 / 刘上洋著. —长沙：湖南人民出版社，2023.2
（文学百年：名家散文自选集）
ISBN 978-7-5561-2827-3

Ⅰ. ①山… Ⅱ. ①刘… Ⅲ. ①散文集—中国—当代 Ⅳ. ①I267

中国版本图书馆CIP数据核字（2022）第010261号

SHANHE QIXIANG RUMENG LAI
**山河气象入梦来**

**主　　编**　李继勇
**著　　者**　刘上洋
**责任编辑**　谭　乐　廖晓莹

**出版发行**　湖南人民出版社［http://www.hnppp.com］
民主与建设出版社
**地　　址**　长沙市营盘东路3号
**邮　　编**　410005

**印　　刷**　三河市冠宏印刷装订有限公司
**版　　次**　2023年2月第1版
**印　　次**　2023年2月第1次印刷
**开　　本**　880 mm × 1300 mm　1/32
**印　　张**　11
**字　　数**　190千字
**书　　号**　ISBN 978-7-5561-2827-3
**定　　价**　49.80元

营销电话：0731-82683348　（如发现印装质量问题请与出版社调换）

# 天风浪浪　海山苍苍

## ——略说刘上洋散文的雄放之美（代序）

古耜

对于散文作家和读者来说，刘上洋的名字应当并不陌生。这位曾在江西省担任过由县到省多层级党政领导，同时又著有《高路入云端》《在前人已有答案的地方》《废墟的辉煌》等多部散文集的“文章太守”，在退休之后，越发呈现出“寄身于翰墨，见意于篇籍”（曹丕《典论·论文》）的精神追求与生命风范。短短七八年间，他在创作出版长达60余万字的长篇小说《老表之歌》的同时，继续精心培育自己的散文园林，先后在《人民文学》《百花洲》《江西日报》等报刊，发表《一座围屋的回响》《万寿宫：江右商帮的精神殿堂》《波涌浪卷西沙情》等一系列散文新作，受到多方好评。近日，作家对自己已发表的散文作品进行了一番盘点，本着选优拔萃的原则，结为《山河气象入梦来》一集，这自然为文坛比较全面地观赏和把握上洋的散文创作提供了方便。

翻开上洋的散文，迎面进入读者视界的，是一个时空阔大、异象纷呈的艺术世界。其笔墨纵横处，既有故国风物的聚光探胜，又有域外文明的撷英采华；既有置身红色历史的深情打捞，又有沉潜传统文化的精心梳理；既有人与自然的真切对话，又有“我”同世相的坦诚交流；既有鞭辟入里的“大品”随笔，又有神思飞扬的赋体文章……而统摄和提领这一切的，则是作家以高昂充沛的主体情致拥抱、激活和驾驭审美对象，进而形成的整体的风格特征，即一种打上了鲜明的个人印记的阳刚之气与雄放之美。司空图《二十四诗品》针对“豪放”一格，曾有“天风浪浪，海山苍苍”的摹状，上洋散文庶几近之？

郁郁九江城，巍巍滕王阁，沉沉金字塔，猎猎好望角，还有成都武侯祠和蜀汉相争的褒贬曲直，关西围屋与客家人创业的前生今世……统观上洋的散文，审美对象每每以宏观、立体、综合的形态出现，是一种全景式的存在。这样的艺术选择很自然地对应并折射出作家以整体见长的思维图式。而在散文创作中，整体性思维的最大优势就在于能够多维多向、圆通周遍地把握既定对象，同时可以进出随意、俯仰自如地表达作家的所见所思，进而促成作品的雄健开阔之美。在这一维度上，《江西老表》堪称难得的佳作。这篇长达1.5万字的作品，先是为“老表”正名，厘清它与江西人的关系。继而联系特定的历史、地理和社会条件，从整体上考察分析江西老表的精神图谱与文化性格，发现其闪光点，肯定其优点长处，同时揭示其劣势，指出其缺憾，进而追根溯源，扬长弃短。这种实事求是、客观辩证地为家乡人文传神写照的努力，表现出作家秉持公心、真爱桑梓的大视野和大胸襟，而留给世人的则是一种勇于自省、勤于自强的大格局、大气象。与《江西老表》有着异曲同工之妙的是《万寿宫：江右商帮的精神殿堂》一文。这篇作品聚焦历史长河里的万寿宫和江右商帮，融入了“审智”元素的夹叙夹议，依次叩问如是问题：江右商帮为什么要以万寿宫作为自己的精神殿堂？打出万寿宫旗号的江右商帮有着怎样的精神特征？江右商帮既然拥有自己的优势，为何最终没有成为赫赫有名的巨商大贾？较之名声远播的晋商、徽商，江右商帮的特点和个性是什么？局限与劣势又在哪里？伴随着作家在这一系列问题上的深入探索和细致阐发，作品无形中成为对江右商帮以至整个江右文化的大盘点、大写意，进而具备了大气磅礴的诗与史的意味。

上洋的散文擅长从“大我”出发，写大事，言大理，抒大情，但并不是简单地唯“大”是取，更不是一味地以“大”写“大”。在有些时候或有的作品中，作家亦常常流露出对“小”的青睐和尊重，以及围绕“小”字展开的艺术匠心。正如作者在后记中所写：“山有高峰，也有峡谷；有奇岩怪石，也有奇花异草。河有大川，也有小溪；有飞瀑流泉，也有浅滩深潭。以小见大，小中有大，方寸纳万千气象，一尺具千竿之势。这也是散文的山河气象。”正是从这样的审美意识出发，锁定小切口谋求大包孕，便成为上洋散文世界里另一道亮眼的风景。

不妨细读《双头鹰的国度》。这篇洋洋洒洒的大散文，把整个俄罗斯当作观察和表现对象，自然是一种大镜像，但其锁定的核心意象却是这个国家的国徽图案：一只金色的双头鹰，一头向左，一头向右。在作家看来，这一图案正好代表了俄罗斯从国家版图到民族性格的某种特点与个性——两种截然相反的东西常常神奇地交织在一起。因此，它可以看作解读这个民族的一把钥匙。正是凭借这把钥匙，作家不仅对自己在俄罗斯看到的一些情况和现象作了有理有据且有趣的诠释，而且通过历史地理的视角，揭示了俄罗斯的国家取向长期摇摆于欧亚两端的原因。这时，一个具体的国徽图案引出了整个国家历史。

《扁担颂》是作家的新作。其中所写的扁担是当年朱德用过的那一条，但这扁担的内涵已不再单单是老一辈无产阶级革命家的艰苦奋斗、身先士卒，而是得到了进一步的丰富和拓展——人民军队用扁担自己动手，丰衣足食；人民群众用扁担挑起物资，支援前线；即使在科技发达、物质丰富的今天，扁担仍然有着特殊条件下的特殊作用。况且共产党人的扁担，说到底是一种精神，一种意志，一种担当，正如作家所写：“扁担就是民心，扁担就是力量，扁担就是使命，扁担就是奉献。”显然，扁担已堪称中国共产党人不朽的精神图腾。还有《一张小桌与一首名词》由毛泽东写下《沁园春·雪》所用的小桌子，联系到一代伟人在中国历史大舞台上的丰功伟绩、雄才大略，仿佛都在证明小中见大，越见其大的创作规律与艺术效果。

在上洋的散文中，无论是大处着眼，抑或小处切入，都有效推动着文本叙述走向风格的丰赡、恢宏与雄放。在这方面，作家一向的策略更多是因境生文，随物赋形，不拘一格。而其中始终不变的，则是恪守一种文章当“为时而著”“为事而作”（白居易《与元九书》）的现实主义精神，即坚持一种以人民性、历史性和思辨性为基本特征的刚健昂扬的主题取向，以此构成作品雄放之美的内在骨骼。请看《万里长江第一湾》。这篇作品将笔墨投向穿行于云南丽江崇山峻岭中的巨大而漂亮的长江弧形，即所谓万里长江第一湾。然其流光溢彩的景观描写并非单单表现大自然的鬼斧神工，而是一种象征化、写意化的存在——长江的特殊形态同中国文化的扬弃性发展，同中国革命、建设和改革的探索前行，同人类进步事业的螺旋式上升互为镜像，融为一体，于是，一种“青山遮不住，毕竟东流去”的雄健之气迎面扑来，感人至深。《波涌浪卷西沙情》记述作家的西沙之行，其笔墨虽重在记游，但由于字里行间融入了作家对当今中国综合国力日益强大、海洋文明骤然崛起的欣喜情思，以及海峡两岸终究是一个中国的历史感喟，所以作品仍然显示出沉甸甸的精神承载。即使像《油菜花咏叹调》这样的情景小品，亦同样穿插了作家对现实生活中商品意识泛化的严肃批评，传递出一种难能可贵的忧患之思。上洋散文所呈现的这种心系天下、直面现实的精神原色，应当与作家长期在领导岗位上的工作实践和思想磨炼相关，正所谓“血管里流出的总是血”。

当然，上洋散文的雄放之美，最终是通过作家在语言修辞层面的精心打造得以实现的，同作家对语言艺术的孜孜追求分不开。从该角度着眼，上洋散文有两点值得关注和肯定。第一，作家很讲究语言自身的美感，并因此而积极向中国古代散文汲取养分。譬如其遣词造句，善用对偶、排比、回环以及古人开发出的双声叠韵等，就中酿造语言的气势与张力；而在句子和句群的调度上，则又注意不同句式的穿插和长短句的搭配，以此形成跌宕起伏的叙事节奏。这样的努力自然为作品的雄健之风提供了坚实的语言内核。第二，生活中的作家原本具有雄健热诚的主体气质，而在其经营笔下散文世界时，又能够将这种主体气质以及在创作中生成的真实的情感体验注入艺术情境之中，让主体激活客体，情感推动叙事，于是乎，一种文章的雄放之美沛然、浩然、凛凛然！正如韩昌黎《答李翊书》所言：“气，水也；言，浮物也。水大而物之浮者大小毕浮。气之与言犹是也，气盛则言之短长与声之高下者皆宜。”

# 山河气象入梦来

## 目录

### 第一辑 · 山河足音



### 第二辑 · 历史回响

## 第三辑·海外涛声

# 第一辑·山河足音

# 万里长江第一湾

## 一

在云南丽江的崇山峻岭中，有一道十分壮美的景观，这就是万里长江第一湾。

大自然的鬼斧神工就是这样奇妙无比。从世界屋脊青藏高原奔腾南下的怒江、澜沧江和长江上游段金沙江，在巍峨绵延的横断山脉里并肩穿流，形成了世所罕见的“川”字形三江并流大观。然而，就在人们认为这三条巨龙会继续以不可阻挡之势齐头向南奔腾的时候，长江却在丽江境内突然掉头绕了一个180度的大弯，毅然地向北飘然而去。然后又折向东方，浩浩荡荡地奔向太阳升起的地方。

这是一次果断的抉择。这是一次伟大的转折。

在人们的想象中，凡是转折处都是关键处，一定是非同寻常、惊心动魄的。但在万里长江第一湾畔，你看到的却是另一番景象。这里没有涛声澎湃，没有巨浪翻滚，没有那种令人胆战心寒的险恶。只见平缓的江流绕着大山在天地之间画出了一个巨大而漂亮的弧形，而且是那样的悠然平静，那样的从容镇定，那样的不动声色。一次决定方向和命运的大转折就这样在波澜不惊中静悄悄地完成了。

也许是亿万年来江水挟带大量泥沙冲积的结果，在长江第一湾处形成了一片不大的开阔地。沿着逶迤的江岸，生长着如同飘带一般的茂密柳林，那随风微微摇曳的绿丝条，不仅把江湾打扮得婀娜多姿，而且把江水染得翠似碧玉。柳林外面是一片平畴沃野，那弯弯曲曲的田埂，不经意地画出了一幅幅太极图。四周群山耸立、峰峦竞秀，那莽莽苍苍的气势，与壮阔的江流交相辉映，使妩媚秀丽的第一湾又平添了许多的雄伟和阳刚。

在第一湾的青山绿水间，藏着一个古老的纳西族小镇。由于虎是纳西族人崇拜的图腾，所以他们最初便把这个小镇叫作“虎族之花”。明代嘉靖年间，当时的土司木高为了纪念其两次征战所取得的胜利，用白色大理石打造了一面直径为1.5米、厚度为0.5米的石鼓，并将其竖立在一座亭子里。这个小镇也就改名为石鼓，且一直沿用至今。据传说，这面石鼓非常神奇，它能像镜子一样观照人间的吉凶福祸。每当天下要出现大动荡或降临大灾难时，鼓面上便会裂开一条细缝。而当天下太平或国家昌盛时，鼓面的裂缝又会悄悄弥合。把一面石鼓变为能预测社会兴衰治乱的神物，这不仅反映了纳西族人天人合一的丰富想象，而且给万里长江第一湾披上了一层更加神秘的色彩。

由于江流平缓和地势开阔，长江第一湾历来就是著名的交通要津和兵家必争之地。据说这里的点将台为诸葛亮当年征战泸水时所筑，这里的石门关为隋朝大将史万岁进军云南时所开。元明两代也都在此设立巡检司。同时，这里还是古代南方丝绸之路和茶马古道上的重要驿站，那古老的街巷似乎还晃动着商贾们忙碌的身影。然而，由于受到种种因素的制约，在过去很长很长的岁月里，人们并不知道这个繁华要地就是扭转长江流向的第一湾。直到1946年春节，有一个名叫范义田的当地学者，在自家的大门上贴出了“山连云岭几千叠，家在长江第一湾”的对联。此后随着这副充满诗情画意和豪迈激情的绝对，万里长江第一湾这个气壮山河的名字便逐渐传扬开来，并震响在辽阔的神州大地上。

谁说景美不怕山林深？如果没有人去发现和推荐，万里长江第一湾恐怕至今都藏在深闺无人识了。何况万里长江万道湾，要发现其中具有决定性意义的第一湾就更非易事了。

所以，并非所有的“第一”都可自然扬名并著称于世的。

## 二

江湾悠悠，江湾长长。

面对滔滔的江水，我的思绪也连绵不绝。一条雄浑苍莽、桀骜不驯的大江，为什么会在这里悄悄地转个大弯呢？是浩瀚东海的吸引，还是对另一方天地的向往？这或许是一个永恒的秘密。但有一点可以肯定，中华民族那一个美丽的江南，那一片耀眼的辉煌，都是长江第一湾“弯”出来的。

难道不是吗？正是长江第一湾，弯出了举世惊羡的壮丽风光。因为有了这次毅然决然的转身，长江才有了那滚滚东去、一泻万里的磅礴气势；才有了在玉龙雪山和哈巴雪山之间陡峭逼仄峡谷里奔腾咆哮所形成的“万仞绝壁万马奔，一线天盖一线江”的虎跳峡旷世奇观；才有了“青山巍巍神女秀，激流险滩恶浪涌”的世界绝景长江三峡；才有了“乱石穿空，惊涛拍岸，卷起千堆雪”的壮观赤壁；才有了鄱阳湖在石钟山相汇相拥、水天一色的浩渺图景；才有了广袤无际、绵延千余公里的大平原；才有了长江入海口那浮在万顷碧波之上的绿色翡翠崇明岛。不仅如此，沿江两岸那雄伟的峨眉、那险峻的巴山、那美丽的匡庐、那奇秀的黄山，以及那大大小小的山山水水，都为我们描绘了一幅幅多姿多彩的画卷。倘若没有长江第一湾，中华大地就会少了许多自然美景，中华大地的颜色也就不可能如此奇绝瑰丽。

长江第一湾，还弯出了中华民族悠久灿烂的文明。可以说，长江有多久，中华民族的历史就有多久；长江有多长，中华文明的源头就有多长。正是伴着长江第一湾东流的涛声，中华文明才逐渐汇成了一条波澜壮阔的历史长河。沿着这条长河，我们可以寻觅到几百万年前远古祖先在森林洞穴中茹毛饮血的生存情景，可以寻觅到原始社会我们祖先以石制器、以土制陶的艰辛创造。特别是进入殷商以后，我们可以看到滚滚江水辉映青铜器火焰所发出的耀眼光芒；可以看到一座座城市像珍珠般在沿江兴起闪亮；可以看到岳阳楼、黄鹤楼、滕王阁等一座座楼台溢彩流光；可以看到乐山大佛、大足石刻、景德镇瓷器和苏州园林的巧夺天工；可以看到川绣、湘绣、苏绣的绚丽多彩；可以看到两岸稻浪、棉海和江上帆影编织的繁华图案。而更为自豪的是，透过长江奔涌跳跃的浪花，我们可以听到屈原发出的深情呐喊；可以听到李白、杜甫、苏东坡等一代代文豪的不朽吟唱；可以听到朱熹、王阳明等哲人的内心独白；可以听到采茶戏、黄梅戏、昆剧和评弹等优美的曲调；可以听到现代中国屹立于世界民族之林的最强音。河流是人类文明的摇篮，文明要靠河流来孕育和滋养。所以，万里长江第一湾，不仅是开启和浇灌长江流域文明的第一湾，也是源远流长的中华文明第一湾。

由此可见，万里长江第一湾是地球母亲对中华民族的一种特殊厚爱，是茫茫上苍对中华民族的一种特别恩赐。于是，我心里不由得暗暗庆幸。假如长江不在这里果断转弯，而是和其他两条江一齐向南奔去，那么在中华大地上不仅会少了一条世界第三大河流，而且中华民族的历史文明也会重新改写。或许是由于这个拐弯过于重大和深远，因而江水在这里也就显得特别的悠缓和沉静。因为长江和人类一样都是有灵性的，在做出任何一个转折性的重大抉择时，不仅需要非凡的勇气，更需要高超的智慧。

万里长江第一湾，大自然深谋远虑的杰作。

## 三

在长江第一湾畔，矗立着一座雄伟的红军长征渡江纪念碑。1936年4月25日，由贺龙、任弼时等率领的红二军团和红六军团的1.8万多名红军就是在这里渡江北上，奔赴抗日前线的。

据说，当时的江面上，小船穿梭、桨声哗哗、红旗飘舞、人喧马叫，场面非常壮观。事情至今虽然已经过去了70多年，但那古老的渡口却在依稀告诉人们当年发生在这里的那一幕威武雄壮的故事。

这时，我情不自禁地把目光投向滔滔而下的江流，继而又向东望去。在离长江第一湾下游不远的东边邻省贵州，有一座小城遵义，当年中国革命的洪流也在那里发生了一个历史性的大转弯。由于党内“左”倾机会主义的错误领导，第五次反“围剿”失败，红军被迫撤出中央革命根据地进行战略转移，开始艰苦卓绝的长征。就在红军遭受惨重损失面临生死存亡的危急关头，我们党及时在遵义召开中央政治局扩大会议，确立了毛泽东同志的领导地位，从而挽救了红军、挽救了党。从此之后，红军犹如一支滚滚的铁流，强渡乌江，四渡赤水，飞夺大渡铁索，跨雪山、过草地，攀越腊子天险，登上六盘高峰，曲折行程二万五千里，最终胜利到达陕北。铁的事实证明，如果没有遵义会议这一历史性的大转折，我们党不可能取得长征的伟大胜利，也不可能取得抗日战争和解放战争的彻底胜利。正是遵义会议这一弯，弯出了中国革命的光明前景，弯出了一个光闪闪的新中国。

其实，只要我们放眼观看，不仅历史长河的关键性拐弯会彻底改变社会发展的走向，会决定一个组织乃至一个国家的兴衰存亡，人生的长河也是这样，有时一个关键性的拐弯，会让一个人的前途和命运发生根本性的变化。刚刚还是山重水复，拐一个弯，忽然变得柳暗花明；刚刚还觉得前程迷茫，拐一个弯，忽然眼前呈现一片新的天地。就说大家所熟悉的郭沫若先生吧。这位出生在长江岸边的赤子，原来是学医的。也许是长江第一湾在冥冥之中感染了他，他郁闷彷徨，反复考虑，毅然决定弃医从文，这一果敢的转身，使他成了一个著名的历史学家和文学家。由此看来关键时刻的拐弯对人生是多么的重要。从一定意义上来说，拐弯就是选择，就是机遇，就是在开始另一种人生方式，就是在发现另一种人生风景，就是在进入另一种人生境界，就是在创造另一种人生辉煌。

但是，在我们的现实生活中，有些人不喜欢拐弯，害怕拐弯；他们喜欢走直路，喜欢直达目标。然而实践告诉我们，世界上是没有直路可走的，一味直行是走不了多远的。长江因为不断拐弯才显得美丽迷人，才能通向万里之遥的海洋；同样，人生也因为不断拐弯才显得丰富多彩，才能到达理想的彼岸。正所谓弯道悠长，直行难远。所以弯路才是自然界和人类社会的正道。弯是一种常态，一种品格，一种胆略，一种眼光，一种坚韧，一种力量，一种被扭曲的壮美，一种最低调的崇高。

如今，万里长江第一湾已经成了一个重要的旅游景点，当地还在这里建造了一座高高的观景台。我想，这不仅是为了让人们登临其上以更好地饱览第一湾的壮丽山水，更重要的是让人们能够看得更深远一些，去感悟历史的律动和生命的真谛。

万里长江第一湾，伟大的天地之湾，深邃的人文之湾！

2012年10月

# 油菜花咏叹调

## 一

又到油菜花开的时节了。

忽然一夜春风起，昨天还是青绿绿的田野变成金灿灿的一片了。

最壮观的是平原地区的油菜花。那无边无际的金黄，像一首气势磅礴的交响诗，随着风的轰轰烈烈的旋律，一直奏响到与蓝天相接的地方。与世间任何事物一样，单独的一株或几株油菜花也许并不醒目，但当难以计数的油菜花聚合在一起，就会汇成一片铺天盖地的金色，让人震撼、让人博大、让人亢奋，在心中油然升起一种高贵、一种阳刚和一种豪迈。

比起平原来，山区的油菜花又是另一番景象。你看，一层层梯田把一道道金黄从山洼托向山腰，好似在青山之间挂上了一幅金色的油彩。在这金黄之中，又涂抹着一片片粉墙黛瓦，舞动着一条条银练般的小溪，灵动中透着妩媚，斑斓中浸着诗意。突然一阵云雾涌来，天地像披上了一层白色的轻纱，金黄的花儿和苍翠的山峰顷刻间不见了。过了不久，云雾消退了，满眼又是一片金黄和青翠。就这样，随着云雾的来来去去，色彩也不断变幻着，一会儿是茫茫的白，一会儿是耀眼的金，一会儿是悦目的绿，使人好似坠入一种如醉如痴的梦境。

不知什么时候，一辆辆大大小小的客车拖来了一群群城里人，于是一阵阵欢声笑语在油菜花海里荡漾开了。大概是第一次看到这么一大片美丽的花儿，开始时大家拿着手机一个劲儿地拍照，巴不得把这金色的世界全都收入镜头。没过多久，不少人觉得这样还不过瘾，于是又玩起了拍照的新花样。有些穿着红衣服的女青年站在油菜花中摆着各种姿势，那画面就是活脱脱的金黄丛中一点红，亮极了。有些妇女摘下披在肩上的红纱巾，拼命地向上挥动并跳跃着，那样子犹如一朵朵红云在金黄的花海中飘动。一些中年男女摆开了一字长蛇阵，各自做着不同的动作，好像在表演着一场花海现场秀。有些老年人沿着花径缓缓徜徉，时而驻足远望，时而低头凝视，孩儿似的童真不时地浮现在他们脸上的皱褶里。有些年轻人干脆扮着各种怪相，随心所欲地玩起了自拍。一对对初恋男女静静地躲在花地一角亲昵细语，仿佛除了这金黄的乐园就没有别的世界。一群群小孩在花丛中奔闹嬉戏，尽情享受这天然花海带给他们的乐趣。这时，不远处，一位老农扛着一张犁头，赶着一头水牛，慢慢地走上了古老的石拱桥。桥头是参天遒劲的古樟，桥下是清澈奔流的溪水，两边是竞相盛开的油菜花，多么绝妙自然的构图呀！惹得许多摄影爱好者赶紧从四面八方围了过来，架起一排排的“长枪短炮”，“咔嚓咔嚓”一阵狂拍，一幅幅新颖怡人的瞬间就此铺展开来。

油菜花，成了现代旅游的一道美丽风景，成了人们闲适生活的一道精神点缀。

## 二

在改革开放以前的很长一段时期里，油菜花可没有现在这么幸运。

那时候，没有谁会去注意油菜花，没有人会去专门观赏油菜花，也没有人认为油菜花也是一种花。同水稻一样，油菜只是农村一种普通的农作物，默默地生长在田野和山沟，只有农民才会重视和爱惜。

因为在庄稼人眼里，这油菜花关系到他们一年的食用油。如果年成好，油菜花开得旺盛，油菜籽就收得多，那么一年的食油就不用愁了；倘若年成不好，油菜花开得稀疏，油菜籽就收得少，那么菜碗里恐怕就有好几个月见不到油花了。

每年深秋来临，是种油菜的最好季节。晚稻收割以后，农民们在一部分田地里撒播红花草，这是来年水稻的主要肥料。不像现在，种水稻全靠化肥和农药。过去是在春耕时把经过一冬长得茂盛的红花草用犁翻入土里沤烂，这样水稻的生长就有充足的有机肥了。另一部分稻田则用来种油菜，俗称“冬种”。这是一门技术性很强的农活，先要把稻田翻耕耙平，接着用锄头扒出一条条浅沟，再接着用草木灰和磷肥把油菜种子拌匀，最后装在撮箕里，沿着浅沟用手一撮撮抛种下去。幼苗长出后，还要进行施肥、排水等田间管理。等到第二年春天，满畈的油菜花开出了一片金黄，不久就结出了牛角似的细长果壳，里面躺着一粒粒又黑又亮的小小油菜籽。这时，农民们一面收割油菜，一面在收割完了的田里种上水稻。

春耕结束后便开始榨油，那场面真有点像打仗似的，但也是最开心最痛快的时候。榨油坊建在村外，油榨用一整根粗大的树干做成，长约五米，直径一米多，中间镂空成一个长方形的油槽。男人们打着赤膊，穿着短裤，腰扎围布，先把一筐筐油菜籽倒进热烘烘的大锅里炒熟，然后倒进碾盘里用牛拉着碾碎，接着装到木甑里蒸熟，再接着取出来填入用稻草垫底的圆形铁箍里，做成一个个坯饼，再接着将坯饼装入油槽里，最后用木楔夹紧。这些程序完成后就可以开榨了。于是，几个身强力壮的中青年便站在一根从屋顶横吊下来的大木槌两边，喊着“一、二、三”，一起用劲把木槌向木楔子狠狠地撞击，随着一声声“咚咚咚”的惊心动魄的炸响，菜油便源源不断地从中间的油孔里往下流。随之一股浓浓的油香味在榨油坊周围弥漫开来，直沁人的肺腑。大家知道，那流下来的不是油，而是生活、是生命、是希望。于是就拼尽全力反复不停地撞击，直到油流渐渐变成了油滴，最后连油滴也没有了，变成了一个个圆圆的渣饼，他们才不得不停下来。晶亮的汗水伴着闪闪的油光，映在他们的脸上就像一朵朵盛开的油菜花。

这是一朵朵怒放在人们心里的油菜花。

也许是生活中越不可或缺的东西，反而越不会被当一回事。对于油菜花，历代文人骚客很少有描写和歌咏它的。宋代诗人杨万里曾写过一首诗：“篱落疏疏一径深，树头新绿未成阴。儿童急走追黄蝶，飞入菜花无处寻。”只不过是把油菜花当作陪衬而已。元代诗人黄庚算是又进了一步，把油菜花喻为烂漫的春色。他在《田家》诗中写道：“流水小桥江路景，疏篱矮屋野人家。田园空阔无桃李，一段春光属菜花。”清代诗人张夏倒是专门写过一首名叫《沁园春·同其年咏菜花》的词，其中上半阕说：“一望金铺，接段分丘，长堤短塘。羡欺桃压李，连天烂漫，迎风著露，遍地飘飏。”这应该是在写油菜花的诗文中最为大气和形象的一首了。

描写油菜花最直观的一首诗当数清代乾隆皇帝所作。全诗是这样的：“黄萼裳裳绿叶稠，千村欣卜榨新油。爱他生计资民用，不是闲花野草流。”初次读来，这首诗确实有点打油诗的味道，缺乏那么一点艺术与诗意，但写出了油菜花的品性，写出了油菜花对于民生的特殊作用。较之文人士大夫们写的那些“唯美”油菜花诗，乾隆的诗可以说思想要开阔得多，意境要高远得多。这也许就是乾隆皇帝与一般文人士大夫的区别吧！

从乾隆的诗中，我们看到了油菜花的另一种美。

## 三

在我的印象中，油菜花旅游热的兴起是近些年的事。让人有些不解的是，世上的花有千万种，人们怎么独独对那一片片生长在庄稼地里的油菜花感兴趣，有的甚至钟情和喜爱到痴迷的程度？

是改革开放提升了人们的审美情趣？是人们想在现代化的五光十色中返璞归真？是油菜花那大片的金黄能给人带来满满的富贵感？抑或是油菜花本身就让人养眼养心又养身？

如今，在许多地方，春天的油菜花已成了一道必不可少的风景。不单单景区是这样，不少农村也把大片的田地种上了油菜花。在这真要佩服第一个发现油菜花观赏价值的人，是他让开在田间地头的油菜花登上了大雅之堂，成了与国色天香的牡丹一样令人瞩目的花卉，并发展成了一个雅俗共赏、欣欣向荣的旅游项目。可见，只要有了敏锐的市场眼光，就能发现商机，创造需求，让一些原本不起眼甚至很“下里巴人”的东西在市场上畅销和流行起来。

其实，岂止是油菜花，过去很多无人问津的东西现在都倒过来了。过去对红薯、青菜、野菜之类，人们根本不屑一顾，现在它们却成了餐桌上的美食佳肴了；过去人们以穿的确良之类的衣服为荣，现在却喜欢穿棉布、粗布衣服；过去人们讨厌到山区和乡下去，现在却一窝蜂似的往那里拥。怪不得现在不少山区和农村都建起了度假村、农家乐，那挂在门前的一串串红灯笼就昭示着这生意非常红火。

我原以为，在景区和农村的田地里种上油菜花供人参观，这是一件一举多得的大好事，既可以让游客享受花的美丽和芬芳，又可以增加景区和农民的收入，还可以为人们提供天然的有机食用油。但不知从什么时候开始，一些景区种的油菜花只是供人参观的，只开花不结籽，就是结了籽也不榨油。我不禁有些愕然，好端端的农田，种些好看但不中用的油菜花，这不是一种奢侈和浪费吗？不仅如此，有些地方为了吸引游客多赚钱，还专门培育出了不同颜色的油菜花，黄、红、蓝、黑、白、橙、紫，可谓是绚丽多彩、美不胜收。可是，这些油菜花好看是好看，闻起来却没有一点香味。这也难怪，无论多棒的动植物，一旦为人工所繁殖，原来的那个天然味道就丧失了。尽管没有花香，但是许多游客还是在花海里流连忘返，久久不愿离去。

由此，我又想到了时下各地正在打造的观光农业。据说这是集农业生产、环境美化和旅游功能于一身的现代田园农业。这创意也许是好的，出发点也无可非议，特别是随着改革开放的深入和人民群众生活水平的提高，各地确实要通过大力发展文化旅游业来不断满足人们日益增长的精神需求。但我们也千万不能忘了，农业是我们的命根子，绝不能为了赚钱把农业弄歪了，在农田里光种一些仅供参观的油菜花之类，一味地去搞那些中看不中用的“花架子”。倘若把农田变成种植花草的公园，把农业变成观光业，那将会严重地影响粮食生产。一个十四亿多人口的大国缺少了粮食，带来的严重后果是十分可怕的。花儿虽然很美，但毕竟不能当饭吃。没有花的日子可能有些单调乏味，然而没有饭吃的日子是万万过不下去的。

油菜花要种，但绝不能单单为了好看。

2021年3月

# 波涌浪卷西沙情

## 一

向往西沙，是从一首歌开始的。那是很多年以前，在电影《南海风云》中听到这首优美动人的插曲时，我心里便萌生了一个强烈的念头，一定要找个机会到西沙看一看。

或许是因为愿望越是迫切反而越不容易实现的缘故，多少年过去了，西沙只能依稀出现在我的梦境里，看来这辈子西沙是去不成了。然而，就在我觉得无望之时，今年年初，一个偶然的机会降临了，我和几位朋友踏上了前往西沙的航程。原以为不可能的事突然之间变成了现实，我想这大概就是生活的魔力所在吧！

据友人介绍，西沙最美丽的地方是石岛，而且就在三沙市首府永兴岛的旁边，并有新修的海堤相连。于是，我们一下飞机，就直奔石岛而去。这是一个面积只有0.08平方公里，海拔高度为15.9米的小岛。由于兀立在茫茫的大海之上，小岛显得峻峭雄伟。在岛的前头，立有一块一人多高的花岗岩石碑，鲜红的中国国徽下，一幅蓝色中国地图庄严耀眼，左边竖写的“中国西沙石岛”几个大字苍劲有力。站在这里，举目远望，无边的蓝色奔涌而来，先是淡蓝、浅蓝，继而是翠蓝、深蓝，渐渐又变成褐蓝、墨蓝，一直延续至极远处，和天空的蔚蓝融为一体。这时海天之间，除了蓝色还是蓝色，显得无比地澄澈和空旷。不像陆地有高山、江湖、草原、森林，有城市、村庄、田野、花园，而这里，只有唯一的蓝色。然而，比起陆地的五彩缤纷来，这唯一的蓝却显出一种特殊的美，这是一种无边无际的美，是一种一尘不染的美。天地的博大、简约和本真在这里得到了完美的统一，这也是美的最高境界。

小岛的东南面是著名的老龙头。这是整个西沙群岛的制高点。一块长条形巨石，嶙峋交错、昂然而立，犹如一条巨龙腾跃在大海之上。风任性地刮着，汹涌的巨浪像狂舞的白练从海面奔来，随即化作滚滚的浪墙撞向礁石，激起一堆堆晶莹的雪花。但前一排浪墙还未消散，后一排浪墙又撞了上来，在礁石上又碎成一片水花腾空而起。就这样，一道浪墙追着一道浪墙，一道浪墙压着一道浪墙，奔腾怒吼，吞云吐雾，好像要把整个大海掀翻似的，场面惊险壮观极了。

在老龙头峭壁上，刻有“祖国万岁”四个鲜艳夺目的大字。这是一名曾在西沙当兵的战士的作品。据说他当年在石岛站岗时，凝望着祖国的万里海疆，胸中总会荡起一股豪情，于是一个美好的构想在他心里酝酿开了。有一天，他找来钻子、凿子和锤子，让四个战友先把绳子的一头固定在礁顶上，再用绳子的另一头拴住他的腰，把他往下吊到礁壁上。他用粉笔先在峭壁上勾勒出字的雏形，接着一点一点凿刻起来，最后又在凿好的字体上涂上红漆。这样，一幅"祖国万岁"的摩崖石刻在祖国的最南端诞生了，并以其特有的风采，屹立在西沙海域的滔滔碧波之中。

在我国，可以说摩崖石刻遍布名山大川，但那大多是帝王将相的风流显摆，是文人骚客的闲情卖弄，是才子佳人的低吟浅唱。但老龙头的这幅摩崖石刻，却是一个普通海防战士从心底发出的捍卫祖国领土主权的铿锵誓言。他刻下的是对伟大祖国的深深爱恋，是保卫祖国领土的坚强决心。无论是其所处的位置和所蕴含的意义，都是许许多多的摩崖石刻无法比拟的。

此时，我的眼睛忽地一亮，大海波涛辉映着红色的石刻，这不就是一幅绝妙而壮美的"碧海丹心"图吗?

## 二

永兴岛是我们此行的第二站。这个面积只有3.16平方公里的岛屿，如今是我国最年轻城市三沙市的政治经济文化中心，处处焕发着蓬勃的生机和活力。如果说石岛是一部原始风光“短视频”，那么永兴岛就是一部流淌着时代气息的“现代片”。

走在小岛上，浓浓的绿色扑面而来。葱郁的树木、繁茂的灌木、如茵的草地和怒放的鲜花，把小岛打扮得绿意盎然，香飘四溢，简直就是一座美丽的花园。透过婆娑的树影，可以看到宽阔的机场、湛蓝的港口、崭新的船舶和高高的灯塔。成片的树阴掩映着道路、楼房，遮住了炎热，洒下了清凉。在参观了陈列着海龟、鲨鱼、砗磲等珍贵动物标本的西沙海洋博物馆后，我们来到了北京路。这条路虽然长度不到500米，但让我们感到格外亲切。整条街道非常整洁和漂亮，两旁有图书馆、学校、电影院、气象站、邮局、银行、书店、宾馆、百货商场、食品店、咖啡馆、餐饮店等。有的还开起了网店，我们看到店主在网上把西沙的金枪鱼、马鲛鱼和石斑鱼等热带海产品销往全国各地。三沙市委市政府大楼位于北京路1号，白色的三层建筑前面是绿色的草坪，正中有一方形旗台。每天清晨鲜艳的五星红旗和海上的红日一起徐徐升起，成了永兴岛的一大景观。

尤其使人欣喜的是，岛上还生长着一片“将军林”。1982年，时任中国人民解放军总参谋长的杨得志上将视察西沙时在这里种下了第一棵树。从此以后，凡是来岛的部队和地方领导都会自觉地在这里种树造林。久而久之，就形成了现在这片蔚为壮观的人工森林。伫立林前，只见那高大的椰子树，那伟岸的抗风桐，那挺拔的木麻黄，那茂盛的小叶榕，就像一个个身穿绿色军装昂首站立的军人，为小岛撑起了一片硕大的绿荫。因为树茂花繁，生态良好，小岛成了鸟儿的天堂，它们成群地在树林里自由自在地飞翔。以至为了确保飞行的安全，每每在飞机起降时，都要放炮驱赶这成群的鸟儿。

在我们的印象中，整个西沙群岛是没有泥土和淡水的，只有甘泉岛上有一口淡水井。那永兴岛种树的泥土和淡水是怎么来的呢？原来，这都是守岛的解放军官兵和渔民们从遥远的陆地上运来的。每个人只要是从陆地上回来，哪怕少带些其他的物品，也要多带上些泥土，这样可以多栽几棵树。就是靠着这种蚂蚁啃骨头的精神，军民们几十年如一日，硬是在一个布满礁石的岛上铺上了一层厚厚的泥土。与此同时，为了解决种树和没有淡水的问题，岛上还设立了一个特殊兵种——雨水收集兵。他们唯一的使命就是收集雨水。别的人都喜欢风和日丽，而他们却盼望天天下雨，而且雨下得越大他们越高兴。每当风雨来临，他们不顾电闪雷鸣，忙前忙后，把收集雨水变成了一场场特殊的战斗。直到岛上的海水淡化厂建成投产以后，他们才卸下了肩上的担子，雨水收集兵也就成为历史，永远留在了海岛人们的记忆里。

我们常常把在沙漠里用人工建立起来的“绿洲”称为人间奇迹，其实，在远离大陆千里之外没有泥土和淡水的海岛上植树造林，要比在沙漠中植树造林艰难得多。由此看来，解放军官兵和渔民们把永兴岛变成了“海上绿洲”，可以说是创造了奇迹中的奇迹了。

三

七连屿，是永兴岛东北部20多公里处海上的一串小岛。从飞机上俯瞰，这串小岛就像一头头巨鲸，列队游弋在海面上。我们到了其中最大的赵述岛。

波浪滔滔的大海，舟楫就是唯一的桥梁。我们是坐着冲锋舟去的。登舟之前，看着要坐这么一条只有10来米长、1米多宽的小艇在海上航行，我们心里有些害怕，但恐惧有时也是一种诱惑。随着马达声响起，冲锋舟如箭一般地离开码头奔向大海，后面顿时飞溅起一条长长的汹涌的浪的尾巴，那感觉真是刺激极了。但没过多久，冲锋舟的速度越开越快，海上的风浪也越来越大，冲锋舟不仅摇晃得更加厉害，而且还大落差地跳跃着。一会儿“唰”地冲上尖尖的浪峰，一会儿又“啪”地摔下深深的波谷；我们也一会儿被高高的浪头吞没，一会儿又从汹涌的浪涛中钻了出来。这情景，简直就是在海上冲浪啊！大概是从来没有经历过这样的惊险，有几个人被吓得发出一声声尖叫，生怕冲锋舟翻到大海里去。就这样在大风大浪中经过了魂飞魄散的半个小时，冲锋舟终于停靠在了赵述岛的岸边，我们也长长地舒了一口气。

没想到赵述岛环境这样幽静。这里没有喧嚣，有的只是海风轻轻地吹，海浪轻轻地摇；这里没有污浊，有的只是朗朗的阳光和甜甜的空气；这里没有绚丽，有的只是那条绿绿的环岛路和弯成了月牙般的海滩。当然，最庄严的是岛中间的中国领海基点方位碑，这是我国岛屿具体位置的标识，也是我国国家主权的象征。后面是一座高耸的风力发电塔，旁边不远处有两栋别致的小屋。小屋是用珊瑚做的，里面墙上挂着赵述岛的历史图片，玻璃柜里摆着从岛上出土的中国古瓷等碎片，还有介绍近几年岛上建设成果的照片和文字。虽然物件不多，但也算是一个简单的展示馆。

在岛上，我们还看见了好几栋小洋楼，那是政府为渔民新建的住房。西沙和南海的渔民，绝大部分都来自海南岛琼海市潭门镇。从很早的古代开始，他们就祖祖辈辈在南海以捕鱼为生。在我们陆地居民眼里，大海是美丽和浪漫的代名词。但对于渔民来说，却是艰苦、恐怖甚至死亡的同义语。可以想象，在科技不发达没有机动船的古代，渔民们长年累月在海上捕捞作业，不仅要克服淡水和蔬菜缺乏的困难，要忍受炎热、孤独以及病痛的煎熬，而且要战胜各种风浪，特别是台风暴雨的袭击，只要稍不留神，就有可能被茫茫的大海吞没。唯一可以安身立命的就是大海的岛礁和小小的帆船。所以，为了应付各种不测，渔民们用经验、汗水、心血和生命写下了一本《更路簿》。这其实是一本航海图，里面详细地记录了西沙和南海每个岛礁的具体位置、形状特征和航行路线。有了它，渔民们才得以乘风扬帆，冲破惊涛骇浪，把中国人民生产生活的身影不断地镌刻在了西沙和南海的岛礁上。也正是在这本航海图的导引下，郑和七下西洋，拓展海上丝绸之路，为中华文明和亚非文明架起了交流和友谊的桥梁。

几千年中国版图形成的历史，是生活在这块土地上的各个民族不断融合的历史，也是中华各族人民披荆斩棘不断拓荒的历史。但由于长期受重陆地、轻海洋的思想观念影响，加上国力所不及，我们对海洋这块“蓝色国土”重视不够，因而在中国版图形成这本厚厚的史册上，镌刻的都是秦始皇、汉武帝、唐太宗、成吉思汗、努尔哈赤等如雷贯耳的名字，却唯独不见开发西沙、中沙和南沙群岛的历代渔民们。不能设想，如果没有历代中国渔民在三沙各个岛礁上生活并留下铁锅、瓷碗、铜钱等大量古代物品，南海诸岛也就不可能成为中国自古以来无可争辩的领土。所以，在中国版图形成的伟大史册上，应当郑重地写上“南海渔民”四个大字。

南海渔民，开拓中国“蓝色疆土”的无名英雄！

## 四

在永兴岛上，有一块海军收复西沙群岛纪念碑，这是1946年11月立的。旁边是一座日本人修建的三层炮楼。其作为日本侵略中国西沙的铁证，一直完整无损地保留了下来。

1931年日本帝国主义悍然发动“九一八”事变，随后又侵占了中国大片领土，南海诸岛也未能幸免。在中华民族面临生死存亡的危急关头，中国人民奋起反抗日本侵略者，并于1945年取得了抗日战争的伟大胜利，西沙群岛也重新回到了中国人民的怀抱。但在1956年，南越西贡政权却派兵占领了西沙的珊瑚岛；1974年又占领了西沙的甘泉岛和金银岛，并打死打伤中国渔民多人，逼得中国不得不进行自卫反击。面对军舰总吨位和火炮最大口径占绝对优势的南越海军，我国海军运用机动灵活的战略战术，经过4个多小时的激战，取得了击沉敌舰一艘，重创三艘的战绩。第二天，又乘胜追击一举收复了被南越侵占的珊瑚、甘泉、金银三岛，用大无畏的英雄气概夺取了中国海军近代以来海上作战的首次大捷。

南越在西沙海战失败后不甘罢休，于是派出六艘军舰驶向西沙群岛，随后又派出两艘驱逐舰增援，摆出一副重新决战的架势。情势十分危急，三岛有可能得而复失。为此，中央果断作出决定，调东海舰队的三艘导弹护卫舰立即南下支援南海舰队。由于两岸关系紧张，原来大陆的海军舰艇从东海到南海都需绕道外海经过巴士海峡。这一次，由于时间非常紧迫，毛泽东主席亲自下令军舰直接由台湾海峡通过。潮声阵阵、夜色沉沉，没有灯火、没有船影，只有我方海军的三艘舰艇冲开黑暗，悄悄地在台湾海峡里向南航行。并于当晚顺利驶过台湾海峡到达西沙。在得知中国军舰赶来增援后，南越当局害怕了，作出了“应避免下一步同中国作战”的决定，随即将全部军舰撤回了。西沙海战最终以中国的完全胜利而结束。

近代以来，外国对中国的侵略，都是从海洋开始的。他们用军舰大炮轰开了中国的大门。在甲午海战中，清政府的海军被日本击败；在抗日战争中，国民党的海军同样又被日本打垮。但西沙一战，新中国海军第一次参加海战，就打败了美国支持的南越海军，不但极大地振奋了全国人民的精神，而且狠狠地打击和震慑了敌人，为我国后来解决南海问题奠定了重要基础。有了西沙之战，才有了我国对整个西沙群岛的控制，才有了南海长时期的和平与安宁，才有了今天我国在南沙群岛填海造岛的壮举。由此可见，和平有时要靠战争来获得。在一定条件下，战争是最好的和平盾牌。当然我们不希望有战争。但一旦敌人来犯，我们就应毫不犹豫地与之战斗，用战争的胜利为和平筑起一道钢铁般的长城。

2019年2月写成

# 遥望珠穆朗玛峰

## 一

去年夏天，我们踏上了被誉为世界屋脊的青藏高原，目睹了珠穆朗玛峰神圣而又瑰伟的风姿。

我们是早晨从日喀则出发的。从这里到珠峰登山大本营约有200公里的路程。在我的想象中，珠穆朗玛峰作为世界第一高峰，在前往它的路途上，一定都是高山峻岭，一定都是悬崖深谷。人坐在车上，一定会感到心惊肉跳，一定会被吓得魂飞魄散。但是实际情形却恰恰相反，车子行了很久，就好似在丘陵地带行驶一样，不但很难看到巍峨高峻的大山，而且还不时会出现一片片绿树、庄稼以至宽阔平坦的田野。倘若不是远处的雪山在蓝空下泛着银光，你肯定会觉得这不是在雪域高原而是在美丽江南了。

然而，随着车轮的飞转，路边的景色却渐渐地发生了变化。就在我们不经意间，路边郁郁葱葱的树木不见了，绿油油的青稞不见了，取而代之的是一些矮小的灌木蹲长在山谷之间。到后来灌木也消失了，展现在眼前的是一片片草原。这些碧绿的小生命从山下的低洼处一直铺向山顶，用微不足道的身躯汇织了一张连绵起伏的天然绿色巨毯。在这无边无际的绿茵中，时而会有一团团乌云和一絮絮白云在飘动，那乌云便是牦牛，那白云便是羊群。放眼望去，碧绿的草原连着湛蓝的天空，地上的羊群辉映着天上的云彩，让人不由得产生一种壮阔而灵动的诗意。在一些山口或高处，挂满了五颜六色的经幡，风儿吹来，掀起阵阵彩色的波澜。看见车子来了，路旁的牧民和小孩不断挥手向我们致意，那憨厚善良的神态，使我们想起了藏族寺庙里大大小小的佛像。不知从什么时候起，草原突然隐退了，除了嶙峋峥嵘的光山秃岭就是乱石遍布的沟壑，一切绿色的生命在这里戛然而止，毫无生机的荒凉使人感到一种窒息，一种恐怖，一种似乎进入了月球似的孤寂。

有人告诉我们，这里海拔已经超过了4500米。但一路上大家似乎没有觉得在登高，这也许是路途曲折漫长，在慢慢爬坡的缘故。其实人生又何尝不是这样，许多新的高度都是在前行途中不知不觉登上去的。

在柏油路的尽头，终于遇到了一座高山。寸草不生的山坡上盘桓着一条简易裸露的土路。车子在凹凸不平的路面上跳跃着、颠簸着，我们被抛得一上一下，身子像散了架似的。特别是车子在经过一个个之字形的弯道时，巨大的惯性一会儿把人甩向左边，一会儿又把人甩向右边。连续大幅度的激烈摇摆，不仅使我们本来由于缺氧引起的头痛变得更加厉害，而且使我们感到一阵阵的头晕目眩，以致肠胃翻腾，直想呕吐。最令人讨厌的是，因为是土路，前面车子卷起的尘土，拖成一条长龙，滚滚飞扬，遮天蔽日，使后面的车子根本看不到前方，只能放慢速度拉开一段距离远远跟行。幸好山的坡度不算很陡，所以尽管山道弯弯，尘土弥漫，这段行程还是比较安全和顺利的。

翻过高山，便是一个村庄，大家惊奇于在这样一个自然环境十分恶劣的高海拔地区竟然有人居住，可见人的生命力是何等顽强。在村庄的后面是一片宽阔的石头河滩，一条小河在中间哗哗奔流。同行的藏族同胞说，这条河是由珠穆朗玛峰的冰雪融化汇流而成。在藏语中，“珠穆朗玛”是大地女神的意思，怪不得这河里的水是那么的纯净、那么的清澈、那么的晶亮，甚至还带有一种神圣的味道。

沿着河岸而上，又行了一段路程，前边山脚下出现了一座寺庙，这就是世界上海拔最高的庙宇——绒布寺。前方是一片开阔的沙石谷地，没有公路，只有车轮碾轧出的道道印迹。这时，只见司机加大油门呼啸着向前冲去，那种无拘无束，那种放纵任意，充溢着一种野性，张扬着一种自由。就在大家为此而血脉偾张、豪情澎湃时，车子吱的一声急刹，猛地在一块不大的土石坪上停了下来。

原来是到了珠穆朗玛峰登山大本营。大家的脸上不禁泛起了一阵惊喜。

## 二

天公作美，阳光灿烂。

此时的珠穆朗玛峰，像一座巨大无比的金字塔，披着银装，晶莹剔透，在蓝天下光闪闪地屹立着，并显露出一种少有的冷峻和阳刚。但没过多久，一团白云又飘然而至，裹在她的身上，若隐若现、半有半无，这时她又像一个披着轻纱的羞涩仙女。面对这座神往已久的世界最高峰，大家都不约而同地向她久久行着注目礼。

不知为什么，我忽然觉得，仰望中的珠穆朗玛峰，并没有此前心目中的那样高大和雄伟。没有那种直插云霄的冲天气势，没有那种“舍我其谁”的王者霸气，没有那种叫人一看就叹为观止的震撼与刺激。不要说和西藏的其他雪山相比没有什么大的不同，甚至在观感上还没有内地的一些山峰那样显得高耸挺拔。我曾在鄱阳湖上遥望过庐山，曾在齐鲁大地上仰视过泰山，曾在关中平原上远眺过华山，胸中都会油然地涌起一股顶天立地、高不可攀的感觉。其实这三座山峰海拔也就在1500米或2000米左右，加起来的总高度也只有珠穆朗玛峰的一半。它们尚且会让人产生如此巍峨壮观的印象，那么天下第一高峰珠穆朗玛峰给人的那种冲击力肯定就更加无法比拟了。试想，一座高达8844米的山峰耸立在人们面前，那该是一种怎样的景象啊！这恐怕是用任何语言都无法形容的。

在登山大本营边的一块台地上，立有一块珠穆朗玛峰高程测量纪念碑。看着上面用醒目的红色数字标明的珠峰高度，再抬头望了望远处的珠峰峰顶，一个问号始终如珠峰的云彩一样在我的脑子里盘旋。为什么在世界第一高峰面前会产生不是很高的感觉呢？这种落差和错觉是怎样形成的呢？这时，旁边有人在问珠峰登山大本营的高度，一声5200米的回答使我恍然大悟，这不就是因为我们所处的位置高吗？站在这样的高度看珠峰，当然就不会觉得很高了，世界第一高峰的形象也就大打折扣了。这其实也给了我们一个很重要的启示：对于一个人来说，在前进的道路上，一定要不断地提高自己的相对高度。只有这样，才能观高不觉高，也才能看到一座又一座更高的山峰。

在珠峰登山大本营看珠穆朗玛峰没有“世界第一高”的感觉，还有一个重要因素，就是珠峰不是一峰独立，不是唯我独高。在它的周围，可谓群峰争雄、竞相昂首。仅在方圆20多公里的范围内，高达7000米以上山峰就有40多座。在其南面的3公里处，耸立着8516米的世界第四高峰洛子峰和7589米的卓穷峰；在其北面的3公里处，耸立着7543米的章子峰；在其东面不远处，耸立着8463米的世界第五高峰马卡鲁峰；在其西面附近，耸立着7855米的努子峰。如果说有大山就有群峰的话，那么有群峰才有高峰。正是这些林立的高峰，使得最高峰珠穆朗玛峰不能鹤立鸡群，而只能默默地和其他高峰并肩而立，以至让人乱眼迷离，难分高低。这样，珠穆朗玛峰的“世界第一”自然也就模糊在人们的视线之中了。

身为最高而不显其高，这也许是一种最高的境界。

## 三

登上珠穆朗玛峰峰巅，是世界上多少人梦寐以求的愿望。

一个世纪以来，在珠峰那银白色的险峻陡坡上，闪现着一批又一批攀登者的身影。

也许是因为西方人喜欢探险，最早向这座地球最高峰发起挑战的是英国人。

那是在一个气候适宜的春夏之交，一个名叫克·哈瓦德巴里的英国人，率领着一支登山队来到了珠穆朗玛峰脚下，拉开了人类首次攀登世界第一高峰的序幕。不用说，这无疑是一场险象环生、生死未卜的战斗。在攀登的过程中，他们不仅要越过锋利无比的冰刀脊、险峻异常的冰陡崖、或明或暗的冰裂隙、迷宫一般的冰塔林和随时会发生雪崩的地区，而且要应对变幻莫测、反复无常的恶劣天气。结果可想而知，他们失败了。在此后的数十年里，英国人曾经多次试图登顶珠峰，并有10余人遇难，但却没有一次取得成功。直至1953年，他们的后继者埃德蒙·希拉里和丹增两人才第一次把人类的脚印踏上珠穆朗玛峰峰巅，开创了人类首次登顶成功的新纪元。

在英国人登上珠峰后不久，中国人也不甘示弱，奋力迈开了攀登的新步伐。20世纪60年代初期，王富洲、贡布和屈银华以大无畏的英雄气概，把鲜艳的五星红旗插上了珠峰之巅，谱写了中国人第一次征服地球最高峰的历史新篇章。他们的名字因此被广泛地传颂着，他们的事迹也因此被镌刻在中华民族的史册上。然而很多人却不知道，就是在这次攀登中，有一个名叫刘连满的人，在登至“第二台阶”时，毅然地把氧气瓶给了队友，虽然自己没能登顶，却为队友的攀登成功竖起了一架坚实的人梯。

在人类不断攀登的陡险征途上，我们常常把赞美和荣誉献给那些成功登顶的人们，而容易忽略那些在成功者背后默默奉献、勇于牺牲的人。殊不知，这些人也是成功者，同样应当为他们建造一座辉煌耀眼的纪念碑。

随着时代的变迁，攀登珠峰的内涵也渐渐地发生了变化。如果说过去的登山是为了显示人的意志力而挑战自然极限的话，那么现在的登山则是为了和平与友谊，让人类的明天更加美好。

1988年初夏，这是一个令人难忘的季节。中国、日本和尼泊尔三个国家组成的联合登山队，兵分两路，从珠峰的南北两侧同时攀登，从而创造了会师峰顶、双向跨越的伟大奇迹。时过两年，也就是1990年，中国、美国和苏联的登山队员相聚在珠峰脚下，并一道成功登顶，他们以这种独特的方式，向全世界宣示爱好和平的心愿。1993年，中国海峡两岸的登山队员，怀揣着同一个梦想，首次携手挑战珠峰取得胜利，在实现祖国和平统一的伟大事业中留下了自己厚重的足迹。最激动人心的莫过于2008年5月8日上午，肩负北京奥运火炬接力珠峰传递任务的中国登山队，经过艰苦攀登顺利到达峰顶。由藏族女队员次仁旺姆高擎的奥运“祥云”火炬在地球的最高峰熊熊燃烧，其辉煌的光焰照亮了天地，照亮了世界的每一个角落，不仅把奥运精神提升到了一个前所未有的高度，而且推动着人类的和平、友谊与发展进入了一个更新更高的境界。

然而，近些年来，在攀登珠穆朗玛峰的队伍中，也出现了一些不该出现的身影。他们当中，有旅游爱好者，有好奇探胜者，有一试身手者，有盲目冒险者，甚至还有白发苍苍者和身患残疾者。这些从全球四面八方而来的人们，不仅使珠峰狭窄的登山小道变得人满为患，而且他们随意丢弃的废物和垃圾严重地污染了珠峰的生态环境。更有那么几个富豪，凭着自己的财大气粗，不惜动用人力和物力，硬是装模作样地登上珠峰，以此向世人展示自己超凡的身价和本领。珠峰这座世界第一高峰，正在成为世界的最高娱乐场和最高名利场。攀登珠峰，已经从神圣走向了庸俗，从美好走向了丑陋，已经失去了它本来应有的意义。

人类应当永远牢记，地球上只有一个珠穆朗玛峰。让我们怀着敬畏和虔诚小心翼翼地保护好这座冰清玉洁的世界第一高峰。

2014年6月

# 难以攀登的美

在西藏的林芝境内，有一座著名的雪山——南迦巴瓦峰。

最初看到这座雪峰的姿容是在林芝地委的一个会议室里，那是一幅放大了的摄影作品，挂在正面墙上的中间，绚丽而又醒目。画面上，冰雪覆盖的南迦巴瓦峰巍峨高峻，犹如一个晶莹剔透的巨大白色笔架，横空摆放在蓝天白云之中，那中间突兀挺起的最高一架，便是它的主峰。在皑皑雪峰之下，是由高山冷杉等涂成的一片墨绿；再往下，是各种落叶的、不落叶的乔木及灌木杂草抹出的一片五彩缤纷；底部则是蜿蜒奔腾的雅鲁藏布江。看得出，这是南迦巴瓦峰秋天特有的景色。也只有这时，南迦巴瓦峰才显得最为美丽迷人。

而我们去观看这座雪峰的时候，却是炎热多雨的盛夏。

那天，我们从米林县城出发，沿着雅鲁藏布江岸的公路而行，一路风光绮丽。林芝不愧为西藏的江南，不像拉萨、日喀则等地的山都是光秃秃的，这里的每一座山都淌着绿、流着翠，空气好像过滤了似的，清新得没有一点杂质。雅鲁藏布江在这里也显得分外平缓宽阔，因泥沙沉积而形成的大片滩涂上长着一棵棵的杨柳树，那婀娜多姿的神态，让人想起传说中的一位位雅江仙女。大概是无拘无束的浪漫性格使然，有时江水分成几股支流在滩涂间随意地缠绕，用优美的曲线勾勒出一幅幅怡人的图案；有时放任的支流又重新嬉戏在一起，再次汇成滚滚的巨流向前奔去。偶尔在江流中间浮着一个树木繁密的狭长小岛，那仿佛就是镶嵌在江中的一块巨大翡翠。更使人惊叹的是雅鲁藏布江和尼洋河的汇合处。因为雨季雅鲁藏布江的水是浑黄的，而从林芝方向流过来的尼洋河水是清澈的，所以汇流后呈现出一种一江两色的奇观。这时你会从中深深地体会到什么叫“泾渭分明”。不过，这种现象十分短暂，由于雅鲁藏布江的水量很大，很快就将尼洋河的清澈吞没了，江水又变得浑黄一色。这时你又会深深地领悟到什么叫“合二为一”了。我们的祖先真是智慧极了，他们所创造的许多反映社会现象的词语，原本都是自然界的体现，都可以从多姿多彩的大自然中找到答案。

大家被青藏高原这瑰特的画山秀水陶醉着，心里也格外美滋滋的。不知什么时候，雅鲁藏布江两边的山突然变得陡峻起来。宽阔的江面也猛然束身收紧变成了一条细长的哈达。车子喘着粗气爬着坡，在经过了一个叫派镇的村庄后，在一块平地上停了下来。陪同的人员用手朝前指了指说："这里是雅鲁藏布江大峡谷的起点，也是南迦巴瓦峰的最佳观赏点。"顺着他所指的方向望去，雅鲁藏布江果然在这里拐了一个直角形大弯，然后在近5000米深的两山之间的谷底向下咆哮奔腾了500公里，一条世界上最长、最深的河流型大峡谷就这样镌刻在地球之巅。然而，无论我们怎么瞪大眼睛搜寻，就是不见南迦巴瓦峰的影子。说来也真是有些奇怪，别的地方都是太阳高照、晴空万里，唯独南迦巴瓦峰上空覆盖着厚厚的云层，硬是不让我们看到它的真面目。

大家的心里不免有些失落。因为来之前，许多人都说南迦巴瓦峰是世界上最美的雪山，它虽然只是世界第十五高峰，海拔7782米，但却像一个巨大的感叹号垂天而立，使自西向东雄伟绵延了2400多公里的喜马拉雅山到此戛然而止。不仅如此，由于处在雅鲁藏布江这个印度洋向北输送水汽的通道上，因而南迦巴瓦峰又多了许多的灵气和斑斓。在别的雪峰，即使是珠穆朗玛这样的世界第一高峰，除了峰顶的冰雪晶莹玉洁、银光闪耀外，其他部分都是乱石峥嵘、一片荒凉。而南迦巴瓦峰却不是如此。它就像一位英俊漂亮的高贵王子，头上戴着白色的王冠，肩上披着绿色的大氅，身上穿着华丽的彩衣，脚下盘绕着长长的巨龙。另外，还有数不清的珍禽异兽陪伴左右，不用挪动一步，它就能跨越地球的寒、温、热三极，拥有世界上最丰富的气候；不需任何描绘，它就尽揽地球的赤、白、绿、黄、青、蓝、紫，拥有世界上最瑰丽的色彩。是老天爷给了南迦巴瓦这样特别的宠爱，使它在无数雪山中脱颖而出，成了大自然的骄子。

然而，没有想到这样一座美丽至极的雪山，还有一段不光彩，甚至是丑恶的传说。

据说，很久很久以前，南迦巴瓦不是山峰，他和他的弟弟加拉白垒都是天宫的将领。有一天，天帝派他们兄弟俩到凡间镇守青藏高原的东南方。弟弟加拉白垒由于勤奋好学，不仅武功日益高强，而且长得也越来越魁梧。哥哥南迦巴瓦十分妒忌，于是在一个月黑风高之夜将弟弟杀害，并割下他的头颅丢在了雅鲁藏布江边。不久，加拉白垒的头颅化作了一座高达7294米有着圆圆峰顶的雪山。天帝为了惩罚南迦巴瓦，也把他变成了一座雪山，永远站立在雅鲁藏布江边，与弟弟加拉白垒遥遥相对，以使他时时地忏悔。这当然是一个神话，虽然神话不是现实，但却是现实的反映。人类一旦像南迦巴瓦那样有了嫉妒心，就会邪恶丛生，刀枪相向，哪怕亲人之间，也会拼个你死我活，杀个血流成河。给一座如此美好的山峰加上一个如此罪恶的故事，大概是要警醒人们改恶从善，不要去做那些害人害己的事情吧。

由于来一次很不容易，大家都在静静地等待着，等待着云层散去，等待着南迦巴瓦峰的出现。人们的心理就是这样，越是不容易看到的就越是希望看到。也许是天公有意，这时云层在缓缓地移动，渐渐地，南迦巴瓦峰露出了一角，大家不由得惊喜和骚动起来，匆忙拿起相机调整焦距，准备拍下这难忘的一瞬。然而，过了许久，那云层非但没有移开，反而又倒回来把南迦巴瓦峰重新遮住了。就这样像捉迷藏似的，南迦巴瓦峰时而掀开一点面纱，时而又把面纱盖上，反反复复、断断续续。我们心里也随之时而充满希望，又时而变得失望，世界上再没有比在希望即将出现时又迅速破灭更为令人失望的了。真没想到要看见南迦巴瓦峰如此之难，怪不得当地人把它叫作“羞女峰”，原来一年中差不多有三分之二的时间它都躲在白云的后面，就像一个待在被窗帘遮得严严实实的闺房里羞于见人的大家闺秀，使许许多多仰慕它的人高兴而来、扫兴而归。殊不知，这羞涩的背后，也是一种不善解人意的无情表现。

也不知是不是天气变化的缘故，大约过了一个小时，随着云层的扩大和增厚，南迦巴瓦峰干脆就再也不露面了。我们只好极不情愿地离开了。没有看到南迦巴瓦峰固然十分遗憾，但转念一想，留下了遗憾也就留下了想象的空间，留下了回头再来的愿望，这未尝不是一件好事。因为遗憾本来就是人生的重要组成部分，对于一个人来说，没有遗憾的人生绝不是完整和完美的人生。

在世界上所有7000米以上的高峰中，南迦巴瓦峰是攀登难度极大的一座。这不仅因为它十分陡峭险峻，还因为全山的数十条冰川都属于海洋型冰川，运动很快，稳定性差，冰崩、雪崩非常频繁，加上气候变化无常，这就使它比其他雪山增加了许多不可预测的因素。也许就是由于南迦巴瓦峰极具挑战性，所以征服这座高峰一直是全世界登山者的共同目标和愿望。早在1960年11月，我国刚成立不久的西藏登山队就派出一支十几个人的队伍开始了对南迦巴瓦峰的攀登，但没有取得成功。直至20世纪90年代初期，中日两国组织了联合登山队，再次向南迦巴瓦峰发起进攻。登山队在途中几次被暴风雪等恶劣天气逼退，经过50多天的艰险攀登，好不容易把人类的脚印踏上这座“羞女峰”。

这是人类迄今为止唯一一次登上南迦巴瓦峰。虽然此后也有许多的登山者试图登顶，但都以失败告终。其中一些人尽管屡登屡败，但依然屡败屡登，大有一种不到长城非好汉、不登峰顶不罢休的倔强劲儿。人类的天性就是如此，对于高峰，总是一味地强调不断攀登和征服，今天攀登上了一个新的高峰，明天又开始去攀登另一座新的高峰，今天征服了一个新的高峰，明天又开始去征服另一座新的高峰。其实，我们应当明白，有些高峰是不能去攀登的，也是不需要去征服的。这不仅是因为攀登和征服这些高峰会消耗大量的人力物力，会造成一些无谓的牺牲，会破坏本来很好的原始生态环境，更是因为人类对有些高峰应当永远保持一种敬畏的态度，应当永远让这些高峰成为一种不为人知的秘境。倘若人类毫无节制、一意孤行，那么所有的高峰征服之日，也就是人类的灭亡之时。

南迦巴瓦，难以见到的美。

南迦巴瓦，不可攀登的美。

2014年12月

# 飘过国界的哈达

在西藏，凡是接待来自他乡的客人，主人都要为他们献上洁白的哈达。

这是一种藏传佛教的风俗，也是一种美好吉祥的祝福。

去年7月中旬，我们前往日喀则市的聂拉木县樟木镇进行专项调研，动身的时候，当地的群众照例热情地为我们每人系上了一条哈达。

车轮飞转，哈达伴行。我们沿着中尼公路向樟木前进。

中尼公路是西藏目前唯一的一条国际公路。修建于20世纪60年代，起点是拉萨市，越过喜马拉雅山，最终到达尼泊尔的首都加德满都，而樟木就在中尼边境的中国一侧。

在此之前，由于我们所到的西藏其他地方，都是雪域高原，所以预想中的樟木也肯定是这番模样。但是在过了聂拉木县城进入喜马拉雅山南边的一条大峡谷之后，随着海拔的降低，两旁的景色也像电影的镜头一样不断变幻和切换出新的画面。先是在铁青色的光山秃岭上叠印出绿茵茵的草地，接着草地又渐渐地幻化成翠生生的灌木林，而后灌木林又在不经意间切换成了郁郁葱葱的大森林。一些不知名的树木，从刀劈斧削般的石壁隙缝里斜生出来，用虬干曲枝悬空撑起了一把把巨伞，绘成了一幅不畏艰险、顽强不屈的绿色生命图景。峡谷中间，一条小溪欢快地奔流着，不时地被水中的石块激起白色的浪花。哗哗的水声伴着沁人的绿意，把我们带进了一个童话般的仙境。

这是缺氧贫瘠的西藏吗？我们简直不敢相信自己的眼睛。

大概是看见我们脸上的惊异表情，随行的藏族同胞告之说，因为这里地处喜马拉雅山的南坡，受印度洋暖湿气流的影响，所以气候温和，雨量充沛，非常适合树木的生长。其实在西藏，这样的地方很多，西藏不仅是世界的屋脊，而且是全国最大的林区，其中不少地方还是人迹未至的原始森林。

真是一个完全不一样的西藏，一个令人耳目一新的西藏，一个生态优美生机盎然的西藏。

峡谷很长、很深，一眼望不到头。两边的山峰相峙而立，就像两扇耸入云霄的巨大绿色屏风，把天空夹成了一条云的河。公路是沿着一边的峭壁开凿的，上是望不到顶的悬崖，下是见不到底的深渊。人坐在车上，不免有些胆战心惊。偏偏这时前方又出现了滑坡，本来刚好可以会车的路面向下坍塌了一大半，临时用木头撑搭起来的路面显得十分单薄。我们的心被吓得蹦到了嗓子眼，幸好司机是常年在崇山峻岭中驾车的藏胞高手，只见他小心翼翼地驾驶车子紧靠里边慢慢行驶，车子在坑洼不平的路面上颠簸了几下就安全地通过了。大家悬着的心也一下子放了下来。然而没过多久，又是一阵云雾奔涌而来，霎时之间，树林、公路和整个峡谷都隐藏在了一片茫茫的白色中。我们的车子也宛若在天上的云海里缓缓飘驶，只有谷底的流水声提醒大家这是在人间。也许是因为浓重的云雾遮盖了视线，我们原本觉得很危险的公路也变得仿佛没那么危险了。人类有时就是这样奇怪，只要眼睛没有看见，许多平时不敢涉足的危险也能毫无畏惧地闯过去。

山间的气候说变就变，刚刚还是云雾缭绕，现在却是细雨霏霏。飘飘洒洒的雨丝好似无数轻盈柔软的手指，把山中的每一片树叶、每一块岩石化作了精美的琴键，弹奏出一曲又一曲天籁般的原生态小调，如梦如幻、奇妙极了。雨不知什么时候停了，整个山林青翠欲滴、流光泛亮，像浸透了的碧玉，又像水灵灵的翡翠。特别是那些瀑布，不是十几条，而是上百条，依次悬挂在绿色山崖上，好似无数条白色的哈达在飘舞。我们不由得感叹西藏山水的神秘与神奇，连瀑布都充满了这么浓郁的“藏味”。

越往下走，山越来越陡，路越来越险。这与一般的山脉越到高处越陡险不太一样，喜马拉雅山的南坡在山腰以下几乎都是悬崖峭壁，不少地方简直就是垂直状态。反倒是到了5000米左右的高处显得相对平缓，而在临近峰顶的地方又重新变得险峻。这也在无形中对应了人生及其事业的一个规律。大凡有非常成就的人，在他事业的起步阶段都是异常艰难的，横亘在其面前的，不仅有陡峭的山崖，而且有数不清的险阻，这时只有敢于冒险勇于攀登，才能登临到一个比较平缓的事业高度，然后再以此为新的平台继续向上攀登，从而最终到达人生事业的辉煌顶点。

也不知向下拐了多少道弯，在海拔2300米的前方坡谷绿荫中，隐隐约约地现出了一方方五颜六色的屋顶，有灰色的、黛色的、白色的、红色的，原来是樟木镇到了。这是一座典型的山城。街道沿着之字形的盘山公路而建，两边都是两三层砖木结构的精致藏式小楼，其中也夹杂着一些六七层的现代建筑。各种各样的商店一间接着一间，有卖尼泊尔商品的，有卖印度商品的，有卖瑞士名表和国外戒指、玉器等高档商品的，但更多的是卖当地的木制、牛羊毛和丝织等工艺品的。还有不少的宾馆和饭店，特别是那些特色风味的小吃店，从里面不断飘溢出来的牛羊肉香味，让人闻了直吞口水。街上人流如织、车水马龙，使本来因为街路合一就很狭窄的街道显得更为拥挤。一些中青年妇女在街边的自来水龙头下冲洗着长长的头发，一些老人和小孩三三两两地坐在街旁，那悠闲自在的神态，仿佛在向过往的行人诠释着幸福的真谛。

从镇中心再往下约三公里，便是我国的边境口岸。这里不仅有庄严的海关，而且有初具规模的边贸市场。每天，一辆辆中尼两国满载货物的卡车不时地从这里进出，一批批中尼两国的边民[①]和商人在这里做买卖。中国的电子产品和日用产品从这里源源不断地输往尼泊尔各地，而尼泊尔的大量精美手工制品也从这里源源不断地输往中国的西藏和内地。同时这里还是中尼两国旅游的主要出入通道，每年都有数以万计不同肤色、不同国籍的人士来此观光旅游。据说在高峰时期，边贸和旅游的日均人流都在五六千人。在从事边境贸易和旅游业的中国人中，有全国各地的商人，也有本地的边民。其中最值得一提的是夏尔巴人。他们是藏民族的一个分支，这个原本居住在喜马拉雅山南部深山老林中的原始部落，过去从不知生意二字为何物，但自十几年前搬到樟木镇后，如今已成了闯荡市场的生力军。300多户人家不仅都做起了边贸生意，而且还办起了为旅游服务的各种店铺，尤其是2009年兴办的夏尔巴民俗文化度假村，独特的民族风情和奇异的自然山水让许许多多的中外游人赞叹不已。夏尔巴人也由此逐渐走上了富裕的康庄大道。真没想到，方兴未艾的边贸和旅游，使这个昔日贫瘠落后的边陲

①边民：指生活在临近国家边界的常住居民。

小镇到处流淌着一种国际化的气息，呈现出一派繁荣兴旺的景象。

在离开樟木镇的前夕，我们特意去参观了中尼友谊桥，它像彩虹般地横卧在大峡谷的急流之上，标示着中尼两国的分界线。桥的这头属于中国，桥的那头属于尼泊尔。当我们兴致勃勃地到达桥的中间时，早在那里等候的尼泊尔边防人员便迎了上来，一个个地同我们热情拥抱，并为我们每人献上了一条金黄色的哈达。双方就像多年的老朋友重逢似的，有说不完的话，有叙不完的情。在友谊桥上，我们深切地感受到了中尼两国人民之间源远流长的深厚友谊。

沉浸在友谊氛围中的时间总是短暂的。不知不觉1个小时过去了。当我们同尼泊尔朋友告别时，大家心里都有一种依依不舍之情。这时，我情不自禁地抚摸着胸前的哈达，然后又抬头望了望盘绕在重峦叠嶂中时隐时现的中尼公路，不知怎的我忽然感到这条公路就像一条绵延千里的哈达，系着友谊和祝福，一头连着尼泊尔，一头连着我们中华民族。而樟木，就是这条千里哈达上的一个吉祥如意结。

中尼公路，一条飘过国界的哈达。

中尼公路，一条穿越时空的纽带。

2014年11月

# 星星赋

在那神秘缥缈的夜空，我最喜爱晶莹闪亮的星星。

每逢仲夏、凉秋之夜，我总喜欢躺在碧绿松软的草地上，或是倚在窗台和阳台的栏杆上，望着镶嵌在高高天幕上像宝石一样的星星出神，让幻想的翅膀在浩瀚的天穹里飞翔。你看，那饱尝分离痛苦的牛郎织女，正隔着波浪滔滔的银河，遥遥相望，用炽热的眼光默默传送着别离的情思。那天真烂漫的七仙姐妹，也偷偷地背着威严的父皇玉帝，走出寂寞森严的宫廷，掩面羞涩地窥视着美好的人间，向往着自由和幸福。那英武的白虎、彬彬的文曲、潇洒的太白，都笑眯眯地眨着眼睛，俯首饱览着凡间的一切。还有那许许多多不知名的、不被人注意的小星星，也都把自己微弱的光和热，慷慨地献给茫茫的寰宇。在我的眼里，夜空的每一颗星星都是富有思想和情感的，充满了神奇的魅力和浓烈的诗情画意。离开了这些灿烂的群星，夜空将是何等的暗淡，又该是何等的死寂！

蓦地，东边天上一线白光急剧滑落，那就是用生命最后的光辉照亮世界的陨星吧？记得儿时听祖母说过，这是星宿下凡，它落在哪儿，哪儿就红光满天，哪儿就有能人出世。祖母那神奇的话语，曾经在我年幼的心灵里激起了多少幸福的憧憬，牵动了多少美好的梦幻呀！我一次又一次地盼望，一次又一次地期待，有朝一日，要是星星能够落在我这山旮旯的家乡，那该有多高兴啊！有几次，我竟执着地要父亲爬上村子后面那座最高的山峰去摘几颗星星下来呢！

后来，随着年龄的增长、知识的涉猎，我知道祖母的话语不过是人们编织的美好梦幻，自然也就为自己儿时的天真感到十分好笑。但是，可能是孩提时代的事不易忘却的缘故，虽然我早已离开山乡进入了城市工作，但这些遥远的往事却时常翩翩飞进我的记忆，勾起我绵绵的情思。

今年春节，我接到了家里的来信，那歪歪扭扭的字迹一看就知道是侄儿珞珞写的。他在信中说：“亲爱的叔叔，70多岁的老奶奶要我告诉你，家乡建起了水电站，你小时候盼望的星星真的落到了村里，咱们有了摘星星的人啦！”

是因为儿时奇异的梦幻变成了美好的现实？是因为故乡飞来的喜讯叩动着心扉？我的双眼被泪水模糊了，我握信的双手微微颤抖了。思乡之情就似那北去的赣江，久久奔腾不息。我多么想借上大雁的羽翼，飞向巍巍群山，去看看九天落下的星星，看看那星光照耀下的故乡母亲的美丽姿容啊！

一次偶然的机会，我终于如愿以偿。那是烟花飞舞、春波荡漾的艳阳三月，我参加了省里组织的山区经济考察团。一到县里，我便趁同行人员长途跋涉后小憩的间隙，匆匆登上了归程。汽车沿着我熟悉的峡谷行驶，那绿浪翻滚的竹海，那阵阵低吟的松涛，那欢快奔流的溪水，那千姿百态的奇峰怪岩，那绵锦抖缎的田野，在我眼前展开了一幅幅勾魂摄魄的美妙画卷。我像喝了一盅盅甜蜜馨香的美酒，被深深地陶醉了。突然，汽车“嘎”的一声刹住了，迎面出现了一湾碧水，一孔小桥，无数鸭群嬉戏翻腾于清波之上。小河两岸，瓜豆飞翠、樱桃流红、梨李披雪、油菜浮金，散发出阵阵浓郁的芬芳。对岸的山脚下，葱绿的树林掩映着一栋栋雪白的粉墙新屋，电杆银线依山傍水伸向远方。我先是一惊，继而一喜。哦，故乡，想不到几载不见，你竟变得如此美丽动人，如此生机蓬勃。记得五年前，你是怎样一幅景象啊。那年，我满怀失去总理的哀思，回家过春节。走进村里，不闻鸡鸣，不见人影，十几栋草房在寒风中瑟瑟发抖，寻不到一丝新年应有的那种喜气洋洋的气氛。入夜，全家人默默地围坐在松明[①]旁边吃着晚饭，浓重的烟雾熏得人眼睛发酸流泪，呛得人直喘不过气来。

“怎么不买点煤油呢？”我问。

半晌，父亲才慢慢地回答说：“唉，没钱哪。一年累到头，每个工值只有1角2分，算掉口粮款和借支，整整欠了380元。家庭副业又不许搞，说是‘割资本主义尾巴’，大年三十只好到县上你姐姐那里借了5元钱，买了几斤肉，算是过了一个年。”

父亲的话，引起了一声声深沉的叹息，也在我心里投下了夜色般的阴影。然而，现在，故乡你终于……

汽车刚停稳，我就“嗖”地跳了下来，犹如久别母亲的游子，张开双臂向家里扑去。那昔日我熟悉的茅棚不见了，变成了崭新的一排五间二层楼房。屋里就更气派了，收音机、缝纫机、自行车、五斗柜、三门大立橱……简直令人目不暇接。祖母正在给一群鸡喂食，见了我，布满皱纹的脸笑得就像一朵盛开的山菊花。

“同前些年相比，家乡完全换了个模样。”我由衷地赞叹道。

① 松明：燃起来供照明用的松木条或松树枝。

“全靠党的政策好。”祖母边说边进里屋端来了花生、瓜子、兰花片和豆角酥，“还得多亏那云珠妹子哩。”

“云珠是谁？”

祖母好像没有听到我的问话，一个劲地指着桌上的点心招呼着我说：“吃吧，这都是自家产的。打从前年起，党和政府号召农民富起来，可你那当大队书记的二叔脑筋就是不开窍。后来，公社派来了云珠妹子，她做通了你二叔的工作，搞起了责任制，这几家管禾，那几家种瓜，还有养鱼组、养兔组，名名堂堂好多。只一年工夫，队里、私人都富哩。去年每个男劳力从队里分得1500多元，比你们省里有的大干部的钱还多呢。加上家庭副业就更不要说了，单我这个不中用的老婆子，去年就养了五头大肉猪，还有鸡呀，鸭呀。听你爸爸说，周围有好几个村比我们还要富足哩。”说到这里，祖母指了指吊在堂屋中央的电灯：“去年冬天，云珠妹子又帮助大队建起了水电站，村上还花几千块钱从县上买来了一台彩色电视机呢！”

祖母的话，像门前流淌的溪水，欢快甘甜、淙淙不断。我沉浸在一种从未有过的兴奋里。这时，珞珞背着小书包喊着“叔叔”从门外蹦了进来，一头栽进我的怀里。

“我写的信你接到了吗？”他抬起胖乎乎的脸蛋，忽闪着眼睛问，那口气，像个小大人。

“接到了。”我在他小脸上猛亲了几下，逗趣地说，“星星在哪儿？快带叔叔——”不等我说完，他就从我怀里跳了起来，拉着我的手就往外走。

水电站离村庄只有3里多路，不一会儿就到了。登上堤坝一望，满湖绿水，波光粼粼，好似一块镶嵌在群山中的明镜，映照着青峰、蓝天、白云、飞鸿。我恍惚置身在一幅天然的山水画里，尽情地漫游着，观赏着。忽然，从坝下电机房里飞出了清脆婉转的歌声：

踩着云梯上苍穹，
摘来星星挂山村。
别有天地明珠闪，
美好人间胜仙境。

歌声在湖面上回荡，激起了微微涟漪。我不由得朝坝下走去，只见电机房里，一位二十五六岁、扎着两条短辫的年轻姑娘正在细心地检查发电机。珞珞在一旁忙不迭地为她递送着工具，还不断地问这问那。这个小机灵鬼，不知是啥时候跑进来的。大概是听见脚步响，她连忙站了起来，朝我点了点头，美丽的瓜子脸上满含笑意，两叶柳眉徐徐舞动，清澈明亮的眼睛里流溢着聪明和智慧。

这模样，不禁使我想起了眼前的青山绿水。

“叔叔，这是云珠阿姨。”珞珞跑过来对我说，“就是我在信中给你讲的那个摘星星的人。”

我急忙迎了上去，握了握她的手，笑着说：“云珠同志，多亏了你，使我们的家乡——”

“别夸了。”她迅速摆了摆手，打断了我的话说，“工作才刚刚开始，还差得远呢。”

“不差，不差，你在骗人。”小珞珞朝着她不平地大声嚷了起来，“小机关”开得啪啦啪啦响，“村里的公公婆婆、叔叔伯伯都讲你好，公社张书记在我们学校做报告时还专门表扬你呢。他说，前几年你从省水电学校毕业，放着城市不留，自愿报名到我们这山沟沟里来工作。去年冬天大队建水电站，你又是画图设计，又是打石垒坝，又是安装机器，样样都干。有次石块砸伤了你的脚，肿得像个大冬瓜，你一个鼻子也没有哭，仍拄着棍子一拐一拐地干。”小珞珞边说边做了个“拐”样儿，然后忽闪着大眼睛认真地说：“老师也要我们向你学习，长大了做一颗亮晶晶的星星。”

小珞珞清脆悦耳的童音，在我心中掀起了阵阵波涛，我不禁对眼前这位云珠姑娘产生一股由衷的敬意。我赞美家乡的巨大变化，更赞美同云珠一样具有高尚情操和可贵精神的家乡人民。

当我们从电站尽兴而返的时候，夜幕渐渐降临了。霎时间，山上山下，电灯齐明，银花怒放，好似银河卷着星星自天上飞泻而下，把整个山野村庄辉映得更加绚丽多彩。

走在这星光闪烁的路上，目睹家乡崭新的面貌，我耳旁不禁响起了老祖母那“全靠党的政策好”的声音。是的，党的十一届三中全会以来的一系列农村政策，不就像那光芒四射的北斗星吗？是它，照亮了曾经茫茫的农村大地，照亮了一度变得阴暗了的亿万农民的心灵，指引着他们一步一步地朝着幸福富裕的康庄大道飞奔。

走在这星光闪烁的路上，我眼前仿佛又出现了云珠姑娘那秀气的面容。猛然，我脑海里倏地忽闪了一下：“云珠，不就是云空里的明珠——星星吗？”渐渐地，这张秀气的面容化作了一颗颗晶莹闪亮的星星。继而，这些星星又幻化出在田野里辛勤耕耘的农民，在厂房里埋头苦干的工人，在边防哨所紧握钢枪的士兵，在体坛纵横驰骋的健儿，在灯光下潜心研读、奋发攻关的群英……啊，他们不也是一颗颗星星吗？正是他们，在各自的工作岗位上勤勤恳恳地工作着，默默地为党和人民，为祖国的四化建设事业散发着光和热。

也正是因为有了他们，祖国今天的夜空，才会变得如此光辉灿烂，如此生机盎然。

这天晚上，我怎么也睡不着。记得60多年前，才华横溢的郭老曾写下优美的诗句，对那星光闪耀、繁花似锦、摆满了世上没有的珍奇的天上街市寄予了无限的向往。今天，如若郭老在天有灵，看到这壮美的山乡夜景和欣欣向荣、日新月异的农村大地，又会写出怎样神奇、美妙的诗篇呢？

1981年7月

# 悠悠青菜情

如果有人要问我最喜欢什么菜，我一定会毫不迟疑地回答："青菜。"

也许有人会不以为然：论颜色，青菜没有西红柿那样通红艳美；论味道，青菜没有葱蒜那样香喷可口；论营养，青菜没有豆类那样含量丰富；论价钱，青菜在庞大的蔬菜家族中是最便宜的。它实在是太普通、太平凡了。

因此，自古以来人们不大看重它，总把它列为上不得酒宴的"下菜"，也很少有哪位文人诗家去歌咏它，有哪位丹青妙手去描绘它。

记得有一次，我在书店里偶然看见齐白石的一幅国画。整个画面十分简单：一棵刚刚拔来、丰硕水灵的大青菜，鲜嫩的绿叶与左下角的两只火红的辣椒相映成趣。画的右边有两行直书的题款："牡丹为花之玉，荔枝为果之先，独不论青菜为菜之王，何也？"看着，看着，我不禁被白石老人那深寓于画字之中的思想深深触动了——是啊，在所有的蔬菜中，有哪一种菜能像青菜这样大范围和长时间地满足着亿万人民的生活需要呢？我们家乡有句俗谚：“宁可三年不吃荤，不能一日没有青。”倘若离开了青菜，人类的生活定然是不堪设想的。这时，我仿佛觉得，画纸上的那棵青菜变成了身着青袍的白石老人。是的，只有这位来自社会底层、饱尝过生活艰辛的杰出画师，才会如此深切地理解青菜、挚爱青菜、描绘青菜、歌颂青菜。也就在这时，那碧翠的青菜悄悄地化作了一片生命的绿色，融进了我的心中……

不过，我对青菜的特殊感情，还有别的缘由。

那是20世纪60年代初期我上初小的时候，为了度过困难，村庄上的人家几乎都要种上一畦、两畦青菜。我还清楚地记得，有一天晚上，母亲带着我，借着一弯月色，从瓦砾中拓出一块荒地，然后栽上青菜秧，浇上定根水。此后，常常是母亲挑着粪水在前，我扛着锄头在后，一起到青菜地里除草、松土、施肥。功夫不负有心人，过了些时日，那青菜居然长得又肥又嫩，那阔大的叶片，就像碧绿的翡翠一样闪着亮光。母亲站在地头，瘦削而呈菜色的脸上浮现出欣慰的笑容。她缓缓地抚摸着我的头说：“这下好了，不怕家里粮食不够了。”说完，弯下身子，小心翼翼地剥下一篮子菜叶。回家的路上，母亲不时地朝篮子里看看，生怕掉了一皮一叶，就好像她手里提的不是青菜，而是满篮子的希望。到家以后，母亲仔细地把它们洗净切好，放进锅里，再掺进少许大米，撒上一些盐巴，煮成青菜粥。虽然不见半点油花漂起，但全家人吃起来就像吃鱼吃肉那样美滋滋的。可以毫不夸张地说，那几年，我们全家是靠着青菜过来的。我们的肚子，大半是青菜填饱的；我们身上的营养，也大半是青菜给予的。每当想到这里，一种热烈的感情——对青菜的感激、对生活的信念，就会在心中油然升腾起来。这种在劳动和饥饿中培养起来的珍贵感情，成为我后来走向生活的汩汩泉流，不时地在我身上顽强地喷涌出来。

随着岁月的流逝，我读完了大学，在城里参加工作了，家里的生活也渐渐好起来了。

但我怎么也忘不了那地里的青菜。每逢上街买菜，我总要提着一扎水灵灵、鲜亮亮的青菜回家。或切上两刀，做碗青菜鸡蛋汤；或剥上几棵，包顿薄皮菜馅饺；或泡上一缸，制成令人咽唾的酸辣菜；或跟过去一样，煮上一锅青菜粥。当然，最多的还是炒青菜。有时来了客人，在上过几碗荤腥之后，我总要端上一盘鲜碧碧的炒青菜，常常吃得客人们直咂嘴。想不到平时不起眼的青菜，竟然成了酒席桌上最受人欢迎的菜肴。不知是长期的生活习惯养成了我对青菜的嗜好，还是人们所说的“多吃青菜能长寿”的养生之道启迪了我的思想，如果几天不见饭桌上有青菜，我就会像失去了什么似的，再好的东西也会在我的面前失去魅力，引不起一丝半点的食欲。

我永远不会忘记，有一年冬天，呼啸的北风裹着漫天的雪花，纷纷扬扬地下个不停。

望着窗外的一片白色，我想这下定有好几天尝不到鲜绿的青菜了。正在懊丧之际，忽听风雪中传来了一阵“卖——青——菜——啰”的喊声，那嗓音犹如密林里的百灵鸟一样清脆悦耳。我不由得欣喜异常，连忙提起篮子跑下楼梯，只见前面的屋檐下，放着一担碧绿鲜嫩的青菜，旁边站着一个约莫20岁的姑娘。她通红的圆脸上漾着一层淡淡的笑意，额前的刘海上挂着几朵白白的雪花，身上的绿色雨衣被风雪吹打得“唰唰”直响。我走过去请她称了5公斤青菜，然后从口袋里掏出3元钱递给她。我知道，眼下冰封雪飘，菜市内外几乎不见一丝绿色，这青菜的价格肯定比往日看涨——物以稀为贵，谁不知道这是抬价赚钱的好机会呀。不料她只收了我8角钱。我感到非常惊讶。她好像看穿了我的心思，轻声地解释说：“自家种的，值不了几个钱。”说完，挑起担子走了。时至今日，她那因挑担而扭曲的身影，在雪地里艰难地迈步的样子，扁担菜筐发出的咯吱咯吱的响声，都还常常浮现在我的眼前。

小小的青菜，就是这样默默地以自己的绿色之躯，为人类提供着菜食之本。尽管它在人们的心目中微不足道，但正像世界上的许多事物一样，卑小的，也常常是高尚的；平凡的，也常常是伟大的。你看，它并没有因为人们的不公正对待而减少丝毫献身人类的热情。当秋风萧瑟，寒凝大地的时候，菜栈上的绿色日渐减少，青菜却悄悄地上市了。它来得是那么及时，又那么众多，不是一兜两兜，一担两担，而是筐装车载，如堆如山。正是靠着它，祖国北方的千家万户才得以度过漫长的冬季，南方的人们才得以在寒冷的日子里吃到脆嫩的鲜绿。当然，青菜不仅仅给人以物质的满足，它还给人以精神的启迪。人们一旦认识了它那丰富的内涵，就会很快地静下心来审度自己心灵的各个角落，重新探索生活的新的意义……

啊，青菜！

1984年1月

# 好汉坡情思

## 一

我攀登在庐山的好汉坡上。

山是这般高峻，一直插向弥漫飘忽的云雾之中；路是这般陡险，就像云端垂挂下来的一道天梯。小路上的人流就像一条缓缓游动的长龙，时而钻进密林的绿荫里，时而裸露在悬崖的峭壁上。

山风飒飒地吹着，树海发出低沉的轰鸣，好似在诉说着登山者的艰辛……

走在我前面的是一位年逾古稀的白发老人，他手执拐杖，口喘粗气，沿着石级，一步一步地向上攀登。也许是浸透了衣衫的汗水不断消耗着他体内的热能，抑或是本来就很衰弱的身骨难以承受这漫长崎岖的艰苦途程，每向上迈一步，他的双腿不禁就有些微微打战。

旅伴告诉我，他是一位身经战火考验的离休老干部。

多么令人不可思议的老人啊！本来，宽阔的公路早已飞上了庐山峰顶。他明明可以坐着小轿车，不费丝毫气力，“跃上葱茏四百旋”，饱览那险峰的无限风光，但他却毅然地加入了我们这些登攀者的行列。

莫不是长期的军旅生活使他与山间的小路结下了不解之缘？

莫不是他觉得只有经过艰苦的登攀，才能真正领略那奇异的风光？

莫不是他要用攀登的脚步声去唤醒那些沉溺于舒适、惬意的环境中一味享乐的人们？

老人什么也没有说，什么也没有告诉我。他只是无言地向上登攀着，一步又一步，一程又一程，把前进的身姿描绘在险峰巉岩之间。

蓦地，老人转过头来，良久而又深情地俯视着逶迤不断的登山人流，瘦削的脸上露出了欣慰的笑容。他额上那些被岁月雕刻出来的皱纹，像这大山的一道道沟壑，又像这脚下小路上的一级级石阶，在奇峰峡谷里缓缓地舒展着……

终于，他轻声地吟诵起当地的民谣：“好汉坡需好汉攀，不是好汉望山叹。”

## 二

好汉坡的路，是狭窄的路、蜿蜒的路、古老的路。它的历史，也许和人类的历史一样漫长。谁也无法知道，这最初的小路是何等模样。也许不能称之为路，只有一条依稀的白线向上曲折延伸而去；也许根本就没有路，后来走的人多了，才慢慢地有了一曲小径。

于是，我想起了那第一个攀上山顶的人。尽管他没有留下姓名，我们也不知道他是一个什么样的人。是农民？是樵夫？是采集药草的老人？是探奇觅胜的青年？也许都不尽然。然而正是他，怀着一个坚定的信念，选准了山脚的一个豁口，勇敢地朝上走去。

可以想象，当初他不知劈开了多少杂乱交错的林木，斩断了多少刺皮扎肉的荆棘；也不知搬掉了多少嶙峋的乱石，攀越了多少险峻的山崖。或许，他还战胜过猛兽的袭击、毒蛇的缠咬、风雨的淋漓，终于在峰峦峡谷之间，为后来者率先留下了一条攀登者的足迹。于是，人们循着他的脚步，不断地攀登，把一幅幅雄伟壮丽的风光，化作了一个个优美动听的神话传说；把一篇篇脍炙人口的诗章，写上了庐山的峰巅……

啊，好汉坡的小路，艰难、曲折、崎岖、陡险的路！

你告诉了我：什么是执着和顽强。

你告诉了我：什么是勇敢和追求。

你告诉了我：什么是拼搏和开拓。

你告诉了我：什么是事业和生活。

此刻，我仿佛觉得，我不是在攀登一条普通的羊肠小道，而是在攀登一条不平凡的人生之路。

## 三

曾记得当宽阔的公路像巨龙般飞上庐山峰顶的时候，有人不由得担心，好汉坡的小路恐怕从此要荒芜了；也有人断言，以后再也不需要这使人吃力流汗的小路了。

面对汽车飞奔的公路，面对人们的种种非议，好汉坡的小路却没有丝毫的自卑，也没有丝毫的颓丧；依然是那么自信，依然是那么沉着，依然是那么坚定，依然像过去一样，在不断地召唤着远道而来的游人，让他们踏着自己的身躯，登上风光无限的险峰。

是为了让人们去寻觅历史的足迹？

是为了让人们去重温古老的旧梦？

是为了让人们“发思古之幽情”？

是为了让人们在现代化的进行曲里添加一段幽缓的古乐？

也许是的，也许不全是这样。因为，人类既需要有宽阔的公路，也需要有羊肠小路。这不仅由于小路可以通向很多公路所不能到达的奇异风光，而且由于小路能够锻炼人们不畏艰险、勇于登攀的革命意志，使人们不至于一味地陶醉于公路的宽阔和舒坦。正因如此，好汉坡的小路依然魅力十足。它的古老质朴，它的蜿蜒曲折，它的崎岖陡险，永远给人以新鲜的启示，永远给人以深刻的哲理，永远给人以丰富的联想，永远给人以向上的力量。

是的，只要有人，好汉坡的小路就不会消失，小路上的人流就不会消失。

是的，只要好汉坡小路上的人流不会消失，我们古老的中华民族就会充满崭新的希望。

啊！好汉坡的小路，你是古老的，又是年轻的。你一头系在历史的深处，一头通向遥远的未来……

1985年11月

# 第二辑·历史回响

# 一张小桌与一首名词

## 一

在毛主席的诗词中，最著名的莫过于《沁园春·雪》了。每当读这首词的时候，人们都会为她的气势所震撼，为她的意境所陶醉，为她的深刻所启迪，为她的优美所感染。这是中国文学史上的一部杰作，更是中国诗词史上的一座高峰。

去年10月，我随同中共江西省委书记孟建柱同志到革命圣地延安参观学习。在延安革命纪念馆里，有一张很小的木炕桌引起了我们的注意。它只有51厘米长，37.5厘米宽，31.5厘米高，黑漆斑驳，陈旧不堪，看样子有些年代了。讲解员告诉我们，毛主席的《沁园春·雪》就是在这张又矮又小的桌子上写成的。

真没想到，一张小得不能再小的旧桌子上竟诞生了一首气势恢宏的伟大诗篇。

1935年10月，毛主席率领中央红军长征胜利到达陕北。为了到山西的抗日最前线去开辟革命根据地，开展游击战争，毛主席于1936年年初带领中央红军从瓦窑堡出发，2月初便来到了陕西清涧县的袁家沟村。这里地处黄河之滨，与山西省隔河相望。由于天气寒冷，黄河上漂浮着大量冰块，渡船无法行驶，部队过不了黄河。因为当时渡河用的都是小木船，若在河中行驶会因冰块的撞击而解体，人掉进河里绝无生还的希望。黄河成了一道天然的屏障，阻断了红军前进的道路。

毛主席来到了黄河边。他站在岸上向大河上下眺望，只见汹涌的河水夹裹着大量冰块缓缓向前流去，冰块相互摩擦碰撞发出轰隆轰隆的响声，震得大地微微颤动，呼呼的西北风刮在人们的手上和脸上，犹如刀割一般疼痛难忍。面对此情此景，毛主席感叹地说："天气再冷些，黄河水结成冰就好了。"

也许是毛主席抗日救国的赤子之心感动了天地，第二天早晨起来，奇迹出现了，天上纷纷扬扬飘着鹅毛般的雪花，整个大地银装素裹，一片雪白。"山舞银蛇，原驰蜡象，大河上下，顿失滔滔"，坚硬的冰层为红军架起了一座通向彼岸的天然桥梁。天公相助，天遂人愿。毛主席凝望着如此壮丽的景象，不禁心潮起伏，思绪万千，激情飞扬，诗兴澎湃。他从千里冰封、万里雪飘的北国风光想到了伟大祖国妖娆多娇的辽阔江山；从秦皇汉武、唐宗宋祖和成吉思汗等历代为此折腰的英雄想到了中国共产党人正在进行的前无古人的伟大事业。于是就伏在房东白育才家的矮小炕桌上奋笔疾书。没有多久时间，一首千古绝唱便跃然纸上。

## 二

其实，毛主席在小桌子上写成的何止是一首诗词！中国革命这部气势磅礴、雄伟壮丽的伟大史诗，不就是毛主席和他的战友们在小桌子上挥就的吗？

我们永远不会忘记，1921年7月，先是在上海法租界一栋普通房子里的一张小桌子上，后是在浙江嘉兴南湖一条小船上的一张小桌了上，毛泽东和来自全国各地的十二名代表秘密召开了党的“一大”，庄严宣告了中国共产党的成立。中国有了共产党，这是开天辟地的大事，中国革命的序幕也由此正式拉开。1927年春天，轰轰烈烈的大革命失败后，中国共产党从惨痛的血的教训中认识到“枪杆子里面出政权”，于是周恩来在南昌一家旅馆的一张小桌子旁，指挥发动了震惊中外的八一起义，打响了我们党武装反对国民党反动派的第一枪。几乎与此同时，毛主席在湘赣边界一个农家祠堂里的一张小桌子旁，秘密策划并领导了著名的秋收起义。沿着一条弯弯曲曲的小路，毛主席带领起义部队上了井冈山，这时全国革命处于低潮，许多人不知革命的希望在何方。毛主席坐在茅坪八角楼的一张小桌子前凝神沉思，如豆的灯光点燃了他思想的火花，他大笔一挥，写下两篇光辉著作，鲜明地回答了人们的种种疑问，创造性地提出了农村包围城市、武装夺取政权的思想，从而指明了中国革命前进的方向，开辟了中国革命胜利的道路。在中央苏区，毛主席经常在瑞金等地的一张张小桌子旁，和其他领导同志们一起分析敌我双方的形势，制订作战计划，以出色的领导能力和指挥艺术，粉碎了敌人的一次次“围剿”。也同样是在这一张张小桌子旁，毛主席常常和群众促膝谈心，进行调查研究，思考并决定中央苏区的政权建设和土地革命等大事。红军长征开始后，当革命和红军处于十分危急的关头，在遵义一幢房子里的一张小桌子边，我们党重新确立了毛主席在红军中的领导地位，从而挽救了革命挽救了党。在此后的长征途中，毛主席在一张张小桌子上摊开军用地图，沉着果敢，指挥若定，率领红军四渡赤水、直下金沙、强渡乌江、飞夺泸定，过雪山草地，战腊子天险，神话般地取得了二万五千里长征的伟大胜利。在陕北延安，毛主席在杨家岭和枣园窑洞里的小桌子前，一边指挥伟大的抗日战争，一边进行深邃的思考，不仅领导全国人民打败了日本法西斯，而且创立了毛泽东思想，实现了马克思主义与中国革命实际相结合的第一次伟大飞跃。延安窑洞小桌子上那彻夜通明的灯光至今还照亮在我们的心头。在三年解放战争时期，毛主席先是在陕北转战，利用行军间隙，坐在小桌子前，一手拄着行军时用作拐杖的木棍，一手拿着烟卷，稍锁眉头，略施小计，就在巧妙的周旋中把胡宗南几十万大军搞得晕头转向，一败涂地。而后又在西柏坡的小桌子前运筹帷幄，进行战略决策，指挥三大战役，决胜千里之外。最后彻底推翻了蒋介石的反动统治，建立了中华人民共和国，把胜利的红旗插上了雄伟的天安门城楼。

我们可以毫不夸张地说，在艰苦的革命战争岁月里，小桌子，是毛主席领导中国革命从胜利不断走向胜利的大舞台。没有小桌子，就没有一部部中国革命威武雄壮活剧的上演；没有小桌子，就没有中国革命胜利这部宏伟史诗的诞生。

## 三

前些年看到一则资料，说《沁园春·雪》这首词是1946年毛主席在重庆谈判期间首次在《新华日报》上发表的。当时就像放了一颗威力无比的原子弹，震惊了整个山城，引起了国民党当局的极大恐慌。蒋介石恼羞成怒，下令国民党的文人墨客作词应对，企图把毛主席的这首词压下去。然而，尽管这些人搜尽枯肠，绞尽脑汁，结果写出来的诗词在《沁园春·雪》面前，都黯然失色，相形见绌。蒋介石犯了一个常识性的错误，他不知道名篇杰作绝不是在优越的书斋里硬写出来的，而往往产生在艰难困苦的逆境里，产生在简陋破旧的小桌子上。屈原如果不是报国无门，愤恨交加，绝写不出《离骚》；岳飞如果不面对山河破碎，痛心疾首，绝写不出《满江红》；杜甫如果不身居草堂，为风雨所苦，绝写不出《茅屋为秋风所破歌》；李白如果不官场失意，到处浪迹，绝写不出那种“安能摧眉折腰事权贵”之类的流传千古的诗篇。所以，真正的不朽之作，是艰难困苦、逆境挤压下一种感情和思想火花的迸发。而且这种挤压越大，其感情和思想火花的迸发也就显得越发激烈、悲壮和感人。

毛主席作为一位伟大诗人，当然非常清楚这种逆境和诗歌之间的关系，非常清楚“愤怒出诗人”的道理。但同时毛主席又是一个伟大的思想家和政治家，这就使得他的诗词比起其他人的作品来，多了一种更寥廓的层面，多了一种更崇高的境界，多了一种更磅礴的气势，多了一种更远大的目光，多了一种更浪漫的情怀，多了一种更深刻的内涵。所以，在文学界有一个共同的看法，越是处于困难境地的时候，毛主席的诗词就写得越多，而且还写得愈加豪迈、愈加高昂、愈加形象、愈加生动。井冈山斗争、中央苏区和长征三个时期，都是中国革命斗争极为艰苦的时期，天上有敌人的飞机轰炸，地上有敌人的疯狂进攻，而且红军的吃穿供给都非常困难。然而，就是在这样危险恶劣的环境下，毛主席在率领红军行军作战的同时，蕴藏在他胸中的诗情也像火山一样喷发，写下了不少脍炙人口的诗篇。这些诗词，虽然有些是在战地的小桌上一挥而就的，有些是在马背上吟成的，但都有一个共同的特点，就是充满着不屈不挠、把一切艰难险阻踩在脚下的大无畏的英雄气概和乐观向上、不达胜利不罢休的坚定信念。

大概是那张诞生《沁园春·雪》的小炕桌给我留下的印象太深刻的缘故，从延安回来以后，我的脑子里时常会浮现出毛主席戎马倥偬中坐在小桌子前奋笔挥洒的情景……

2006年6月

# 扁担颂

## 一

在井冈山革命斗争博物馆里，每当看到“朱德的扁担”，我的心里就会像波涛一样翻腾不息。

论形状，这根扁担并没有什么特别之处。它和别的扁担一样，都是竹子做的，三四尺长，中间稍宽，两头略尖。但这又是一根极不平凡的扁担，是一根有着特殊经历的扁担。

关于这根扁担的故事，我早在小学的课本里就读过。1928年，朱德同志带领的队伍跟毛泽东同志带领的队伍在井冈山会师了。红军要巩固井冈山根据地，打破敌人的封锁，就必须储备更多的粮食，而井冈山产粮又不多，这样就要组织红军到山下的茅坪去挑粮。于是朱德同志也戴着草帽，穿着草鞋，不顾山高路陡，同战士们一起挑粮上山。战士们看到他白天挑粮很累，晚上还要研究怎样跟敌人打仗，怕他身体吃不消，就把他那根扁担藏了起来。不料，朱德同志又找来一根扁担，写上“朱德的扁担”五个字。大家见了，就不好意思再藏他的扁担了。我记得当时读这个故事时，深为朱德同志的这种革命精神所感动，不由得对他满怀崇高的敬意。但由于年龄小和阅历少，当时的我对“朱德的扁担”的内涵不甚明了。

1973年，我有幸到江西师范学院中文系读书，学校组织到井冈山“开门办学”，才使我真正明白了“朱德的扁担”所蕴含的不同寻常的意义。

那是我第一次上井冈山，不是坐车上去的，而是走路上去的。我们全系同学先坐校车到永新县城，接着背负行李，沿着毛主席当年率领秋收起义部队走过的小路，步行向井冈山进发。一路上，我们经过了三湾、龙源口、砻市、茅坪、黄洋界、双马石、大井等地，最后一站是茨坪。每到一地，我们都要住下，参观革命旧址，重温当年历史，学习革命传统，畅谈心得体会。开始时，大家觉得自己年纪轻，对走路爬山不当一回事，一个个都信心满满。但走了几天后，有些人就感到支撑不住了。有时路程较长，一天要走好几十里路，有些同学一到住地，就坐下来不想动了。特别是从茅坪到黄洋界，十几里的高山陡坡，空着手登山都会累得气喘吁吁，何况背上还背着东西。有些同学上山没走多久，双腿就像灌了铅一样，又沉又重又痛，只好走一会歇一会，体力好的同学主动帮忙把东西背上，照顾着一起往上攀登。幸亏那时的井冈山，树木稀少，红军小道也很通畅，如果是像现在这样森林茂密，绿海茫茫，路被掩没，那登起来就更艰难了。我不由得边走边回想，当年朱德同志挑着100多斤重的粮食上山，那需要多大的体力，又需要吃多大的苦啊！肯定汗水湿透了衣衫，脚底磨起了水泡，肩上火辣辣地痛。但即使累成这样，他们也只在黄洋界上的荷树下歇一歇，又弯下身子挑起沉重的担子继续往前走去。

可见，小小的扁担，体现的不仅仅是一种脚力，更是一种意志力。

井冈山斗争时期，是中国革命最为艰苦的时期，用陈毅的话说，“那是一段苦到了极点的日子”。物资奇缺，饥寒交织，从军长到伙夫，每人每天只有五分钱菜金，吃的是南瓜和野菜，盖的是稻草被子，穿的是单衣单裤。毛主席桌上的油灯，三根灯芯只点燃一根，过的是同普通战士一样的生活。朱德说，我们就是要和士兵“有盐同咸，无盐同淡”。更为严峻的是，敌人先后多次对井冈山根据地进行“会剿”，所到之处，“茅草要过刀，石头要过火”，企图把中国革命第一个农村根据地扼杀在襁褓之中。然而，就是在这样一种艰难和危险的境地下，井冈山根据地不仅没有被敌人打垮，反而在敌人的炮火中不断发展和壮大，革命的红旗更加高高飘扬在巍峨的井冈山上。

我们到达茨坪时，首先参观了井冈山革命斗争博物馆，正当大家在“朱德的扁担”前久久凝视时，从博物馆外飘来了一阵《挑粮歌》：

一根扁担两头弯，井冈山下把粮担。
军民同心反封锁，革命斗争不怕难。

这昂扬激越的歌声，仿佛把我们带到了当年红军挑粮的现场，也使我们真正理解了“朱德的扁担”的深刻含义。这条扁担，挑的不仅仅是粮食，也是革命根据地的重担。井冈山时期的官兵，正是用这根扁担，挑出了官兵一致、同甘共苦的精神，挑出了不畏艰难、克敌制胜的英雄气概，挑出了中国革命胜利的星星之火。

## 二

倘若我们再放开来看，中国革命的伟大胜利，可以说是用扁担挑出来的。

中央苏区时期，我们党和红军能够迅速发展，日益红火，扁担扮演了重要的角色。春耕时节，红军战士们用扁担为老百姓挑秧担肥。秋收时节，红军战士们用扁担为老百姓挑粮担谷。平时就更不用说了，红军战士用扁担为老百姓挑水担柴，挑石挑土，不管老百姓有什么要挑的东西，红军战士们都主动拿起扁担全力相助。小小扁担，架起了红军同人民群众联系的桥梁，使红军获得了人民群众的衷心拥护和支持，获得了扎根生长的深厚土壤。

在红军长征途中，扁担同样发挥着非常重要的作用。由于天上有敌机轰炸，地上有敌军堵截，红军只能在山野乡间的小道上行进。他们用扁担挑着日常生活用品和军用物资，跋山涉水，历尽艰辛，环境险恶极了。尽管如此，红军每到一个地方，都坚持用扁担帮助老百姓挑担做事。在邛崃市长征纪念馆里，保存着这样一根特殊的扁担。1934年年底，红军长征经过这里。由于时值严冬，天气寒冷，很多战士得了伤寒。当地一位姓张的老中医看在眼里，急在心里，于是天天挑着担子上山采集草药给战士们治病。不久，战士们的病情渐渐好转并痊愈了。红军离开时，因为没有钱给这位老中医支付治疗费用，就留下了一根扁担作为信物，说："如果将来革命成功了，你就拿着这根扁担找政府要医药费。"以后，这根扁担就被老中医全家视为传家宝，一直保存着。2005年，老中医的孙子将这根扁担捐给了邛崃市长征纪念馆。

在抗日战争中，为了打破国民党反动派对陕北根据地的封锁，毛主席发出了"自己动手，丰衣足食"的号召。于是，在旅长王震的带领下，三五九旅挺进荒无人烟的南泥湾，拿起锄头和扁担，开荒、种地、打粮，把个南泥湾变成了陕北的"好江南"。小小的扁担，彰显着自力更生的无穷威力，闪烁着排难而进的锐利锋芒。最终，我们党领导的人民军队在战胜重重困难之后不断发展壮大，同全国人民一道，把日本帝国主义赶出了中华大地，取得了抗日战争的伟大胜利。

在徐州淮海战役纪念馆里，有一根刻满了地名的扁担特别醒目。它记载着一个十分动人的故事。在淮海战役决战的紧急关头，支前农民唐和恩用这根扁担挑着100多斤重的粮食，走过山东、江苏、河南的88个村庄，把粮食送到了战场的最前线。这根扁担，与其说挑的是粮食，不如说是淮海战役老百姓踊跃支前的生动缩影，唐和恩只是其中的一个突出代表。我从一则资料中读到，在整个淮海战役中，500多万民工挑着箩筐、推着小车向前线运送粮食和物资，其规模之大，人数之多，运送的物力之巨，均为古今中外战争史上所罕见。这是淮海战役中最动人最壮观的场面，也是中国人民解放军能够击败国民党军队的根本原因。从某种角度来说，淮海战役以少胜多的奇迹，是老百姓用扁担和手推车创造的。

由此可见，扁担就是民心，扁担就是力量，扁担就是使命，扁担就是奉献。扁担，不似武器，却胜似武器。没有扁担，就没有中国革命的最后成功，就没有五星红旗在天安门广场的冉冉升起。

扁担，中国人民担当精神的象征，中国人民革命胜利的功臣。

## 三

如果说革命时期需要扁担，那么，建设时期同样需要扁担。

中华人民共和国成立初期，我们面对的是国民党留下的一个烂摊子，到处满目疮痍、伤痕累累，城乡破烂、经济凋敝。为了医治战争的创伤，我们党领导全国人民继续拿起扁担，以前所未有的雄心壮志，顶着日月星辰，冒着风风雨雨，担起了江河大地，担起了希望憧憬。

人们不会忘记，无论在大江南北，还是长城内外，广大人民群众掀起了一个个修建公路和铁路的热潮。他们用扁担挑土筑基，一条条公路和铁路，在平原上、在山岭里、在城乡间，不断延伸开来。

人们不会忘记，针对水旱灾害频发、严重影响国计民生的状况，全国各地展开了一场场水利大会战。一座座水库、一条条水渠，一条条河堤，在广大农村干部群众的肩挑担扛中诞生了。

人们不会忘记，为了改变中国“一穷二白”的面貌，全国广大干部群众挑砖挑瓦，奋力拼搏，盖起了一座座厂房、一座座学校、一座座医院、一座座科研院所、一座座车站码头，用扁担扛起了国家经济和社会发展的柱石。

人们不会忘记，在全国各地的原野上，农民们用锄头和扁担平整土地，造出了一片片高产稳产农田。到了秋收时节，他们又挑着一担担粮食和棉花来到收购站，一斤不少地交给国家，让全国人民吃饱穿暖，以充沛的精力建设社会主义的宏伟大厦。

值得自豪的是，我年轻时也曾是这挑担大军中的一员。我和乡亲们一起挑泥、一起挑石、一起挑粪、一起挑肥、一起挑谷、一起挑薯、一起挑禾草、一起挑土坝、一起挑着难忘岁月、一起挑着满满收获。

其实，人们挑的何止是这些。在祖国的各个领域，都可以听到扁担发出的“咿呀咿呀”声，都可以看到人们挑着担子挥汗前行的身影。扁担，肩负着人民生产生活的重任，肩负着社会主义建设的重任。可以说，祖国贫穷落后的面貌是用扁担挑走的，人民群众的新生活是用扁担挑来的。

倘若再往深处看，我们伟大祖国的辉煌历史何尝不是祖先们挑出来的！他们用扁担挑出了村庄，挑出了城市，挑出了良田沃野，挑出了美丽家园，挑出了长城故宫，挑出了灿烂文明。

## 四

历史在发展，时代在前进。

20世纪70年代末期，中国掀起了一场改革开放的大潮，短短40余年，神州大地发生了翻天覆地的变化。随着科学技术的进步，如今许多劳动工具被机械化和自动化替代。特别是近些年来，互联网技术突飞猛进，大数据、云计算、人工智能、虚拟技术、物联网等高新技术像雨后春笋，层出不穷，整个世界朝着网络化、智能化、即时化、便捷化、一体化的方向迅猛发展，地球变为了“地球村”。现代化的快速推进，使得许多本应人工来做的事情不再用人工了，使得许多本应扁担来挑的活儿不再用扁担来挑了。这样，昔日大有用场、须臾不可离开的扁担，如今变得可有可无，甚至成为过时的物件了。

于是，有不少人认为再也不需要扁担了，不再去理会扁担了，甚至把扁担当柴火烧了。

今天，扁担是真的过时了吗？我们是真的再也不需要扁担了吗？

当然，对于扁担自身来说，根本就不会去计较人们的这种态度。可不是吗？在人们眼里，扁担不过就是一件简单普通的劳动工具而已。人们要挑东西，就把它用上。东西一挑完，便把它往墙角里随便一丢。一旦又要挑东西了，就再把它拿出来，用完了又往墙角里一丢。唯一能让人有点印象的，就是不少扁担由于在人的肩上磨久了，被汗水浸透了，变得滑溜溜光亮亮的，呈现出一种特有的色彩。

但是，我们千万要记住，今天看似过时无用的东西，从长远来看恰恰是不能也不会被淘汰的。人类不仅过去离不开扁担，将来也一定离不开扁担。即使科技再发达，现代化再普及，扁担的功能在有些方面是永远也代替不了的。你看，在乡村的羊肠小道上，一些农民兄弟姐妹正用扁担挑着东西在艰难行走；在城市建筑工地上，一些中青年农民工正用扁担把旮旯里的垃圾挑出来倒在环卫车上；在名山风景区，一些高山挑夫正在用扁担把东西挑往山顶；在高山茶园，茶农们正在用扁担把采摘下来的新茶挑下山来；在扶贫攻坚的战场上，许多乡村干部正在用扁担为贫困户挑货担物。总之，在一切使用不了现代机械的地方，都需要扁担。

由此，我们可以理直气壮地说一声，扁担永远不会过时。只要人类存在，扁担就会存在；只要我们在路上，扁担就不会废弃。更何况在长期实践中形成并潜移默化的“扁担精神”是永远不会被磨灭的，将会永远放射出灿烂光芒，激励着人们在新时代中国特色社会主义的大道上奋勇前进，去奔向更加美好的明天。

小小的扁担，一头挑着艰辛，一头挑着幸福；一头挑着回忆，一头挑着希望；一头挑着过去，一头挑着未来。

让我们一起为小小的扁担高唱一首热烈深情的颂歌。

2021年5月

# 成都武侯祠

## 一

在中国，恐怕没有哪一座祠庙会像成都武侯祠那样使人生出许多的感慨。

2003年，正是乍暖还寒的初春，我趁在成都开会的间隙去游览武侯祠。车子从宾馆出发没行多久，便在一座红墙碧瓦、画栋雕梁的古建筑前停了下来。只见巍峨高大的门额上悬着一块“汉昭烈庙”的巨幅横匾。这不是刘备庙吗？怎么又成了武侯祠？

我像坠入云里雾中，历史的视线顿时变得模糊起来。

经过询问才知道，原来，汉昭烈庙就是武侯祠。刘备殿在前，诸葛亮殿在后，两者布局在南北向的一条中轴线上，构成了一个完整典雅的五重建筑群体。穿过大门和二门，便是刘备殿。这是一座单檐歇山式建筑，气势宏伟、富丽堂皇，门前的双龙抱口铁鼎和门头上的“业绍高光”四个大字相互辉映，慈眉善目大耳的刘备头戴冕旒，身着黄袍，手捧圭玉，端坐在殿中，给人以仁义之君的形象。殿的两侧廊房分别塑有蜀汉文臣武将各14人。也许是我孤陋寡闻，在中国的历史上，皇帝被人建庙祭祀的极少。从秦皇汉武，到唐宗宋祖，再到朱元璋和玄烨，若论文治武功，他们远在刘备之上，但在偌大的中国版图上却找不到他们的一座祠庙。唯独刘备是个例外。这个中原因恐怕主要归功于诸葛亮。虽然刘备是君，诸葛亮是臣，但在人们的心目中，诸葛亮是道德和智慧的化身，他的形象远比刘备要高大得多。世人纪念刘备，实际上是冲着诸葛亮而来的。如果没有诸葛亮，刘备庙也许早就灰飞烟灭了。

翻开刘备庙和武侯祠的变迁史，我更深深地感觉到了这一点。据载，最早的时候，刘备庙和武侯祠是分开的，刘备庙在刘备墓的东侧，而武侯祠在刘备庙的偏西稍南。虽然当时的武侯祠规模并不大，但文人骚客凭吊者却络绎不绝。诗圣杜甫就曾留下了“丞相祠堂何处寻，锦官城外柏森森”的名句。而刘备庙前却冷冷清清、门可罗雀。到了明代初年，蜀王朱椿以“君臣宜一体”为由，下令废了武侯祠，在刘备殿外附设东西两庑，附祀诸葛亮为东庑，增祀关羽、张飞为西庑。这样做的结果，使得人们反认为刘备跑到诸葛亮的庙里去了。以后祠庙几遭兵燹，化为灰烬。清康熙年间又在其废墟上重建，形成了今日前君后臣一庙二殿的格局和规模。尽管封建统治者千方百计地突出刘备，把庙命名为“汉昭烈庙”，但老百姓始终叫它“武侯祠”。漫游在祠内，我总有一种挥之不去的感觉，好像诸葛亮是君，刘备反而变成臣了。

对于历史人物，不管他们是什么人，人们的心里总是有一杆秤的。

## 二

诸葛亮殿比刘备殿稍矮一些。殿内供奉着诸葛亮祖孙三代的塑像。诸葛亮居中，羽扇纶巾、金色鹤氅，双目凝思、神态自若，仿佛胸中藏有雄兵百万和妙计千条。殿的左右各建有钟鼓楼一座，旁边还有一座抚琴楼，并刻石琴置于亭楼之上，这不禁使人想起当年诸葛亮空城弹琴退司马的故事。

最引人注目的还是遍布殿内外的各种匾联。过厅上面“万古云霄一羽毛”和正殿上面“名垂宇宙”的匾额气贯长虹。老一辈革命家董必武书写的“三顾频烦天下计，一番晤对古今情”苍劲有力。明代游俊撰写的“两表酬三顾，一对足千秋”

令人荡气回肠。一代文豪郭沫若撰写的“志见出师表，好为梁父吟”飘洒雄逸，与二门墙上岳飞草书的《出师表》遥相呼应，两位巨人，一文一武，他们用如椽的巨笔在做着千年的灵魂交流。据传岳飞在书写《出师表》时被诸葛亮公正忠诚、忧国忧民、鞠躬尽瘁、死而后已的精神深深感动，以至边写边哭，笔走龙蛇、气吞山河，不能自已。特别是清代赵藩撰写的那副著名的“能攻心则反侧自消，从古知兵非好战；不审势即宽严皆误，后来治蜀要深思”的楹联，更是精彩绝伦，使每一个到这里游览的人读后都为之叹赏，为之共鸣。

听讲解员说，1958年毛主席莅临武侯祠时曾在“攻心”联前注视良久。他也许是在细细地品味联中所蕴含的治国安邦的深刻哲理；也许是在用历史的思维评判诸葛亮攻心审势的成败得失。在蜀汉政权的建立和巩固过程中，诸葛亮审时度势，恩威并施，充分展示了他的雄才大略。当刘备为“兴复汉室”屈尊亲赴隆中，“三顾茅庐”时，诸葛亮精辟地分析了当时的天下大势，提出了联吴抗魏的主张，终于成就了刘备的霸业。当南中的少数民族叛乱四起、狼烟滚滚时，诸葛亮采取“攻心为上，攻城为下”的策略，七擒七纵孟获，一举平定了蜀汉的后方。当“联吴伐魏”的战略决策为关羽“失荆州”和刘备伐吴的“彝陵之战”所破坏，蜀汉陷入孤单无援的危机时，诸葛亮从“与其坐而待毙，不如主动伐之”的决断出发，六出祁山，北伐中原，以尽“托孤”之忠。虽然最后未获成功，但却用智慧和生命写下了可歌可泣的壮举。可以说，一副“攻心”联，是诸葛亮一生兴汉治蜀经验的集中概括和总结，它带给人们的是无尽的思考和启迪。

武侯祠的对联，永远是一部读不完的哲学巨著。

## 三

我在武侯祠内边走边看，邈远的思绪在三国璀璨的天空里翱翔。

在中国的历史上，三国时期是一个群雄并起、风云际会的时期，涌现了一大批杰出人物。但奇怪的是只有蜀汉的刘备、诸葛亮以及关羽、张飞等人被人极力推崇，并建庙祭祀，而且随着时间的推移越建越多，有的甚至遍及了神州的每个角落。而同时代的魏、吴两国的曹操、孙权等人却被冷落一旁。若论他们的军政才能和所建立的功业都不在刘备和诸葛亮之下。尤其是曹操，可谓文武双全，他不仅是建安文学的创建者，写下了许多不朽的诗文，而且善于用兵治军，袁绍、刘表等一个个强敌都败在他的手下。更使人称道的是，曹操求贤若渴、礼贤下士，就连骂了他祖宗三代的陈琳非但没有被治罪，反而受到重用。因此，聚集在他麾下的优秀人才最多最盛。同时他还轻徭薄赋，让人民休养生息，使魏在三分天下的格局中逐渐成为实力最强的一方。然而就是这样的一代雄杰，不仅没有人为其建祠立庙，相反却被许多人大肆贬斥和丑化，以致最后被描绘成了中国历史上反面人物的典型。

想到这里，我不禁为曹操打抱不平起来。但在粗略地阅读了武侯祠里那些充满儒学色彩的历代碑碣后，我又明白了其中的缘由。是啊，孔孟历来主张：君必须是正统，臣对君要忠。刘备是东汉的远支皇族，一直打着护汉的旗号，作为丞相的诸葛亮等人，一生以辅助刘备匡扶汉室为己任，不仅对刘备忠心耿耿，而且呕心沥血倾尽平生之力。而刘备对诸葛亮等人也信任无比，厚爱有加。特别是“白帝城托孤受命”的那一幕，谁人听了不潸然泪下？刘备和诸葛亮，创造了中国历代王朝君臣关系的典范，因而也就被历代统治者和儒家人士称道有加。而与此形成鲜明对照的是，曹操当时身为汉丞相，虽然没有废汉自立，但他“挟天子以令诸侯”，把汉献帝玩弄于股掌之中，其“奸雄”嘴脸暴露无遗，尤其是他的儿子曹丕最终废汉称帝，更使得曹操的狼子野心昭然若揭。对于这样一个“奸臣”，历代以皇帝为中心的封建统治者岂能容忍？加上唐宋以来，民间流行平话说书，而群英荟萃、相互争战、极具故事性的三国，理所当然地成为说书者最喜欢的题材。由于说书人大多又是那些饱学多才的民间儒士，他们出自维护封建纲常和道德伦理的需要，借取历史中弯弯曲曲、模模糊糊的一点影像，不惜歪曲、夸大甚至杜撰事实，极力褒蜀贬魏。到了明代罗贯中的《三国演义》，就更是以超乎寻常的想象和出神入化的艺术，把诸葛亮和刘备等人的形象越拔越高，而把曹操的形象越抹越黑。直至今天，他们的这种形象还深深地留在人们的心目中，这也许就是文学艺术的力量吧。

出武侯祠的时候，我想再望一望刘备和诸葛亮的塑像，但缭绕弥漫的烟雾模糊了我的视线……

2004年2月

# 点赞“抚州蛤蟆头”

## 一

长期以来，人们总认为“抚州蛤蟆头”是一句骂人的话，是对抚州人的丑化和矮化。

岂不是吗？在许多场合，只要一说起抚州人，有的人就会脱口冒出一句“蛤蟆头”。在同抚州朋友见面时，有的人也会开玩笑似的说一句“蛤蟆头”。特别是在与抚州人争辩或吵架时，有的人更是会把“蛤蟆头”叫得震天价响，让人听了很不舒服。

今年5月，我和几个朋友来到了抚州市金溪县，这次抚州行使我对“抚州蛤蟆头”的看法发生了彻底的改变。原来，“抚州蛤蟆头”根本就不是一个贬损语，而是一个名副其实的褒义词，是对抚州人的一种特殊赞美！

去金溪的那天，天气十分难得，微风和煦，阴雨相间，太阳偶尔也会探出云层洒下几许灼热。我们行走在县里的大道小路上，在感慨到处旧貌变新颜，特别是古村保护亮点迭出之时，竟意外地发现在县城的老城区里有一座水门庙，里面供奉的竟是活生生的“蛤蟆菩萨”！在一个特制的神龛里，四只蛤蟆静静地蹲坐着，幽暗的光线里透着一股神秘。神龛上分别写着“万明降福”“有求必应”“威灵赫赫”“感应昭昭”“一神通天下”“雨化敕良明”字样。神龛前，亮着两支蜡烛，摆放着四杯酒和两杯茶，烛光映着酒香和茶香，还有那两旁或明或暗的燃香，混合成一股浓烈的香味弥漫在庙里。这种专门为蛤蟆立的庙，我是第一次见。听说在抚州其他地方也有不少蛤蟆庙。抚州市市区东门外正觉寺的千佛楼西边就建有一座将军殿，里面供奉着三尊青蛙将军的神像，俗称“蛤蟆菩萨”。有关人员告诉我们，每到过年和春耕时节，老百姓们就会成群结队地到蛤蟆庙里烧香叩头，朝拜祭祀，祈求蛤蟆菩萨的保佑。

把蛤蟆当菩萨祭拜，而且把活生生的蛤蟆当作菩萨祭拜，由此可以看出蛤蟆在抚州人的心中有着多么崇高而又神圣的地位。

也许有人会问，是不是因为抚州人有“蛤蟆崇拜”情结，所以外地人就称他们为“蛤蟆头”。其实不然，“抚州蛤蟆头”这个称呼是抚州人自己叫出来的，而且是一位大名鼎鼎的历史名人叫出来的，这个人就是王安石。

据传北宋年间，临川学子王安石参加科举考试，成绩名列前茅。与他一块参加考试的邻居王安平，当场竖起大拇指对王安石连连称赞道：“你不愧是我们临川呱呱叫的角色！”然而有个没有考上的书生却在旁边以讥讽的口气说：“呱呱是蛤蟆的叫声，像蛤蟆头一样，有什么了不起？”王安石听了马上反驳道：“蛤蟆头有什么不好？我就愿做蛤蟆头。”在场的人都说王安石讲得有理，于是这话很快就传开了。

从此以后，在赣鄱大地上，又多了一个颇具特色的称呼：“抚州蛤蟆头”。

## 二

“抚州蛤蟆头”这个称呼，散发着浓浓的田野味和乡村味，听起来有些土气，也有些卑微。但唯其土气，才接地气；唯其卑微，才显高大，才值得大大的点赞。

我们点赞“抚州蛤蟆头”，是因为这个称呼展示了古代抚州人一种最原始的科学智慧，一种最原始的图腾崇拜。在人类的早期，由于对世界的认知处于一种朦胧混沌的状态，人们认为某些动物、植物或非生物有着一种超自然的会保护自己的力量，于是便把它们人格化或者神化，从而形成某种图腾崇拜。抚州地处宽广富饶的赣抚平原，自古以来就盛产水稻，是著名的粮仓。但是由于常常受到虫害的侵袭，致使这里的水稻严重歉收，乡亲们也因此过着食不果腹的日子。在长期的稻作实践中，抚州人发现蛤蟆能够吃掉稻田里的害虫，凡是蛤蟆多的年份，害虫就少，水稻就长势良好，获得丰收；凡是蛤蟆少的年份，害虫就多，水稻就长得枯黄，严重歉收。由此抚州人得出了一个结论，蛤蟆不仅是水稻的保护神，也是百姓的保护神，更是为民除害的活菩萨！所以他们就把蛤蟆作为图腾来崇拜。现代科学也充分证明，蛤蟆是水稻害虫的天敌，是捕捉水稻害虫的高手。有人曾做过统计，一只青蛙一年可以捕食1.5万多只水稻害虫。试想，千千万万只青蛙聚在一起，那要捕食掉多少水稻害虫啊！这不就是一支浩浩荡荡的水稻除害大军吗？所以，蛤蟆就是丰年，蛤蟆就是富足。同时，蛤蟆还是天气预报的能手。“地上蛤蟆叫，天上雨水到”，“田里蛙不叫，大旱逃不掉”。密集的蛙声总是预示着风调雨顺，伴随着五谷丰登。怪不得金溪人把那座祭祀蛤蟆的庙叫作水门庙。在生产力十分低下的农耕时代初期，抚州人就能够对蛤蟆的益处有了某种科学的认识，并逐渐形成了一种自然拜物教，这是非常了不起的。

我们点赞“抚州蛤蟆头”，是因为这个称呼叫响了人类繁衍生息的最强音。我们知道，“蛙”和“娲”同音。而女娲是中华民族的始祖，所有炎黄子孙都是她的后代。正如《说文》

所说，“娲，古之神圣女，化万物者”。无独有偶，人们把小孩也称作“娃”，把生孩子叫作“生娃娃”。这不是简单的巧合，而是青蛙的某些特性十分符合人类的生殖繁衍愿望。你看刚刚出生的小孩肚子鼓鼓的，很像青蛙也就是蛤蟆的腹部，而蛤蟆的繁殖能力又很强。每当春天来临，无论河沟还是湖汊，到处都是蛤蟆产的卵子，它们像一串串黑色的珍珠浮在水中。每只青蛙一次可产卵几百个以至上千个。大约一个星期，这些卵子就变成小蝌蚪，经过一些时候又变成一只只小青蛙。这时，我的眼前不由得浮现出齐白石《蛙声十里出山泉》那幅著名的水墨画。画面是一条山涧，急湍的山泉在涧中流淌，水中游着六只小蝌蚪，上方用石青点了两个远山头。奇怪的是，画中却没有青蛙。就像小学课本里《小蝌蚪找妈妈》的故事一样。十里都是蛙声，十里不都是青蛙妈妈和它们千千万万的子女小蝌蚪吗？齐白石不愧是画坛大师，他用“画外音”告诉人们，青蛙是一个生生不息非常兴旺的庞大家族。这不就是我们中华民族多子多福传统的形象写照吗？青蛙是还一种很“贱”的动物，只要有少许的食物，无论在水里还是陆上都能成活。而且一到寒冷季节它们还会钻到土里冬眠，来年春天又破土而出，“死而复生”。在自然环境非常恶劣和生活条件十分艰苦的古代社会，养大一个小孩不容易，时刻都有夭折的危险，大人们都希望自己的小孩能像青蛙那样贱生贱养，长大成人。古时的抚州河湖密布，水草丰茂，十分适宜蛙类的生长，可谓是一个蛙类的世界和天堂。因而蛤蟆又成为抚州人心中的生育神。他们都期盼自己的家庭能像青蛙那样生育多多，子孙满堂，一代一代繁衍不息，一代一代兴旺下去。可见对蛤蟆的崇拜就是对生命的崇拜。所以，“抚州蛤蟆头”这个称呼，既体现了抚州人古老质朴的自然生育观，又折射了抚州人的人类与动物和谐共生的、朴素的、天人合一的生态观。

我们点赞“抚州蛤蟆头”，是因为这个称呼体现了抚州人勇争第一的“呱呱叫”精神。蛤蟆的叫声，从来都是雄壮的、嘹亮的、威武的、鼓舞人心的。我住的地方在一个湖边，每当春天来临，湖里就会传出蛙鸣声，开始是一声两声、三声四声，接着是五声六声、七声八声，渐渐地，蛙声越来越多，越来越密，最后汇成了一股摄人心魄的巨大声浪。我曾听说在世界一些地方，甚至会出现成千上万只蛤蟆聚集的景象。1983年6月的一天，湖南醴陵市大障乡石冲村就出现了十几万只蛤蟆聚会的奇观。这天清晨，村民们突然被一片高亢的蛙声惊醒。他们出去一看，发现在四个村庄连片种植的杂交稻制种秧田里全是蛤蟆。它们三只一堆，五只一群，叫声连天，震耳欲聋，像战鼓擂动，像军号齐鸣，像惊雷炸响，回荡在田野山头，激扬在天上云间。青年时代的毛泽东，曾写过一首“独坐池塘似虎踞，绿树底下养精神。春来我不先开口，哪个虫儿敢作声”的

《咏蛙》诗，更是把青蛙的霸气表现得淋漓尽致。可以说，蛤蟆发出的“呱呱叫”声音，也是抚州人敢于力压群雄、勇当第一的铿锵表达。正是在这种精神的激励下，才有临川才子，才有抚州文章，才有心学创立，才有“临川四梦”，才有金溪雕版书，才有流坑“千古第一村”，才有抚河两岸许许多多流光溢彩冠盖华夏的“呱呱叫”篇章。

我们点赞“抚州蛤蟆头”，是因为这个称呼蕴含着抚州人追求富贵的难得品格。在抚州文化中，蛤蟆是水神，而水又是主财的，所以蛤蟆就是抚州人的财神。正因如此，抚州人在江西老表中是最会做生意的，无论在东海之滨，还是西南边陲；无论在繁华闹市，还是偏僻山村，都留下了他们在商海艰难跋涉的足迹和奋力打拼的身影，其中还涌现了数量众多的富商大贾。举世闻名的茅台酒，其创始人之一就是被誉为清代贵州首富的江右抚州商人华联辉。清代广西的首富李宜民也是江西抚州人。据明代万历年间任云南澜沧兵备副使的王士性记载，在云南各地经商的人，抚州人居十之五六，他们不仅在城镇做买卖，而且把生意做到了山高林密的少数民族部落，许多人还融入其中，担任了部落的酋长头目。抚州人不仅尊普通的蛤蟆为财神，就是颜值相对较低的癞蛤蟆，即蟾蜍亦被他们看作富贵的化身。因为蟾蜍身上有许多疙瘩状的突起物，老百姓把这看成是金钱，所以癞蛤蟆又称金蟾。直至今天，抚州等地的不少商家还把后背驮着金钱、口中衔着金币的蟾蜍摆放在柜台上，以表达自己对富贵的美好追求。不仅如此，在中国古代民间，蟾蜍还是镇凶邪、主富贵的象征，以至羽化成了天上的神仙。在嫦娥居住的月宫里，就有一只可爱的蟾蜍，所以月亮亦被称为“蟾宫”。据说在武则天所建的洛阳城上阳宫遗址里，竟出土了一只石蟾蜍。蛤蟆受到嫦娥和皇家的青睐，可见它们是多么的高贵！

三

春夏之交的赣抚大地充满生机，富有诗意，也是蛤蟆最活跃的季节。在我们参观的路上，不时地可以听到稻田、小溪、湿地和草丛里发出的一阵阵蛙鸣。在一些古村的池塘边，也不时可以看到有些蛤蟆跳入水中，先是溅起一朵朵水花，然后伸着两腿急速游着，在泛起的一圈圈涟漪中忽地无踪无影了。此情此景，使我想起了中华民族文学海洋中那些描写蛙声的诗文。韩愈的“一夜青蛙鸣到晓”、赵师秀的“青草池塘处处蛙”、陆游的“草深无处不蛙鸣”、辛弃疾的“稻花香里说丰年，听取蛙声一片”、刘基的“一池草色万蛙鸣”……这些佳句不仅写尽了蛙声的悦耳动听，也生动地表达了自古以来人们对蛤蟆的深深喜爱。

其实，不仅仅是抚州地区，在我国许多地方都有蛤蟆崇拜的习俗。广西壮族地区的图腾就是青蛙，广大的壮族同胞不仅把青蛙视为丰饶神的化身，还视为生育神的化身。直至今天壮族地区的不少器物和石壁上都刻有青蛙的图案，民间还流传着许多关于青蛙保护庄稼、青蛙和人类婚媾的神话故事。特别是一年一度的“蛙婆节”，从农历新年开始一直要举行到正月底。大年初一那天清晨，村寨里的男青年都要争先恐后地到田野里找青蛙。第一个找到青蛙的是运气最好的人，并要当众宣布同青蛙“结婚”，大家都称他为“青蛙郎”。通过这一系列的盛大祭祀活动，既展现了青蛙巨大神奇的力量，又把壮族人民对青蛙的崇拜表现得酣畅淋漓。

德国作家格林写过一个著名的童话故事，叫作《青蛙王子》。说的是有个长得光艳照人的小公主，有一天在水井旁边的台子上玩她最喜爱的金球，不小心把金球滚进了井里。小公主急得伤心地哭了起来。这时，有只小青蛙来了，问她为什么哭泣？小公主说：“我的金球掉到水井里了。”小青蛙说：“你不要难过，我来帮你。”说完跳进水井把金球捞了起来。从此以后小青蛙和小公主成了好朋友。当小公主得知小青蛙原来是个英俊帅气的小王子，因为得罪了一个坏巫婆而被变成了小青蛙时，小公主就想方设法把小青蛙变回了小王子。后来两个人结了婚，过上了美满幸福的新生活。这虽然是个童话，但我们可以看出青蛙有着一颗乐于助人的善良之心。好人终有贵人助，好心终归有好报。如果说《格林童话》里的小青蛙原本就是一个英俊潇洒的王子，那么，“抚州蛤蟆头”就是我们赣鄱大地一支出类拔萃的精英！

小小蛤蟆，寄托着人类幸福吉祥的情感。“抚州蛤蟆头”，更是饱含着丰富美好的寓意。让我们为“抚州蛤蟆头”点赞祝福！让我们把“抚州蛤蟆头”叫得更响！

2020年9月

# 滕王阁

## 一

徜徉在中国的山川大地，在星罗棋布的人文名胜中，人们所看到的，要么是像万里长城那样的古代军事设施；要么是像北京故宫和明十三陵那样的帝王宫殿和陵墓；要么是像苏州拙政园那样的达官贵人的府邸和园林；要么是像杭州灵隐寺那样的什刹庙宇；要么是像山西鹳雀楼那样的亭台楼阁；要么是像韩愈和苏东坡那样的历代文人骚客的题吟之地。一部中国名胜古迹史，其实就是一部帝王将相和才子佳人的遗迹史。

闻名千秋的滕王阁亦是如此。它不仅为一位赫赫有名的皇子所建造，而且以他的封号所命名。

这位皇子就是唐朝开国皇帝李渊最小的儿子李元婴。

公元653年，也就是唐高宗李治永徽四年，带着一道谕旨，李元婴由苏州刺史转任洪都都督。那时的洪都，虽地处江南，却偏僻落后，一片荒凉。既无京城的繁华，又无苏州的绚丽，过惯了声色犬马、灯红酒绿生活的皇子，哪能受得了这样的贬谪和冷寂。于是，李元婴将一切政事置于脑后，整日寻欢作乐，不是花天酒地、歌舞相陪，就是到郊外的山林里打猎游玩。有一天，他来到洪都城外赣江东岸的一片小山冈上，放眼望去，只见西山披翠、长空如碧，赣水滔滔、白帆点点，鸟鸣于绿林、蝶舞于花丛。置身于这怡人的美景之中，一个念头在李元婴的脑海里产生了，他要在这山丘之上修建一座楼阁，这样既可览山川之秀，又可极歌舞之乐。果然，没有多久的时间，一座瑰丽的高阁便耸立在赣江之滨了。

历史往往就是这样具有讽刺意味，一座具有浓郁高雅文化气韵的江南名楼，最初却是一位皇子沉溺歌舞、追求享乐的产物。其实，岂止是滕王阁，综观古今中外，有许多我们今天引以为豪的建筑，不都是如此吗？无论是法国的凡尔赛宫，还是俄罗斯圣彼得堡的夏宫；无论是中国的颐和园，还是印度的红堡，都是最高统治者们为了追求豪华奢侈生活而建造的。没有帝王显贵们永无休止的贪婪和享乐，我们就会少了许多的名胜古迹，历史也就不会显得如此的耀眼夺目。

## 二

1000多年来，在滕王阁上发生了许多动人的故事，但最脍炙人口的是“时来风送滕王阁”。

那是公元675年，被誉为“初唐四杰”之一的年轻诗人王勃，从家乡山西动身去探望被迁谪到南海任交趾县令的父亲。当他乘船沿长江上行至江西彭泽的马当[①]时，突然狂风骤起，波浪滚滚，船一会儿被抛上浪尖，一会儿被摔下波谷，随时都有翻沉的危险。就在这万分紧急的时候，老艄公当机立断，迅速将船摇到了马当山下停靠，一场突如其来的灾难就这样避免了。

然而，奇怪的是，没过多久，江面又风平浪静了。于是喜好山水的王勃借机下船游览。刚至山顶，他就被眼前的景色陶醉了。两岸的青山像一把钳子般的夹峙，长江像一条游龙逶迤西来，突然在此裹紧腰身穿峡而过，然后又甩开身子呼啸东去，真是好一道水上天险啊！

王勃一边漫步，一边观赏。突然，他看见前面不远的一块巨石上，端坐着一位白髯皓眉、貌若仙人的老者，连忙整衣向前，作揖施礼。哪知老者一动不动，甚至连眼皮也没抬，就告

① 马当：今马垱，长江最重要的要塞之一，因山形似马，故名。

诉他，明天是九九重阳，滕王阁有高人聚会，你快前往参加并作文章，定可名垂千古。王勃听后感到迷惑不解，此地离洪都有六七百里之遥，一个晚上哪能到得了呢？老者微微一笑道，你只管上船，自有清风助你如期到达。话音刚落，老者就遁而不见了。

遵照老者的吩咐，王勃立即返回船上。果然，随着一阵清风渐起，小船张着白帆，如箭一般向前驰去。天渐渐黑了，大地一片迷茫，月亮的银辉洒在水面上，不时地在船的四周闪动着一圈圈白色的涟漪。王勃只听见耳边风声呼呼，好似腾云驾雾，于是慢慢进入了如幻如梦的境界。等他醒来，天已大亮，船也稳稳当当地停靠在洪都的赣江之畔了。

此时，一场盛宴正在滕王阁上进行，真可谓高朋满座，胜友如云。王勃悄然到来，坐在其中。面对各界名儒学士，宴会的主人阎都督再三起身举杯，请求诸公为重修竣上的滕王阁作序，并刻石为碑，以传后世。因为此前大家都知道阎都督已要其女婿先写好了序文，所以都一一推辞，假装不敢接受。也许是因为年轻才高，在轮到王勃时，他毫不谦让，立即铺纸挥毫，洋洋洒洒地写了起来。不多时，一篇《滕王阁序》就一气呵成了，引得满座一片惊奇和羡慕。

曾经听到过一种议论，有关王勃“时来风送滕王阁”的故事，不过是后人的杜撰，以那时的交通条件，王勃根本不可能在一夜之间从彭泽马当到达洪都。据查，这个故事最早出自唐末五代时期进士王定保所著的《唐摭言》一书，这时离王勃登临滕王阁作序已有200多年了，可见作者也是根据民间传说记载的。我们没有必要去考证这个故事的真伪，因为文学需要的是具有丰富想象力的神话，而不是经过严密考证的科技。考证只会扼杀文学的生命。一座著名的楼阁，一个著名的才子，一篇著名的文章，一定会伴有一个无比动人的神话故事。如果没有王勃的神话故事，滕王阁就会失去神秘、失去浪漫、失去魅力、失去色彩，中国文学史上就会失去一个美丽的传奇，《滕王阁序》也就不会得到如此广泛的流传。

也有一些人认为，王勃虽然才思敏捷，但从未到过洪都，不可能一登滕王阁就当场写出那么好的序文，应该是他来了多日后的有感之作。这种推断有一定道理。其实，对于一位文章大家来说，写一篇华丽的文赋并不是一件很难的事。在中国文学的灿烂星空中，有些华章就是作者并没有身临其境而写的。唐代的杜牧根本没有见过阿房宫，却写出了撼人心魄的《阿房宫赋》。明初的南京，根本没有阅江楼，而大臣宋濂却写出了千古名篇《阅江楼记》。由此可见，王勃在来到洪都之前，尽管他没有登过滕王阁，但一定登过其他楼阁，他事先也一定了解了洪都和滕王阁的人文历史和地理环境。所以，凭着已有的经历、体验、知识和文才，他登阁即兴有感而发写一篇滕王阁的序文也就不足为奇了。

## 三

在中国历史上，恐怕没有一座楼阁像滕王阁这样屡毁屡建，至今已是第二十九次了。

世事沧桑，兴毁频仍，滕王阁是不幸的，又是有幸的。

那么，究竟是什么原因促使人们在滕王阁不断地被毁之后又不断地去重建它呢？

一种比较普遍的看法就是因为王勃的《滕王阁序》写得精彩。多少年来，人们对它赞赏有加，被誉为千古绝唱。事实也是这样，序以阁名，阁以序传。人们来登楼，更是来寻文。从王勃的序文开始，滕王阁便开始了它漫长的文化旅程。历代文人的诗词文章使这座始建时并不起眼的楼阁，逐渐成为誉满天下的江南名楼。

所以，清代诗人尚镕说："倘非子安序，此阁成荒陬！"这也许就是文学的力量。

中华民族历来有文以载道的传统。一篇一流的文学作品，思想一定是深刻的，境界一定是高远的。否则，就是文字再生动，也只不过是一篇内容浮浅的美文。如果把王勃的序文放在中国古代文学的同类作品中去比较，它就不能算是一流的了。

王勃的《滕王阁序》，人们从中读到的，尽管也有大气磅礴的描写，也有触景生情的议论，但那大都是对洪都物华天宝、人杰地灵的赞美，对滕王阁瑰玮奇特、万千气象的惊叹，对自己生不逢时、怀才不遇的感慨。总体上给人的感觉是华美有余、内涵不足，既缺乏宽广向上的人生气度，也缺乏振聋发聩、使人深省的理性。

相反，同是登楼赋文，范仲淹的《岳阳楼记》就不一样了。他在以恢宏的笔墨描绘了洞庭湖“衔远山，吞长江”的波澜壮阔，描绘了洞庭湖淫雨丽日的变幻多姿之后，进而发出了“不以物喜，不以己悲”“先天下之忧而忧，后天下之乐而乐”的心声。毫无疑问，这种境界与胸襟远比王勃要宽阔和高尚，给人们的启迪也远比王勃要巨大和深刻。

如果说王勃的《滕王阁序》所抒发的是“小我”的话，那么，范仲淹的《岳阳楼记》所抒发的则是“大我”。

人们推崇王勃的《滕王阁序》，还有一个重要原因，就是认为其文字优美、文采飞扬。确实，不论是写景还是抒情，王勃在序文中都大量运用排比和对仗，极尽华丽、夸张之词，把中国传统文化中的对称美和音韵美发挥得淋漓尽致，给人以强烈的感染力，特别是有些既精辟又形象的语言，至今还活在人们的心中。但是，人们在华丽之中，也看到了序中深深浸透着魏晋南北朝时期空洞奢靡、矫揉造作的遗风，缺乏一种清新、朴实、自然的韵味。不仅如此，就连文中一些常常让人击节的佳句，也大多不是王勃的创造。“落霞与孤鹜齐飞，秋水共长天一色”，是仿自庾信的“落花与芝盖同飞，杨柳共春旗一色”；“老当益壮，宁移白首之心；穷且益坚，不坠青云之志”，是仿自马援的“丈夫为志，穷当益坚，老当益壮”；“东隅已逝，桑榆非晚”是仿自《后汉书·冯异传》里的“失之东隅，收之桑榆”。所以，就文字水平来讲，《滕王阁序》也不能算是一流的。

当然，我们也不能去苛求王勃。因为任何文学作品的产生，都要受到作者所处时代、经历、思想和艺术水平的限制。作为出身书香世家、有“神童”之誉的王勃，20岁以前，可谓是少年得志，春风得意，不仅仕途顺达，未及弱冠，便授朝散郎，而且诗文绮丽，声名远播。由于当时的京城里诸王斗鸡取乐成风，王勃仗着文才，戏写了《檄英王鸡》一文，惹得唐高宗龙颜大怒。一头雾水的王勃哪里知道，在至高无上权力森严的宫殿里的事是绝不允许文学家们任意挥笔戏说的，于是，他被逐出了长安城。从此，年轻的诗人便步入了命运多舛的途程。他先在四川客居了三年，返回京城后又到虢州任参军，继而因匿杀官奴被判重罪。虽然恰遇朝廷大赦恢复旧职，但此时的王勃已经心灰意冷、彻底绝望了。加上他本质上只是一介书生，且经历单纯，不像范仲淹那样是一个久经磨砺、思想成熟的政治家。所以，在这样的一种背景下，要求王勃的《滕王阁序》像《岳阳楼记》那样具有高远的思想境界和强烈的震撼力也就有些强人所难了。

这也从一定程度上印证了一个奇特的文学现象，中国文学史上最优秀的作品，往往都不是那些纯粹的文人所写的，而是出自那些集政治家、思想家和文学家于一身的人之手。

## 四

古人的楼阁，一般都建立在山冈等制高点上，就是没有高地，也要建在高高的基座上。所以，楼阁一般都是全城最高的建筑，也是全城的标志性建筑。

唐初的滕王阁，尽管高度只有十几米，规模也不大，但由于建在城外江边的山冈上，因而看上去显得非常的雄伟。王勃在序文中形容它“层台耸翠，上出重霄；飞阁流丹，下临无地”。那时的滕王阁，不愧为人们登高抒怀的最佳之地。

是啊，当人们站在高高的滕王阁上时，极目远眺，山川大地尽收眼底，诗情画意涌上心头，那是一种多么惬意的情景啊！

这种感觉在1300多年后的滕王阁上还能找到吗？

今天的滕王阁，是由我国著名建筑专家梁思成先生根据宋代的草图而设计，于1989年10月8日“重九”之日落成的。它高57.5米，占地4.3公顷，不仅气势雄伟，规模宏大，而且画栋雕梁，金碧辉煌。尤其是那拾级而上的城墙式基座，那凌空欲飞的七层重檐，那悬缠在阁上的三层回廊，那翠如碧玉的琉璃脊顶，使整座楼阁显得既古色古香、典雅庄重，又灵动飘逸、超凡脱俗。

毫无疑问，重建后的滕王阁，在历史上是无与伦比的。不仅如此，在江南三大名楼中，它也是最高的，真可谓是不折不扣的“西江第一楼”。

但是，在登临另外两座名楼后，对高居第一的滕王阁又感到有些名不副实。

黄鹤楼，虽然没有滕王阁高，但由于建在龟山之顶，又面向长江，伫立其上，使人有一种横空出世、如临云霄之感。

岳阳楼，这座仅高三层的清代建筑，面对洞庭湖浩渺无际的烟波，矗立其上，使人有一种思接千载、气吞万里之感。

而站立在滕王阁上，尽管也能像王勃当年那样看赣水奔流，观江洲芳草，听绵绵春雨，迎萧瑟秋风，却缺乏那种“天高地迥，觉宇宙之无穷”的高远与深邃。在其四周，几乎被水泥森林包围了，东面、南面和北面都是几十层高的五光十色的大厦，隔着赣江的西面则是新崛起的红谷滩新城。在现代化的进行曲中，滕王阁变得越来越矮小了，变得越来越逼仄了。在这里，已看不见南浦飞云，看不见西山积翠，看不见徐亭烟柳，看不见东湖夜月，也看不见大地与长天的交汇了。

丧失了昔日那种独立高耸气势的滕王阁，当然在人们的心目中也就产生不了那种“欲穷千里目，更上一层楼”的诗意，就产生不了那种叩问苍茫、感慨万千的激情。产生不了诗意和激情的滕王阁，只能是一个纯粹供人们游玩的景点。

从建筑学和美学的角度看，这不能不是一个巨大的遗憾。可见，对于一座供人们登高抒怀的古代楼阁来说，如果失去了高度优势，失去了视线的宽广和通达，也就失去了其基本的功能和意义。

人们赞美西安大雁塔的雄伟，并不是因为它是古老佛教的象征，而是因为它在今天日新月异的建设中仍保持着一塔矗立的气势。

人们惊叹巴黎凯旋门的壮观，不仅因为12条大道以它为中心呈放射形向四面伸展，更因为它从建成至今一直是巴黎老城区的最高建筑。

因此，面对那些历史文化名楼，人们在推进现代化的过程中，千万要小心翼翼地保护好它们的原始风貌，保护好它们周边的原始环境。否则，我们就会失去一段历史的文化高度，失去一段历史的文化视线，失去一段历史的文化空间。

滕王阁，人们期盼着你重新高耸在南昌城头。

滕王阁，人们期盼着你重现昔日的人文辉煌。

2010年6月

# 万寿宫：江右商帮的精神殿堂

## 一

著名作家余秋雨曾经写过一篇散文，说在他到过的省会城市中，南昌算是不太好玩的一个。这话引起了南昌人的极大不快，认为有失公允，不符合事实，有的人甚至要余先生为南昌正名。虽然余先生也为此做过努力，但效果甚微。平心而论，当年余秋雨先生产生这种看法，也不能全怪他。他那时来南昌，城里可看的景物确实寥寥无几。闻名遐迩的滕王阁还没有重建起来，城区的铁柱万寿宫早被一把大火烧成了灰烬，西山万寿宫在离市区几十公里的郊外，地方偏僻，路况又差，不太容易去。加上我们过去很少提及万寿宫，很多外省人对此几乎一无所知。这样，对于颇有造诣的文化学者余秋雨先生，他到南昌后当然只有把眼光投向青云谱，投向开创一代画风的八大山人，才能从中领略中国绘画以至中国文化的大境界。

其实，在江西老表的心目中，相较于青云谱，无论是地位还是影响，万寿宫都要高得多。如果打个不太恰当的比喻，八大山人好似阳春白雪，而万寿宫则像下里巴人。300多年前，在青云谱那冷寂阴湿的房间里，作为明朝皇室后裔的八大山人，目睹朱家的江山被清军的马蹄踏碎，心如刀绞，悲痛欲绝，于是拿起画笔，把满腔的愤怒和反抗挥洒在宣纸上，或用一只翻着白眼单脚吊立于枯枝的小鸟，或用几枝在寒风中扭曲硬撑的残荷，来宣泄心中的不满和痛苦。也许是情由心生、境由画造，这样八大山人也就在有意无意中开创了新的大写意画风。如果没有明朝的灭亡，八大山人也就不可能创作出那么多风格独具的画作，也就不可能在中国画坛上树起一座巍峨的丰碑。但实事求是地说，不管八大山人在绘画上取得多么杰出的成就，不管青云谱多么有名，在当时为温饱生计奔波的老百姓眼里都是无关紧要的，也是索然无味的。所以青云谱和八大山人也就很难走进一般老百姓的心里，而只能在一些文人墨客和士大夫中享受他的崇高地位。文学艺术有时就是这样，其水平的高低同大众的喜爱往往是两回事。对许多大家的作品，老百姓觉得离自己的生活太远，所以他们并不买账。如此，青云谱被普罗大众冷落也就很自然了。

但是万寿宫却完全不同，从其诞生的第一天起，就与老百姓的命运紧紧地连在一起。万寿宫所祭祀的主神许逊，生于西晋时的南昌，同八大山人一样都是一位地道的老表，他先在四川旌阳当了10年县令，做了很多好事，深受当地人民的爱戴。以后辞官回到家乡，为人民斩妖除蛟，消除水患。传说他在南昌的广润门旁铸了一口铁柱井，里面安了8根铁链，锁住孽龙尾巴，并作谶语符咒。同时他还灭瘟除疫，治病救人，使得南昌地区风调雨顺，人们安居乐业。许逊后来隐居西山，潜心修炼，创立了净明道。在东晋宁康二年（374年）136岁时终于修成正果，并携全家42口，连同鸡犬，拔宅升天。这也是“一人得道，鸡犬升天”的来历之一。

由于许逊竭尽全力为老百姓谋福祉，在他仙逝升天之后，当地的人们把他视为“福主”，并自发地建祠纪念，这祠以后被称为万寿宫。在江西历史上，最早建造的万寿宫就是本文开头时所讲的两座。一是许逊隐居修道地的西山万寿宫，这是一个庞大的建筑群，高大华丽的山门里面，有高明殿、关帝殿、谌母殿、三清殿、老祖殿和玄帝殿，有玉皇阁、玉册阁、三官阁、紫微阁、敕书阁和冲天阁，以及十二小殿、七楼、三廊、七门、三十六堂和大戏台。宫外还有太虚观、接仙台、云会堂等附属建筑。远远望去，红墙绿瓦、层楼叠阁，金碧辉煌、气势恢宏，犹如天上宫阙。二是南昌老市区许逊斩蛟治水处的铁柱万寿宫，虽然后来被毁，但从光绪四年（1878年）《逍遥山万寿宫志》的绘图来看，铁柱万寿宫的规模也是不小的。整个宫殿分为东西两个部分，主体建筑在东部，前院有戏台、水池，宫墙内有广庭，中设甬道，通向正殿，后面是玉皇殿，均为五开间重檐歇山式建筑。西部主要有关帝殿、夫人殿、谌母殿等。但最具象征意义的铁柱井却没有了。据有关专家考证，明初大臣宋濂曾作《镇蛟灵柱颂》，吏部尚书刘崧也在《紫霞沧州楼记》中称“此楼与铁柱亭对峙”，应该说铁柱井至少在明朝初期是存在的。

从晋代开始，许逊就逐渐成为江西特有的地方保护神，成为全省老百姓心中的神仙。从此，赣鄱大地以至省外赣籍移民地区都相继建起了万寿宫，特别是在明清时期随着江右商帮的兴盛，万寿宫的建设又掀起了一个新的高潮。可以毫不夸张地说，但凡有江右商帮的地方，就一定会有万寿宫。在江右商帮最为兴旺的清代，全国共有近2000座万寿宫，除省内600余座外，几乎分布于全国各地，甚至漂洋过海，建到了东南亚一带，现在新加坡的惹兰勿律街上就有一座万寿宫。

江右商帮，让万寿宫成了江西在全国乃至海外的历史性地标。这是中国建筑史上的一大奇观。

## 二

我总在想，对许逊的崇拜和祭祀，最初只不过是当地的一种民间风俗和宗教现象，万寿宫也只是道观建筑。无论是许逊本人的经历还是专门祭祀他的万寿宫，可以说同江右商帮都没有什么关系。但为什么江右商帮走到哪里都要建造万寿宫供奉许逊呢？以至最终人们把万寿宫和江右商帮完全等同起来，认为江右商帮就是万寿宫的代表，万寿宫文化就是江右商帮文化，对万寿宫文化本身的内涵反而淡化甚至不知其然了。

任何事物都不是无缘无故产生的。江右商帮之所以要举起万寿宫的旗帜，是因为当时他们经商的需要。

第一，万寿宫在历代朝廷和老百姓中享有的神圣地位有利于提升江右商帮的影响力。万寿宫始建以来，不仅受到当地老百姓的顶礼膜拜，而且得到历代朝廷的高度重视。南昌市区的万寿宫，唐代叫铁柱观，北宋大中祥符二年（1009年）宋真宗将其改名为景德观。南宋嘉定元年（1208年），宋宁宗御书“铁柱延真之宫”，将“观”改为“宫”。元贞元年（1295年）元成宗继位后又将原额改赐为“铁柱延真万年宫”。明代朱元璋夺取天下后驾临南昌城，首先来到铁柱宫，亲上御香，成为第一个在铁柱宫进香的皇帝。嘉靖四十五年（1566年），明世宗又将宫名改赐为“妙济万寿宫”，并御书“神仙怡世”。市郊的西山万寿宫，南北朝时叫游帷观，宋大中祥符三年（1010年）宋真宗将其升格为“玉隆宫”，并亲书匾额。宋徽宗政和六年（1116年）赐为“玉隆万寿宫”，并以长安崇福宫为蓝本进行了大规模扩建。明正德十五年（1520年）明武宗题额“妙济万寿宫”。每逢许逊升天之日，数以万计的老百姓都会自觉地来到万寿宫举行祭祀许真君的盛大庙会。而作为诞生于宋元、兴盛于明清的江右商帮，其历史虽然比万寿宫晚得多，但他们深知万寿宫的这种特殊地位和影响，所以最初闯荡在外的江右商人便产生了一个大胆想法，何不把商会的会馆建成万寿宫？这样可以使商会的会馆更具号召力和凝聚力，特别是万寿宫那种神秘的宗教力量更是一般会馆所没有的，让人顿生一种神圣感，因而不仅会扩大江右商人的信誉、提升江右商人的地位，而且会为江右商人做生意创造一种良好的氛围。把万寿宫作为江右商帮的会馆，体现了江右商人的智慧，也使江右商帮同万寿宫结成了一体，万寿宫最终成了江右商帮的象征。

第二，供奉万寿宫的主神许真君，使江右商帮有了保护神。在古代交通、科技十分落后和生活条件非常艰苦的情况下，长期在外做生意的人们，希望有一个神灵来保佑他们身心的平安健康和事业的兴旺发达。在我国福建沿海一带，妈祖就是广大渔民的保护神。这位海神原是福建莆田湄洲湾海滨的一位姑娘，她不仅有预知天气的本领，而且练就了一副好水性。她会告诉渔民什么时候可以出海，什么时候需要返航。每当大海发生风暴渔船被困的危急时刻，她都会毅然纵身跃入海里冒着风浪进行救援。据说有一天晚上，大海像泼了浓浓的墨汁，狂风掀起了滔天巨浪，正在回家途中的渔船迷失了方向。这时，年轻的姑娘毅然将自家的房屋点燃，让熊熊的火光引领渔船归航回到了港口。但可惜的是，姑娘28岁那年，在一次海上救援中再也没有回来。村里的人认为她是感动了上天而升天成神了，于是人们就称她为妈祖，后来妈祖便成了东南沿海世代渔民乃至海外华人的共同神祇。渔民们出海之前，都要到妈祖庙里烧香叩拜，祈求妈祖护佑。妈祖是他们战胜各种艰难险阻的巨大精神力量。目前，全世界有妈祖庙上万座，遍及45个国家和地区。20世纪80年代联合国有关机构还授予妈祖“和平女神”称号，并于2009年9月将其正式列入人类非物质文化遗产。同妈祖相比，许逊的成仙过程也极为相似。他原为一介平民，通过举孝廉，做县令，为民除害，行医治病，最终羽化成仙，被人们自发祭拜。江右商帮长期在外做生意，吉凶难卜，生死难料，因此他们需要一个神祇来保护他们，而在赣地早已成神的许真君正好符合这些生意人的心愿，于是他们便把许真君奉为江右商帮的“福主”进行祭祀。人们的心理是十分复杂的，明明知道神祇是人供奉出来的，但对神都有一种敬畏心，都相信神有一种超自然的灵性。祭拜了，心里就踏实了，精神就有了支撑；不祭拜，就会显得心神不定，恐惧不安，以致出现不应该出现的过错和不测。

第三，万寿宫所蕴含的文化内核有益于江右商帮生意的进行。在长期的历史积淀中，万寿宫文化由最初许逊创立净明道所包含的“忠、孝、廉、慎、宽、裕、容、忍”八字真言逐渐发展成了一种具有鲜明特色的地方文化。这种文化集中表现在不惧邪恶、敢于斗争上，表现在舍弃自我、造福百姓上，表现在不畏艰难、坚忍不拔上，表现在忠诚待人、讲求信用上，表现在取财有道、义利兼顾上，表现在宽容大度、谦虚谨慎上，表现在同舟共济、相互帮助上，表现在孝长爱幼、清白做人上，表现在积德向善、善有善报上。还有就是许逊一生与水有关。古人认为水主财，水能生财，财随水走。五行中的水也代表财富。这是因为凡是有河流的地方都是商船云集、经济发达的地方。所以，万寿宫的宗教伦理文化也是江右商帮所主张的商业伦理文化。于是，他们便全盘“拿来”为我所用，以至成了江右商帮不成文的行规，成了江右商帮文化的核心和支柱。此后，随着江右商帮队伍和活动范围的不断扩大，万寿宫文化渐渐成了江西地域文化的代表。

第四，以万寿宫为会馆，可以为江右商帮营造一个“远方的家园”。在古代，由于条件艰苦，商人做生意很不容易，不仅长期背井离乡，尝尽远离亲人之苦，而且要在他乡顽强奋斗，拓出经商的新天地。可以想象，独在异乡为异客的商人们的心里是多么的寂寞孤独，又是多么的无依无靠。他们需要亲情，需要乡情，需要同故乡人在一起炉边夜话同枕共眠，在一起大块吃肉、大碗喝酒，在一起看戏娱乐、同哭同笑。这就需要有一个公共活动场所。于是商会会馆就顺时顺势地诞生了，于是江右商帮也建起了具有会馆功能的万寿宫。江右商人经常在这里见面会友，在这里协商事情，在这里互通有无，在这里歇脚休息，在这里拉家常，在这里看大戏。即使长年不能回家，也有一个温暖的归宿。万寿宫给了江右商人莫大的心灵慰藉，成了他们不可或缺的精神家园。

## 三

在云南会泽县，有一座被誉为全省古代建筑之冠的宫殿式建筑。这就是江右商人在清康熙五十年（1711年）兴建的万寿宫。这座三进院落的宫殿，沿中轴线依次排列。第一进为门楼通道，前檐三重，悬挂九龙捧圣“万寿宫”直匾，后为五重飞檐的戏楼，福禄寿三星镇中，屋顶42只翘起首翼角，与戏楼台下42根落地柱相对应。第二进是真君殿，面阔五间，石雕围栏，直柱飞檐，画栋雕梁，巍峨壮观，两边为对称的偏殿，后檐有一韦陀亭。第三进是观音殿，殿堂高大雄伟，两面是东西书房。另外在中殿和后殿两边还辟有东西跨院。整座建筑占地面积为7545平方米，房屋44间，集雄、奇、秀、美于一体，不愧为万寿宫建筑中的杰作。

此时，一场祭祀许真君的仪式正在宫里举行。来自当地的江右商人们表情严肃、神态虔诚，朝着许真君三跪九拜，一方面祈求“福主”保佑；另一方面向“福主”发誓遵守“贾德”，做个有良心的生意人。宫里香烟缭绕、烛光闪烁，神台上的许真君似动非动，若隐若现，显得更加神秘和灵验。

这种祭祀仪式，每逢重要节日或时刻，江右商帮都要举行，这是对他们的一次宗教洗礼，也是对他们的一次精神淬炼。正是在这种祭祀活动中，万寿宫文化逐渐渗入到江右商人们的灵魂深处，并化为实际行动，从而形成了宝贵的江右商帮精神。

江右商帮精神是一种不畏艰苦、拼搏创业的精神。不论在哪里做生意，也不论做的是哪门生意，江右商人吃苦的精神都是有口皆碑的。别人去不了的地方，江右商人会去；别人不想做的生意，江右商人会做。跌倒了，爬起来；亏损了，从头再来。清代临川商人李宜民，开始经商时就出师不利，连连亏损，把老本都搭了进去。但他没有气馁，只身前往云南太平土司辖区一带从事贩运活动。他风餐露宿、忍饥挨饿，艰难跋涉在深山老林中，从一个寨子到另一个寨子，从一户人家到另一户人家，把货品卖给当地人。就这样积小利为大利，手中终于有了一笔钱。这时，他又前往广西桂林，打入盐业经营领域。当盐运商看到地方官府对他们多方敲剥而纷纷畏缩不前时，李宜民却果敢而上，独自担当起运盐的任务。他派出100多条大船，往返于粤桂之间，虽然每次赚钱不多，但一直坚持运输不止，以至逐渐掌握了盐业经营权，成为广西的首富。像李宜民这样哪有财发就去哪拼的例子，在江右商人中比比皆是。特别是一些中小商人，他们所遇到的困难，所经历的艰险，所打拼的程度，所吃过的苦头，丝毫不会比李宜民逊色。许多商人肩挑货担，走州过府，不顾风吹雨打，不顾路途安危，到处买卖货物，哪怕只有微利也乐此不疲。这也是江右商帮能够历尽磨难而得以不断发展的根本原因。

江右商帮精神是一种讲求诚信、童叟无欺的精神。万寿宫文化的核心之一就是诚信，这也是江右商帮的一个重要行规。

江右商人不管在哪里做生意，都把诚信带到那里，最典型的是江西樟树的药帮。据《清江县志》载，樟树本地的药材资源并不丰富，主要来自湖广和四川及南直隶等地，但药材的加工都在樟树。因为坚持不掺杂使假、不偷工减料、不以次充好，保证了过硬质量，从而赢得了“药不到樟树不齐”“药不过樟树不灵”的声誉。樟树的药材也随着药商的经营足迹遍及全国各地，甚至东南亚等地，樟树也由此成为全国著名的“药码头”。其他行业的商人也是如此。临川人张世远、张世达兄弟在汉口做纸业生意，有一次卖纸后发现买主钟良佐多给了100两银子。兄弟俩认为“此非分之财，毕还之”，马上找到买主如数予以归还。婺源人朱文炽是有名的茶商，每当茶叶过期后，他就在与别人交易的契约上注明“陈茶”字样，从不以旧当新，蒙混和欺骗顾客。

江右商帮精神是一种团结互助、宽容和谐的精神。在做生意的过程中，不免会遇到很多意想不到而靠个人又很难解决的事情，面对这种情况，江右商人都会伸出援助之手，急人所急，帮人所需。明清时的江右商帮，大约有百分之六十的人都出身于贫寒人家，做生意缺乏资金，这时亲友、乡邻都会拿钱借贷给他们，为他们筹措经商的本钱。各地在建造万寿宫时，所需资金也不是商人平均分摊，而是实力强的就多出，实力弱的就少出，有些生意做得不好的就象征性地表示一点。黄庆仁栈是个合伙药店，一方老板去世后，因他的小孩还是幼儿，另一个老板便主动承担起抚养其幼儿的责任。孩子长大后又让其一起经营药店。对有的伤害自己的同行，江右商人也是宽以待人、和谐相处。南昌人胡哲启在湖广一带经商，有一次，他把一批价值千两银子的货物存放在宝应一家商行中，被行户盗卖。有人主张到官府去控告，胡哲启却没有同意，并说钱丢了可以再赚，人际关系搞坏了便不可弥补，和气才能生财。特别是在碰到有人趁火打劫时，江右商人都会挺身而出、奋力相救。高安商人梁懋竹与两位同行押运一船货物经过洞庭湖时，因天色太晚在码头泊宿，不料有几个盗贼登船向他们索要财物，为保护两位同行，梁懋竹谎称他们是自己的兄弟，自己拿出钱财把盗贼打发走了。

江右商帮精神是一种致富讲义、回报社会的精神。为民造福是许真君一生的最大功德，也是万寿宫文化的本质体现。江右商人始终坚守这一要义，在做生意致富后，自觉把一部分钱财用于社会公益事业，或修桥修路，或建渡置船，或兴建书院，或扶贫济困，或救灾赈灾，或修谱建祠。清朝嘉庆、道光时期的金溪商人陈文楷，先后在四川和云南开采铁矿取得了不错的业绩，于是他便拿出一部分银子从四川购买10000余石大米运至江西老家减价出售，以帮助穷困百姓渡过饥荒。对云贵当地的百姓，他“夏施汤药，冬施棉花，访急难困苦者而援之。值岁余，袖白金分贻孤寡、炊烟不举者”。临川商人华联辉家族，在贵州开设“永隆裕”盐号，靠经营盐业成为贵州的第一大富豪。同治元年他在茅台镇创办“成义烧房”，成为茅台酒的创始人之一。他富了不忘义举，投入百万两白银兴教办学，开办书局，扶困济民。南昌人黄文植是中国近代著名的实业家和金融家。他为人慷慨，乐善好施。湖北和陕西发生水旱灾害，他捐财献物，还在汉口和南京等地设立孤儿院，将灾区的孤儿接来抚养教育。他捐资20万两银子加固赣江大堤，捐资10万两银子在南昌创办小学，让农家子弟免费入学。他还捐资在家乡修桥梁、建渡口和施粮济贫。还有些江右商人将乡邻们所欠的债务主动免掉。金溪商人刘光昌长期在外做典当生意，晚年回家仍操旧业。有些乡民用衣被典贷粮食，有一年歉收而无法赎回，随着天气渐冷，刘光昌将这些乡民招来，让他们将衣被全部取回，所贷粮食均不再索要。有人不解，刘光昌说：“天气凛冽，族邻号寒，吾忍厚绵独拥乎？”临川商人李春华在贵州经商几十年，晚年返回家乡之前，招来欠款人，将10000多两银子的债券当面全部烧毁。所以，提起江右商帮，许多人都以“义贾”相称。从一定角度来说，这是对江右商帮的最高评价。

万寿宫，为江右商帮高耸起了一座精神宫殿。

## 四

也许有人会问，既然江右商帮这么优秀，又号称中华“十大商帮”之一，为什么没有出过在全国赫赫有名的巨商呢？又为什么没有成批地涌现出类拔萃的大贾呢？历史是复杂的，这其中的原因也是复杂的。

在我的面前摆放着两张特殊的地图。一张是江右商帮在全国和海外所建万寿宫的分布图，我粗略地做了个统计，其中在湖南、四川、贵州和云南四省建造的万寿宫共有700多座，大约占了省外万寿宫的百分之四十。另一张是徽商分布图，以扬州为中心向周边辐射，其主要范围在江浙一带。

我的心不由得一震，这两张图就像两个截然相反的箭头向万里长江的两头射去，一个向东，一个向西，深深地刺痛了我的心。

第一个箭头是徽商，他们所指向的中国东部是长江下游地区，这里是中国最富庶的地方，河流纵横、水网密布、地势平坦、沃野千里、人口稠密、交通便利、物产丰富、经济发达，人们生活富裕，市场十分广阔，到处充满着蓬勃的商机，到处活跃着令人眼花缭乱的生意。成批的徽商从皖南的大山里走出，他们沿着长江顺流向东，来到了这片黄金般的土地，乘势借力，大展身手，把无数的商机转化为巨量的财富，涌现了一批批叱咤风云的商界巨头。

第二个箭头是江右商帮，他们所指向的中国西部是长江中上游地区。大家想想，在古代的中国西部意味着什么？意味着高山峡谷，艰难险阻；意味着林深树密，虎狼出没；意味着交通闭塞，路途遥远；意味着人口稀少，贫穷落后。而且越往西越糟糕，不少地方还处于刀耕火种的原始社会。江右商人去到这样的地方做生意，会有什么商机吗？会有什么大买卖吗？做生意能够赚到大钱吗？能够成大气候吗？

事实也正是这样。江右商帮来到西部后，鉴于这里的银、铁、铜、铅、锌等矿产资源十分丰富和一些日用的生产生活物品严重缺乏，于是他们主要开展两大类经营活动：一是矿产开采；二是贩卖布匹、药材、瓷器、纸张、茶叶和刊刻图书等。据有关资料记载，明清时期，西南的云贵川等省的采矿业大多操于江右商人之手。每开一矿，投入银子10万、20万不等，雇工多达上百人。也有一部分江右商人集矿主和行商两重身份为一体，一面开矿，一面做货物买卖。云南有个叫卡瓦的地方，既开矿又做买卖的江西人有二三万人。江西商人车鹏在云南华宁县建立窑厂，生产和销售碗碟等日用陶瓷。尔后有汪、彭、杨、周、张、卢、尹等江西老乡相继而至，从而形成了一个以制瓷为主业的碗窑村。在贵阳市中心，成片的店铺都为江西商人所开，丰城商人几乎垄断了全市的油业；绸缎经营业的老大也是一个名叫蔡逊堂的江西商人。在云贵两省，甚至出现了“非江右商贾居之不成地，无江右商贾买卖不成市”的景象，许多城镇还建起了江西街、江西路。怪不得如今云贵两省至少有一半以上的人的祖籍是江西。但是，由于这里路途遥远、交通不便、成本高昂、市场狭小，大多数江右商人都赚不到多少钱。可以说，西南地区的山山水水为江右商帮提供了做生意的广阔场所，同时也极大地限制了江右商帮的扩张，阻挡了江右商帮前进的步伐。

由此可见，选择到什么地方经商做生意十分重要。徽商选择向东就把生意做得风生水起高潮迭涌，江右商帮选择向西就很难把生意做大做强。所以，经商，方向十分重要。方向对了，商机就多，发财就快；方向错了，商机就少，发财就慢。

也许有人会问，江右商帮为什么不像徽商那样向东发展，而非要到西部去呢？这与明朝初期的大移民有密切的关系。经过唐宋两朝的发展，江西的经济走在了全国的前列，出现了人多地少、不堪重负的局面。相反湖广特别是四川等西南地区，人口数量严重不足，大量土地无人耕种。在元末农民起义中，朱元璋战胜陈友谅、张士诚后建立了大明王朝。为了改变这种发展不均的局面，他下令从江西向湖南、湖北和四川等地移民。这也就是历史上有名的“江西填湖广，湖广填四川”。这个移民潮从明初一直持续到清初，移民人数总计近1000万人。俗话说：“美不美家乡水，亲不亲故乡人。”因为天然的血缘关系和老乡感情，江西商帮也就自觉和不自觉地伴随着这股移民大潮把生意做到了乡亲们的移居地，何况其中有不少的移民本身就是做生意的商人。正如抚州人艾南英在《天佣子集》中所说：“随阳之雁犹不能至，而吾乡之人都成聚于其所。”加上这一带是新的开发区域，进到这里经商又没有什么竞争对手。这恐怕是江右商帮向西部发展的一个主要原因。当然，也有不少江右商人到其他方向经商做生意，但始终没有形成江右商帮的主流。

## 五

以万寿宫为道场的净明道，其实是一种“草根宗教”。因为信奉和祭祀许真君的都是一般民众。同样，把万寿宫作为会所的江右商帮，也是一个“草根商帮”，因为其经商的人员都是草根阶层。这样就决定了江右商帮一般都缺乏封建官府权力的背景。而在中国皇权一统的封建专制社会，如果背后没有强大的权力特别是朝廷皇权的支撑，生意无论如何也是做不顺、做不大的。只有得到封建权力强力支持的商帮，生意才能如鱼得水，无往不胜。因为红顶和草帽毕竟有天壤之别，不可同日而语。

这里先让我们回顾一下晋商发展的历史。这个商帮为什么能够纵横驰骋而执中国清朝商业之牛耳？说一千道一万，就在于后面有清朝政府的强大背景。早在明朝末年，一些山西商人就以张家口为基地，往返于关内外从事贩卖贸易活动，为满族政权输送物资，甚至传递文书情报，从而同满族政权建立了良好的关系。清朝建立后，这种关系就更为巩固和密切。顺治初年，清政府将山西商人范永斗召为内务皇商，赐产张家口，并受朝廷委托经营皮币生意。康熙中期，清政府在平定准噶尔叛乱时，组织一批汉族商人随军贸易，而这些商人中的绝大多数都是被清廷命名为“皇商”的山西商人。他们为清军提供军粮、军马等军需品，清廷也给予了这些商人独占其利的经商特权，使他们获得巨额利润。人们所熟知的“走西口”，出了这个口就是大青山，就是包头，许多晋商长年在这一带做生意，并得到清政府的特殊照顾，其中最大的“大盛魁”商号，从业人员达六七千人，其家产能用50两重的银圆从库伦到北京铺一条路。特别是晋商握有为清政府代垫和汇兑军协饷的特权，继而涌现了一批票号金融寡头。由此可见，始终依靠清朝政府这个强大的权力后盾，是晋商得以崛起的根本原因。

其实，何止是晋商，中国所有的大商巨贾都是傍着朝廷这座权力大山登上财富巅峰的。徽商胡雪岩原本是个钱庄的学徒，因为靠上了浙江巡抚王有龄，创办阜康钱庄，一跃为杭城的大商绅。左宗棠接任浙江巡抚后，胡雪岩凭着1861年太平军攻打杭州时为清军购买军火、粮米有功，又得到左宗棠的信任，委任他为总管，主持全省的钱粮、军饷，阜康钱庄由此获取了丰厚的利润。他还协助左宗棠开办企业，主持上海采运局，兼管福州船政局，经手购买外国机器、军火，从中获得了巨量回佣。他还操纵江浙市场，专营丝、茶出口，垄断金融。同治十三年，又开办胡庆余堂药号，精制便于携带和服用的药丸、药膏，赚取了可观的钱财。就这样，胡雪岩的生意像膨胀的气球一样迅速扩张，仅仅数年，其阜康钱庄的银子就达到2000万两，支店遍及大江南北，同时还购置了10000余亩的田地。

与此相反，我们江右商帮却严重缺乏这种封建权力的背景。他们很不善于经营同官府的关系，与朝廷的接触就更是微乎其微。也许是长期生活在自给自足的环境里养成的万事不求人的性格，江西人外出经商，不善于和外人打交道，也很少主动去打通当地官府和官员的环节，往往是一人或几人在一起闷头打拼。再说江右商人大都没有多少本钱，根本没有雄厚的实力去同官府或官员建立深厚的关系。即使有少数江右商人能够和官府或官员结交，也是场面上的，礼尚往来式的，真正与朝廷利益与共的红顶商人少之又少。吉安商人周扶九可说是江右商人中有封建权力背景的商人之一。由于他举家迁往扬州后同江淮主管盐业的官员攀上了关系，加上其又具有胆识和谋略，逐渐取得了当地的盐业经营权，不到20年便成为中国巨富。之后他又移居上海，一边经营地产和黄金生意，一边用积累起来的资本在上海、南京、武汉、长沙、南昌等近20个城市开设钱庄。但绝大多数江右商人却没有周扶九这样幸运。由于缺少官府和朝廷的有力支持及保护，不仅很少获得封建官方给予的商业机会和经营特权，而且在做生意时放不开手脚，显得小心翼翼，甚而常常遭受不公正对待，不是被敲诈勒索，就是被排挤打压，致使生意很难做下去。因此，许多江右商人就以家族、姓氏、村庄和地域为单位，在其经商做生意的地方集中连片居住，以集体的力量来对付封建官府和官员的这种欺压和盘剥。还有些江右商人索性到封建官府统治薄弱、人烟稀少的西部少数民族居住地乃至缅甸去发展，在那里做生意，久而久之成为当地民族的酋长或首领。明代万历年间，任云南澜沧兵备副使的王士性曾往各地巡视，发现江西抚州商人不少，因而在其著述中这样描述说："视云南全省，抚人居什之五六，初犹以为商贩，止城市也。既而察之，土府、土州，凡僰猡不能自致于有司者，乡村间征输里役，无非抚人为之矣。然犹以为内地也。及谴人抚缅，取其途经酋长姓名回，自永昌以至缅莽，地经万里，行阅两月，虽异地怪族，但有一聚落，其酋长头目无非抚人为之矣。"云南如此，贵州也是如此，现在该省不少少数民族人士有些就是江西人的后裔。大家所熟知的贵州省老省长、苗族优秀儿女王朝文，他的先祖就是招为苗家儿郎的江西人。

所以，在权力至高无上的封建社会，有无权力背景直接决定了经商的层次格局和兴衰成败。由此，我想起了现在流行的一句网络语言：人家有的是背景，而我有的是背影。这不就是晋商徽商和江右商帮的形象写照吗?

## 六

综观全国各地的万寿宫，都有一座大小不等的戏台，这几乎成了万寿宫的一种标配。每年农历八月初一到十五，各地的江右商人都会请戏班子来演戏。所演的不外乎帝王将相和才子佳人的故事，特别是那些清官戏和“男女相约后花园，落难公子中状元”的戏剧，同万寿宫文化有着很多相似的地方。许真君的好官形象，许真君隐居山林潜心修道的成功，许真君一人得道鸡犬升天的善报，不就是封建社会仕而优则名、“十年寒窗一举成名”、一人做官全家沾光的生动体现吗？另外，江西是个官本位根深蒂固和经济上自给自足的省份，这些因素的叠加，不能不对江右商帮产生诸多的消极影响。

这种消极影响最突出的表现就是不少江右商人身在商场心在衙门，把做官看成人生的最高追求。明明每天在经商做生意，但时时刻刻都在考虑怎样才能捞到一官半职。但官场和商场一样都是非常严峻的，科举取士就像千军万马过独木桥，并不是所有人都经得起十年寒窗之苦，都能金榜题名的。这样有些人便被迫做起生意来，先赚钱，再用钱买官。丰城人李钟喆，一生追求科举功名，但却屡试不第，而家道又日渐衰弱。于是让两个儿子到湖北做生意，赚了不少钱。他便用这些钱买了个文林郎的官，又让孙子读书中了进士。临川人李诞辰，靠经营盐业成为商界富翁，后入仕为官。在明清两朝的江右商帮中，这种为官而商，先商后官，把经商当作一种权宜之计，当作一种台阶和跳板，以实现“曲线科举致士”的人，几乎随时可见。据历史专家方志远考证，在明清时期，还有一种所谓的“捐纳”，即商人用钱为自己或子弟捐官，或让自己或子弟入国子监读书。明朝规定凡捐米800石均可入国子监读书。清朝规定凡纳谷180石或银子108两即可“捐纳”。这一政策就更是对商人赚钱捐官的直接激励。据江西巡抚陈宏谋于乾隆七年九月向朝廷的奏报，这年的头八个月，全省捐纳者达2000人，共捐纳银子21.6万两。照此推算，如以200年计，江西捐监折银大约5000万两。骨子里的轻商重官，使一些通过经商赚钱买了官职的江右人不再在商场上奋力拼搏，而是整天陶醉于头上的乌纱帽。特别是到了晚清时期，全国掀起了轰轰烈烈的洋务运动，江浙皖等地的不少官员和商人都纷纷创办新式工厂，有些朝中大臣直接就是洋务运动的巨头，成了中国第一批“发洋财”的人。而一心只想做官的江西人却泥古不化，裹足不前，几乎没有人投入到这场前所未有的经济大变革中去。在洋务运动中的缺位，使江右商帮白白丧失了发展壮大自己的良机。

万寿宫文化消极影响的另一个突出表现就是片面强调孝道和隐忍知足。这就导致人们很容易自我满足，小富即安，不求进取。在江西商人中，大部分都是因为生活贫穷而去经商做生意的，但遗憾的是，其中有相当一部分人在赚了银子后便心满意足，洗手上岸，不再去经营生意了。南昌人刘善萃，在汉口经商致富后，回到家乡买田置产，不复出门。金溪人徐廷辉，在云南做生意，家里生活富裕后，便毅然告别了商场，过起了安闲日子。武宁人柯性刚，善于经营生意，有人劝他把生意做到川广去，这样可以成为大富翁，他却遵循“父母在，不远游”的古训，赚了一些钱后撒手不干，终日陪伴着父母和家人。

实践证明，一个热衷于科举做官和小富即安的商帮，是不可能在商场上演出一出出威武雄壮的大戏的。

## 七

江右商帮很少出现坐拥巨资的杰出人物，与万寿宫的“慎”文化有着很大的关系。按照常理，慎重并非不好，但在经商做生意的过程中，江右商帮却在竞争激烈、瞬息万变的商场上显得过于慎重，特别是在经营方式上，不能审时度势，不能大胆创新，而是墨守成规，抱残守缺，不敢越雷池一步。这样就使自己的生意常常处于十分被动的地位，因而很难红起来火起来，经商之路也就走得非常艰难。

由于过于慎重，江右商帮在经营上往往是小本投入，这一方面与江右商帮中的多数人财力薄弱有关，但另一方面更是他们落后的经营理念所致。许多江右商人习惯于小本经营，即使有一定的实力，也是先用一笔小小的资金试一试再说。但做生意是不允许试的，等你试出结果了，商机也就丧失了，大的生意也已被别人抢去了。过于慎重还使江西商人产生一种防范心理，生怕吃亏和上当受骗，因而在做生意时一般都是单打独斗，开的是“夫妻店”“父子店”“兄弟店”“姐妹店”“亲戚店”，多家联手合伙经营的极少，更不要说雇请行家里手为自己进行经营了。再者，过于慎重还导致了江右商人在一个地方经商后，基本上就在原地发展，不敢或很少想到要把生意做到更广阔更发达的地方去。至于把商业资本转化为金融资本连想都不敢想。同时在江右商人中，有不少人是亦农亦商，农忙时在家种田，农闲时挑着货担外出做生意。还有些是手工业者，靠仅有的一技之长赚钱。这些“提篮小卖”“小家子气”的经营方式，就决定了江右商帮的中小商人特别多，而富甲一方的大佬特别少。这也是江右商帮的一个典型特征。

但是，晋商就不是这样，他们的经营方式要先进得多。这突出地体现在三个方面：一是经营上舍得资本投入，不少晋商都是大投入，大产出，做的是大买卖，大生意。二是敢于大胆拓展经营业务，在生意做到一定规模后马上由本地向外地乃至全国和国外发展。创建于道光四年（1824年）的中国第一家票号“日升昌”，分号遍布全国30多个城市，业务远及欧美和东南亚等地，以“汇通天下”著称于世。乔家大院的主人乔致庸在全国和国外开有钱庄、票号等200多处，资产达数千万两白银。三是联合或委托经营。开始由几个商人组成共同经营的主体，后来发展到东伙制，即由东家出资，聘请掌柜经营，东家不能干预具体经营业务，掌柜和员工根据所负责任大小获得一定股份，也称身股制，年终根据商号收益按股份多少参加分红，有点类似于现在的股份制。这样就保证了商号能够由最能干的人进行经营，有利于调动全体员工的积极性，有利于产生更高更好的效益，有利于生意的快速扩张和做大做强。这是晋商的一大创举，也是晋商得以不断发展并称雄于全国的奥秘所在。

因此，一个好的经营方式，就是一把经商做生意的金钥匙。有了这把金钥匙，就能不断打开创造财富的新大门。

江右商帮所缺少的正是这样一把金钥匙。

## 八

到过贵州石阡的人都知道，这里有一座被列入“国保”单位的万寿宫，据传是清朝乾隆年间的江右商人左成宪重修的。

雍正末年，紧随江右商帮的身影，左成宪从家乡来到了石阡，他发现这里盛产茶叶，便做起了茶叶生意。他把茶叶运到四川贩卖，又从四川买盐到石阡出售，同时把家乡的瓷器百货运到石阡售卖。就这样经过数年赚取了大量钱财，成了当地的富豪。他看到原来的万寿宫矮小狭窄，根本无法体现江右商帮行走天下、雄视八方的气势，便拿出40万两银子进行了重建。这重建后的万寿宫果然非同凡响，不仅具有当时最大的规模、最精致的做工，而且设计巧妙、布局奇特，宫中套宫、院中带院。整个建筑依地就势，逐级升高，就像镶在天地之间的一座巨大雕刻。

毫无疑问，石阡万寿宫是云贵高原上所有万寿宫建筑的一座高峰，但遗憾的是，在江右商帮中却极少有这样高峰式的代表人物。就像这云贵两省一样，虽然是全国四大高原之一，但却没有像珠穆朗玛峰那样的高峰。江右商帮在历史上创造的辉煌，恰是这种有高原无高峰的辉煌。反观徽商和晋商，却是一种在茫茫高原上耸立着无数高峰的辉煌。

为什么会出现这样的状况呢？让我们穿越到清代的生意场上去寻找答案吧。

在纵贯南北的千里大运河上，一条条载满食盐的商船犁开水面缓缓行进着。这些商船的主人大都是徽州商人。因为盐业是一个带有垄断性且利润率极高的行业，所以这一船船白盐就是一船船白花花的银子。正是掌握了盐业的经营权，一大批徽商成为中国商界的大亨。康乾时期，在扬州经营盐业的徽商拥有资本4000万两银子，而当时清朝的国库存银只有7000万两。休宁商人汪福光，在江淮之间从事贩盐生意，拥有船只1000多艘，这是怎样的一种场面啊！歙县商人江春，经营盐业达52年之久，号称“天下第一盐商”，乾隆皇帝下江南时，他一夜之间用盐建造了一座白塔，引得龙颜大悦。而前面已经说过的晋商所经营的票号，也是效益奇好的生意。因为其类似于今天的银行，以钱生钱，一本万利。可见盐业和票号，是当时最容易赚钱且增值最快的两大生意。

反观江右商帮，虽然也有极少数靠经营盐业发迹的，临川商人廖可亭，就是扬州的大盐商之一，但这只是凤毛麟角。也有一些是经营钱庄的，但资本雄厚的人极少，能把钱庄转化为票号的就更是没有。绝大多数的江右商人做的都是成本高、周期长、利润低的矿业，贩卖的也主要是本地出产的土特产品和农副产品，最大宗、最贵重的也就是粮食和木材。无论是经营的规模还是效益，这些货物同盐业和票号比起来都相去甚远。《广志绎》有这样的记述：“木非难而采难，伐非难而出难。木值百金，采之亦费百金；值千金，采之亦费千金。”这就是说，经营木材是赚不到什么大钱的。贩运粮食的效益也好不到哪里去，由于运输路线长，又受丰歉年影响，加上朝廷有时对价格的干预，因而平均下来的利润率也很不理想。由此可见，经营什么样的货品，对一个商帮来说极为重要，其直接决定着一个商帮的前途与命运。江右商帮之所以不能迅速扩张和崛起，这其中的因素是不言而喻的。

这也难怪，一个在当时最赚钱行业经营缺位的商帮，怎么能够成为乘风破浪扬帆远航的头号舰队呢?

## 九

1978年在中国大地上兴起的改革开放大潮，使古老的中华民族翻开了崭新的一页，昔日的江右商帮也凤凰涅槃，破茧成蝶，蜕变成了令人刮目相看的新赣商。

今日的江西商人不再是缩手缩脚、步履维艰的生意人了，他们一个个像身怀绝技的水手一样勇敢搏击于商海的涛头；他们不再是在生意场上做些小打小闹的买卖，而是用大气魄、大手笔构建起工商业的宏伟大厦；他们不再是“一个包袱一把伞，跑到西部做老板”，而是走南闯北把生意做到了祖国的四面八方，做到了五大洲、四大洋。如今，放眼全国和世界各地，到处都有江西商人的身影；到处都有江西商人的足迹；到处都有江西商人创办的企业；到处都有江西商人建立的功业。

于是，在从改革开放初期到新时代发展的伟大史册上，我们可以看到一串长长的新赣商名字，他们好似耀眼的群星，闪烁在万里长空。

于是，过去以信仰万寿宫为核心的江右商帮文化重新得到了发扬光大，并形成了“厚德实干，义利天下”的新赣商精神。

更使人感到高兴的是，为了保存南昌的历史记忆，南昌市已在恢复和建设铁柱万寿宫历史文化街区。古时的南昌，有七个城门，其中位于抚河和赣江交汇处不远的广润门是各种货物的进出聚散地，素有“千船万帆广润门”之称。广润门附近，就是铁柱万寿宫。在其周围，有经营各种日用小商品的翠花街，有专卖渔具土布的棋盘街，有专卖布匹绸缎的罗帛市，有专卖各种乐器的胡琴街，有专卖稻米粮食的米市街，有专卖小菜和土特产的直冲巷，有专卖竹子制品的箩巷，有专门制售老醋的醋巷，还有油巷、柴巷、炭巷等。由这20多条老街老巷组成的万寿宫街区，是老南昌最繁华的地方，是老南昌最大的商业交易市场。这里镌刻着江西古代商业的骄傲与自豪，沉淀着江右商帮的文化和精神。

这让我想起了历史上这样的一幕：1595年4月的一天，万寿宫里发生了一件破天荒的事情，一个高鼻梁、蓝眼睛的“外星人”突然降临在这里，立即在人群中引起了一阵骚动。这是一位来自意大利名叫利玛窦的人。他被万寿宫商业街区以至南昌市的城市风情所深深吸引，一住就是三年，而且在与亲友的书信中对比进行了详细的描述。当然，随着时代的进步，今天来到南昌的外国人已不计其数，来江西投资兴办企业的外商也与日俱增。我们完全可以自豪地说，今天的万寿宫和南昌，今天的江西已经和世界各地融为一体了。

在写作这篇文章之前，我特地去拜访了西山万寿宫和正在恢复建设的铁柱万寿宫，回来时正值省里召开世界赣商大会。看着那万商云集热气腾腾的场面，我仿佛听见赣商行进在未来大道上铿锵的脚步声。如果说过去的江右商帮铸造了独一无二的万寿宫商业文化，那么新时代的赣商一定能够续写万寿宫商业文化的新辉煌。

这时，我突发奇想，江西应该建设一座全新的万寿宫，既作为与老万寿宫的对照，又作为改革开放和中国特色社会主义新时代赣商崛起的新标志。届时，如果余秋雨先生到来，他一定会大声赞叹，现在的南昌有看头了！

2020年1月

# 一座围屋的回响

## 一

在江西赣南颇具特色的客家围屋建筑中，我认为最具震撼力的是关西新围。

第一次见到关西新围，是在20多年前。那时我在赣州工作。记得有次在龙南县开会，会后，有人提议去看看这座建筑。出发时我的心绪懒懒的，但当车子沿着弯弯曲曲的公路拐进一个小盆地时，我的兴致却上来了，眼前也豁然一亮。只见四周青山环抱，碧水回流，一座规模宏大的正方形古建筑雄踞在小盆地中间，面积有近万平方米。

当地人告诉我，这就是关西新围，为清朝中期龙南县的客家木材商人徐名均所建。

赣南现有客家围屋500多座，主要分布在与广东和福建相邻的几个县。在此之前，我曾先后到过闽粤两省交界的多个地方，对客家围屋也有一些大致的了解。闽西一带的围屋都是土夯的，当地叫土楼，虽然也有不同的形状，但大多数都为圆形，一般是从一个圆心出发，依照不同的半径，一环一环向外拓展。其最中心处为家族祠堂，向外依次为祖堂、围廊，最外一环住人。整个土楼高三至五层，一层为厨房，二层为仓库，三层以上为住房，且每个房间一样大小。而粤东的客家围龙屋则不一样，在整体造型上好像一个太极图。堂屋是主体，或是二堂二横，或是三堂三横，或是更多。堂屋的后面是半月形围屋，与两边的横屋相接，将堂屋围在中间，有一围龙、二围龙，甚至五围龙。整个房屋的前面是一个半月形池塘，恰好与半圆形的围屋组成了一个大圆形，形成了阴阳两仪的太极图案。

但是，关西新围却完全出乎我的想象。这哪是一座围屋，简直就是一座军事堡垒！你看，那高耸陡峭、坚固厚实的围墙，那巍然屹立在四个屋角上的炮楼，那布在墙上的一个个黑乎乎的梅花枪眼和火炮口，那设在围墙四周上层供运送战斗物资的外走马和内走马通道，还有那门板上钉满厚厚铁皮的三重券顶式大门，使整座房子显得壁垒森严又威武冷峻，甚至冷峻得有些可怕。按照常理，人的住房是很讲究温馨和谐的，主人为什么要把房屋建得如此杀气腾腾？我有些迷惑不解。

不仅如此，新围里面的主体结构同一般围屋也是迥然不同，排列有序的庞大建筑群完全是一派浓郁的赣式风格。整个房屋青砖黛瓦，府第架构，前后三进，五组并列，共有14个天井、18个厅堂、199间房子。按照客家习俗，中轴线上是一组壮观的祠堂建筑，前面是一个宽敞的院坪，东西的“日”“月”两个仪门相互对应。祠堂的大门为乾坤门，两旁立有一对石狮子，雄狮左脚托着官印，雌狮左脚抓着元宝，两只狮子深情遥望，尤其是母狮怀里还抱着两只憨态可掬的小狮子。祠堂里面依次是下厅、前厅、中厅和上厅。这是公共场所。每当逢年过节、婚丧喜庆、祭祀祖先等重要日子，全家族的男女老少都要聚集在这里举行隆重的仪式或活动。与祠堂并排的是两边三列建筑，分别被称为下栋、中栋和上栋，这是围屋主人和家属以及有一定身份的人的住房。在挨着围墙的两旁建有偏房，这是供长工和家丁住的。靠后面围墙是一排土库，这是存放粮食和杂物的地方。在围屋的最前面还有一堵大影壁，并向两边延伸成隔离墙，与紧靠围墙的跑马楼之间形成一个安静幽雅的单独小空间，里面建有戏台和小楼阁，供人饮酒、娱乐和休闲。可以说，整个围屋极尽了家族的铺张排场和礼仪空间规程，是一个不折不扣的乡村版“小宫廷”。

尤其让人没有想到的是，在围屋的西门口还建了一个颇具苏杭风味的小花洲。虽然有的建筑已经坍塌，但当年的格局还基本保留。花园面积5亩地大小，建得非常精致。中间一个小湖，湖心一个小岛，岛上建有假山和塔台，置有石桌和石椅，一座曲桥卧在微澜之上，岸边还有梅花书房等。据说这个小花洲是徐名均为他的两个小妾建的。这两个小妾，一个是苏州人，另一个是扬州人，是徐名均在那里经营木材生意时认识和纳娶的。由于环境幽静、风景秀丽，这里成了读书人的天堂。每天从日出到日落，家族里的学子们都在这里看书作文，有时累了，就在岛上或湖岸散散步。据徐家的家谱记载，在清道光年间，龙南全县出了五个翰林，其中三个是徐名均的子孙，怪不得当时人们说这是一块风水宝地。

由此可见，同其他客家围屋相比，关西新围确实别具一格，显得不同凡响。一座客家民居，把围屋、炮楼、赣派建筑、江南园林完美地融为一体，给人以耳目一新的感觉。既有“围”的气势，又有“园”的韵味；既有“宫”的派头，又有“家”的氛围；既充满浓浓的火药味，又洋溢着浓浓的书香味；既充满阳刚之气，又散发着阴柔之美。这种建筑样式，恐怕在我国的民居建筑史上也是不多见的。

关西新围，赣南客家围屋创新的典范，赣南客家围屋建筑的杰出代表。

## 二

我在围屋里慢慢地品味着，并不时地用手摸摸墙壁门柱，凉凉的砖石似乎还透着当年的余温。不知为什么，一个问号在我的脑子里久久挥之不去。在科技十分落后一切依靠人力手工的古代，建造这样一栋规模宏大、首屈一指的围屋，不要说在这个偏远闭塞的小山村里，就是在交通较好、条件不错的平原地区都是一件很难的事。但徐名均却把它建了起来，这不能不让人感慨万分。

在中国历史上，凡是房屋建得豪华的都是财力雄厚的人家。也就是说，好的房子都是用钱堆起来的。开初时，徐名均虽然做的是木材生意，但并不是非常富有。由于地处九连山脉，阳光雨水充沛，清朝时的龙南，树木繁茂，森林遍布。龙南盛产的一种红心杉木，因为质地优良而被称为“龙木”，很受南京和扬州一带人士的欢迎。于是徐名均就在家乡收购这种木材，烙上“西昌”字号，并扎成木排，顺河漂入赣江，经由鄱阳湖和长江，把木材卖到南京和扬州。想想那个时候，徐名均能把生意从一个小山村做到千里之外的大城市，是要一些胆略和本事的。当然他也很清楚，由于关口太多、税负太重，加上还要打点，想赚大钱发大财比登天还难。但生意场上的风云往往是变幻莫测的。也许是财运对徐名均分外垂青，一个偶然的机会，使得他的木材生意来了个山回水转、柳暗花明。有一次，他放排经留南昌，恰逢天气骤变，赣江上波涛汹涌。为了防止木排被大浪冲散，徐名均冒着风雨到码头查看。这时，在不远处，一个小孩不知怎么突然掉到了江里，徐名均马上冲过去跳入水中将小孩救了起来。俗话说，救人就是救己，助人自有人助。原来那被救的小孩是南昌知府大人的公子。为了感谢徐名均的救命之恩，知府大人不仅用轿子把他接到家里盛情款待，而且当即写了个对徐名均的木材在赣江上通关免税五年的手令。此后，徐名均的木排生意就一路顺风顺水，银子也像江水似的滚滚而来。过了一些时候，这事被其他木材商人知道了，纷纷求徐名均帮忙。他灵机一动，让这些商人的木头都烙上“西昌”字号，这样这些商人的木材也一样享受通关免税的待遇，徐名均则从中按比例收取冠名费。就这样，徐名均的木材生意越做越大，财富越聚越多。之后他又在龙南县城开设了药铺和当铺，最终成了当地的首富。徐名均这时的口袋鼓胀得满满的，但他并未再去投资扩大自己的生意，而是置田买地建围屋了。木材生意让他走出了围屋，最后又让他重新回归到围屋，这不仅是他个人的宿命，也是整个中国封建时代商人的缩影。

那么，徐名均为什么要把围屋建成这个样子呢？任何建筑都是社会人文环境和自然环境相结合的产物。建筑不仅是凝固的历史和凝固的艺术，也是凝固的风俗习惯和凝固的环境。赣南是江西形势派风水的发源地，房屋的建筑要根据山的走势、水的流向和当地的风俗来决定，以有利于人与自然的和谐相处，有利于房主全家的兴旺发达。徐名均是客家人，有10个儿子和30个孙子。客家人一直都是以围屋聚族而居的，一座围屋内常常住着数十人或数百人，多代同堂，最高长辈拥有绝对的权威。徐名均新建围屋的最大心愿，就是要让全家和所有儿孙们生活在一起，并不断繁衍下去。他不仅要成为这座围屋当下的最高主宰，若干年后他还要成为这座围屋里让世世代代子孙们共同祭祀的祖先。总之，他要把外部的世界全部收敛在这座新建的围屋里，让其成为一个家族式的“独立王国”。

同时，新建围屋要具有很强的防卫功能，这是客家围屋的一个显著特征，也是徐名均反复考虑的一个问题。龙南山高路远、地方偏僻，尤其是在明清时期，土匪出没，强盗横行，社会治安混乱不堪。因而不少围屋都建有炮楼。为了使新建围屋做到攻防兼备，徐名均首先想到了离关西不远的杨村燕翼围。因他的姐姐嫁到了这座围里，徐名均小时候经常来这里做客，因而对燕翼围非常熟悉。这座高达四层的方形围屋，沿边有136间房子，屋的中间为公共院子，整个围屋只有一个大门进出，外墙笔直厚实，墙上布满火枪眼，特别是屋顶对角上的一对凸出的碉堡，不仅像飞燕似的灵动飘逸，而且使全围有了很强的攻防能力。这样，燕翼围也就自然而然地成了徐名均建造新围时最直接的参照。

徐名均是生意人，走南闯北，见多识广，到过不少地方，见过不少世面。他不仅熟悉赣地建筑的样式，而且对其他地方的建筑也接触不少，特别是在南京和扬州一带做木材生意时，六朝古都的豪宅庭院、瘦西湖的风景和苏州园林都在他心中留下了十分美好的印象，他甚至还有可能慕名去过一些富商巨贾的故居，为那王府般的建筑和花园般的大院所惊叹。可以想象，徐名均在构建其新的围屋时，一定会吸收这些建筑，尤其是“府第式”和“园林式”建筑的长处，从而尽量把自己的围屋建得大气合理精致美观，至少在当地是第一流的。

古代人造房子，没有现在这样专门从事设计和建造的机构和专业人员，只是依靠工匠个人的智慧、经验和水平，而且这些建筑技艺都是在家族或师徒之间传承的。徐名均虽然不懂房屋的具体设计和建筑，但民间有许多能工巧匠。他会聘请当地最好的房屋建造工匠，并将自己的想法告诉他们。而这些工匠也会根据他的意图拿出样式并付诸实施。我们现在无法想象当时的建筑过程和场面，那一定是非常壮观和复杂的。终于，从清嘉庆三年（1798年）到道光七年（1827年），经过29年的建设，一座规模宏伟的新围耸立在了关西的青山绿水间。

就这样，徐名均倾其一生，把他的巨额财富和广博见识化作了这座庞大的家族建筑，而这座庞大的家族建筑又沉稳地展现了一代商人的强健精神和内心憧憬。历史有时就是充满这样的悖论：徐名均当年建造这座围屋，本来是想为自己和子孙建造一栋宽大精美的住房，没想到却为国家留下了一栋具有独特客家风格的历史性建筑；本来是想为子孙留下一份丰厚的家产，没想到却为国家留下了一份丰厚的物质遗产。人们也因这栋房子记住了徐名均的名字。

一件纯属为了家族私利的事情竟然成了最大的社会功业。徐名均就这样在无意中成了当地的历史名人。

## 三

中国建筑的历史，从某种角度来说，是一个不断建设不断毁灭的历史。我们现在看到的很多名胜古迹，并不是原汁原味的真迹，而是修了又修的“补品”，其中不少还是重新修建的“赝品”。这一方面是因为中国的历史太长，很少有建筑能长久保存。一座滕王阁，建了毁，毁了建，至今建毁29次，再也寻觅不到当时的丝毫风貌了。就是让我们感到无比自豪的万里长城，大部分段落也在风吹雨打下成了残垣断壁，即便一些尚存的段落也不知修缮了多少次，今天我们看到的山海关老龙头长城就是明代重修的。但为什么一座客家民居关西新围却能从清代中期一直完好无损地保存至今，而且成为不可多得的建筑精品呢？

仔细想想，我觉得大概有这么几个因素。

其一，关西新围的建筑质量非常高。质量是房屋的生命，直接关系到房屋寿命的长短。关西新围无论是外面的围墙还是里面的房间，建筑都非常精细，是用尽了全部心血建筑起来的。为了增加外面四周围墙的强度，不仅墙基打得结实，下面埋有10米深的防腐梅花桩，据传能“千年不坏”，而且地面5米以下墙体全部是用石灰、沙石、黄泥混拌而成的三合土，并掺入漏水糖和糯米汁夯筑，墙体底部宽达0.9米，往上逐渐收缩至0.35米。5米以上墙体为水磨青砖平砌到屋顶。当时每人每天只能磨两块青砖，但有个人为了图快磨了6块。这事被徐名均知道了，认为他做事马虎潦草，当即把他解雇了。为了防止敌人爬上屋顶，瓦面上布满了用剧毒药水浸泡过的三角铁。同时，围屋内的祠堂和厅堂的大门全为青石雕刻，天井沿阶用巨石条打制，所有梁柱窗框均用上等木料制作，地面用水磨方砖或青砖铺就，还配有消防池、消防缸和防震、防风等设施。正是靠着这种一丝不苟的“工匠精神”，保证了过硬的建筑质量，使得整座围屋历经200年风雨依然坚固如初。不然的话，围屋早已坍塌成一片废墟了。

其二，关西新围地处偏僻山区。连绵逶迤的崇山峻岭构成了赣南地形的主要特征，尤其是龙南的关西地区，更是藏匿在高山深处的小小盆地之中，远离平川，远离大海，远离人口稠密的城市，这样也就很少有人去关注这座围屋。当然，在历史上这里也常有盗匪出没，也发生过各种冲撞，甚至也烧过零星的战火，但毕竟没有充当过炮火连天、硝烟滚滚的大战场，没有经过片瓦不留的屠城般血洗，就是在日本鬼子占领大半个中国的抗日战争时期，这里也还是一片比较安定的后方，关西新围也就在时空的夹缝中幸存了下来。在历史上关西新围经历的唯一一次抢劫是在清朝年间。广东的会党首领翟火姑听说徐名均富甲一方，并新建了一栋大围屋，于是便派副首领罗亚添带领几千兵丁开到关西，先将围屋围得水泄不通，然后用炮火轰击。在这危急时刻，围内的男人通过墙上的枪眼用土枪猛烈射击，通过炮口用火炮猛烈轰击敌人，把敌人打得抱头鼠窜。后来县里援军赶到，罗亚添见势不妙，只好灰溜溜地撤走了。

其三，关西新围得益于家族的世代居住和保护。大多数的汉族人都是一家一户居住，子女结婚以后都要同父母分家，另行盖房过日子。就是一些官宦或大户人家，尽管家族兴旺时几代人同堂生活在一起，但一旦发生变故就会迅速衰败，房屋也会随之变换主人，正如唐代刘禹锡在《乌衣巷》诗中所说：

“旧时王谢堂前燕，飞入寻常百姓家。”久而久之，这些房子中的绝大多数就会在不断易主中因得不到及时维修而倾圮了。再加上战乱频仍，天灾人祸，能保留下来的房子更是少之又少了。但是客家人却不是这样，他们是汉族中一个特殊的群体。在历史上的几次大移民中，他们几乎是以同宗同族为单位从中原南迁至赣粤闽交界的山区地带，在那里定居下来的。由于初来乍到，人地生疏，为了保护自身安全，不受外部侵犯，他们便一个家族居住在一起，于是创造了围屋这种特殊的建筑形式。又由于一个家族世世代代居住在一座围屋里，这样也就有利于房屋的传承和保护，即使损坏了，也能得到及时的修复。关西新围自建成之日起，虽然时代更迭，但围屋里的主人是稳定的，一直居住着徐名均的嫡系后代，就是在大兴土木推土机到处轰鸣的今天，也没有被压碎在现代化和商业化的履带之下。

关西新围是幸运的。这种幸运可遇而不可求，所以显得弥足珍贵。否则我们就会失去一座客家建筑丰碑，失去中华民族的一大建筑瑰宝。

## 四

在中国民间，特别是广大农村，曾经有不少颇具特色的建筑，但由于这样那样的原因，很多精品建筑被历史湮没了，只有极少数的建筑在某个历史节点上由于需要被挖掘出来，从而引起人们注意，成了珍贵遗存。凤凰古城的吊脚楼不就是因为沈从文小说《边城》里的描写而为世人所知、闻名天下的吗？古镇周庄不也是因为画家陈逸飞的一幅画而成为当今旅游热点的吗？关西新围也正是在改革开放和客家恳亲的潮流中被人们重新审视，而发现了其巨大的历史和建筑价值，逐渐走进人们的视线的，来这里参观的人也因此慢慢多了起来。

人们来到关西新围，一方面是为了一睹它古老而独特的建筑艺术和风采；另一方面是为了穿过那夯土的围墙和古旧的房间，去触摸客家人的历史和文化，去触摸中华民族变迁的历史脉搏。

也许是随着文化和精神层次的提高，现在有许多人喜欢跨越时间和空间去探访和感知古代，这在一定程度上已成为一种时髦和潮流。于是，一股“古镇热”和“古村热”在各地骤然而起，并迅速发展成为方兴未艾的旅游产业。为了吸引人流，一些地方不是下力气对原来的古镇和古村进行原汁原味的保护和修缮，而是拆掉旧的重新修建，有的甚至花费巨资凭空打造出一个“古镇”或“古村”，其最后的结果是各地大同小异，一个模样，一副脸孔。几乎所有的“古镇”都是中间一条小河，河上几座石拱桥，河中几条小木船，两岸建些古式商铺。几乎所有的“古村”都是几条古巷子，青石板路面，两边砌些古房子，再移栽几棵古树。对这样被改造得面目全非、失去了原有风貌的古镇和古村，有些人还自鸣得意，陶醉其中。其实，他们不知道，古镇和古村的文化是历史沉淀下来的，而不是靠临时打造和重建出来的。在这样的“古镇”“古村”参观，让人们看到的是一个假古董，不免大煞风景。

但在参观关西新围时就没有这种感觉，自始至终都有一种浓浓的古朴味道包裹着你。这里的每一块砖石、每一寸泥土，都长满了时间的青苔，都镌刻着岁月的印记，都飘散着昔日的烟云，都流淌着文明的沧桑。它是如此厚重，又是如此亲近。在这里，我们可以触摸到最真实的过往、最真实的存在。正因为这样，关西新围才引起了那么多人的感慨和惊叹。围屋研究学者万幼楠曾在一本书里这样说，凡是初次接触关西新围的专家都有一个共同的感受：令人震撼！专门研究中国民居的日本早稻田大学片山教授形象地把关西新围称为“东方的古罗马城堡”。也正是在他们的极力推介下，关西新围的名气才与日俱增，终于在21世纪之初被评定为第五批全国重点文物保护单位，关西新围由此变得愈加红火。

记得是两年前，我在南昌接待了一位美籍华人朋友。他是客家人，父辈时移居美国，现在从事中外文化交流工作，之前他曾去看过闽西的土楼和粤东的围龙屋，这次又专程到龙南参观关西新围。这是他的再次寻根之旅。他告诉我，对于一个人来说，只有明白了自己“从哪里来”，才能永远不忘根和脉。回去后，要做好有关介绍，让更多的海外华人了解关西新围，了解赣南围屋，了解客家历史，了解客家文化。

那天，将这位朋友送到机场的时候，他同我亲切握手，然后抽身大步向候机厅里走去。从他铿锵有力的脚步声中，我真切地听到了关西新围走向世界的回响。我相信，总有一天，或许就在不久的明天，关西新围的名字也会像福建的永定土楼一样，赫然写在联合国世界文化遗产的名录上。

2020年7月

# 九江赋

泱泱世界，都市千万，唯我九江，气宇不凡。东襟鄱湖浩渺，西屏幕阜崇高，南倚匡庐飞峙，北枕长江滔滔。怀峦抱嶂，吞湖吐江，得尽山水之宠，独享造化之功。大江大湖，名山名城，集一身中华所独有；天地形胜，鬼斧神工，蟠赣北举世而无双。特在我有，奇在人无。四海之城，皆惊乎其异，五洲之宾，俱叹乎其绝。

九江之厚，厚之于史。山背遗址[①]，深藏新石器时代文明；商周矿冶[②]，闪耀青铜器灿烂光芒。春秋战国，人称“吴头楚尾”，秦王一统，设郡始以定疆。高祖六年，灌婴筑城，自此以降，人兴气旺，由柴桑称江州，改浔阳为德化，名虽更而位益重，经数朝而久不衰。因有九派汇流通江达海之便，向为万

①山背遗址：1961年，在九江市修水山背村周围发掘了三处距今4700多年的新石器时代晚期遗址。

②商周矿冶：1988年，在九江市瑞昌市夏畈镇铜岭发掘了到目前为止我国所见最早的商周时期铜矿及冶炼遗址。

商云集舟来楫往之区。江右名埠，七省通衢。三大茶市有其名，四大米市有其位。更倚控江制湖锁楚扼吴之势，历为兵家必争之地。多少金戈铁马，几许折戟沉沙。东吴水师，屯军布防，周瑜披甲，甘棠[①]点将。岳飞镇守，尽报国之忠；元璋鏖战，开大明基业；太平阵垒，血溅刀光剑影；租界内外，怒卷反殖声浪[②]。南昌起义第一枪，斯地策划；国共宣言齐抗日，斯地发表。一九四九，风雷激荡，东起江阴西至九江，百万雄师横渡长江，红旗指处阴霾扫，江城从此乾坤朗。

九江之美，美在山水。庐山雄秀，中外闻名，奇峰雾海，天下独领，荣膺世界文化景观。鄱湖千里，碧波万顷，胸纳五河，大海气象，雄踞中国第一大湖。湖口石钟耸立，江湖于此交汇，这边为长江滚滚金波，那边乃鄱湖茫茫银浪，泾渭分明，绵延数里，蔚为神州第一奇观。吴城候鸟王国，当属珍禽福地。最祥是白鹤飞临戏水，最壮为大雁引颈高歌。万鸟云汇，不见首尾，誉之“华夏第二长城”[③]。柘林湖千岛浮翠楼

①甘棠：九江市内的著名湖泊，古代与长江相通。

②1862年，九江被划为英国租界。经过多次英勇斗争，于1927年3月15日收回租界。

③鄱阳湖候鸟保护区的核心地带，每年有数百万只候鸟来此过冬。国际鹤类基金会会长阿基博博士将此景观称为“中国的第二长城”。

阁飞丹，宛若蓬莱之仙境；修水河流韵溅诗仪态万千，犹如桂林之山水。洞有龙宫、狮子、涌泉、峨眉，千奇百怪，别有洞天。寺有东林、真如、铁佛、能仁，暮鼓晨钟，声闻于世。耀邦陵前，松竹肃挺伟丈夫；岳母墓旁，花草长伴不朽魂。四湖[①]泛波，李堤[②]垂荫。城中有湖，湖中有城。城与湖相拥，湖与城相亲。浔阳楼临江而立云霄九重，烟水亭湖中孤卧如幻如梦。锁江塔倾而不倒，号“江南比萨”；琵琶亭小巧玲珑，似大唐丽人。长江大桥横空出世南北飞架，历史名城平添雄伟壮丽风景。

九江之胜，胜诸人文。灵山秀水，英才辈出，勋垂汗青，名扬千秋。刺史陶侃，文治武功；丞相万里，气节凌云[③]。陶渊明愤而挂冠，吟咏于田园，刷新一代文风；黄庭坚不拘一格，笔耕于闲室，开创“江西诗派”。李烈钧浩气赤胆，二次革命护大义；陈宝箴[④]一门四杰，政界学坛冠海内。故宫设计建筑

①四湖：指九江市内的甘棠湖、南门湖、八里湖、白水湖。

②李堤：李渤于唐长庆二年（822年）任江州刺史，在南门湖主持筑堤建闸，植柳造桥，调节水位。后人将此堤称为李公堤。

③陶侃：字士行，东晋时任荆州刺史、广州刺史。丞相万里：江万里，南宋时任参知政事、左丞相等职，元军南进时，投水以身殉国。

④陈宝箴：曾任湖南巡抚，清末著名的维新派官员。子陈三立，孙陈衡恪（美术家）、陈寅恪（诗人、史学家）。

大师雷发达、近代最早兵器专家余庆鳌、新闻先驱黄远生、民主斗士许德珩，皆为炎黄之俊杰，民族之精英。从晋而始，名贤毕至。风云际会，各显其长，诗词文赋，飞彩流光。慧远始创净土，声震遐迩；鉴真[1]驻锡传经，名播东瀛。李太白放歌山水，一道瀑布飙九天；白司马泪湿青衫，一曲琵琶遗绝唱。“不识庐山真面目”，苏东坡题诗寓哲理。“好与名山作主人”，王安石借景寄幽情。白鹿书院，朱夫子传道解惑，盛况空前。莲花池畔，周敦颐咏荷言志，风骨傲然。更有一代伟人毛泽东，跃立葱茏，冷眼乱云，挥洒满腔诗情在险峰。魁星高耀，文章长存。名人名文，锤炼名城之品格；名家名词，铸造名城之灵魂。

今日九江，英姿飒爽。改革潮涌，波澜壮阔舒长卷；开放风劲，云水翻腾起苍黄；经济疾飞，社会振兴。凯歌高奏，日新月异。先进制造，高新引领，崛起新型工业重镇；国际码头，人流物流，汇成商贸港口名城；江山美景，胜友如云，璀璨旅游观光胜地。稻香鱼跃，瓜甜果美，凸显生态农业新区。高速公路纵横三省，铁路航空直通四方，展示交通枢纽之雄姿。高楼比肩大街溢彩，天蓝水清草绿花红，写意魅力城市之

①鉴真：唐代高僧，五次东渡日本失败后，来到东林寺传教。后由此出发经福建泉州港第六次渡海成功。

风韵。兴科重教，人才济济满堂；关注民生，百姓如意安康。文学艺术之花，竞相怒放；思想道德之果，丰硕饱满。最难忘一九九八，百年大水，恶浪排空，江堤溃决，世界震惊。军民挽手筑人墙，众志成城锁龙王。堵口成功，创人间奇迹；顽强拼搏，铸抗洪精神。如今江安堤巍，人民壮志依然。齐心协力，高举科学发展大纛；披荆斩棘，谱写和谐创业新章。

今为昨继，明为今承，愿我九江，锦上添光。人之最贵，贵在功丰而不傲；行之最难，难在步阔而不止。忆辉煌是为绘宏图，咏今朝乃为描远景。雄哉九江，乘新世纪东风，一路翱翔。壮哉九江，奏划时代新曲，云天震响。

2007年4月

# 江西老表

## 一

每当到外地出差，总有些热心者问我是哪里人。我回答是江西老表。对方先是点头一笑说：“是革命老区来的，你们那里山好、水好、人好。”话语之中既有赞美之意，但也暗含着另外一层不便表露的潜台词。讲过之后，他们又会把眼睛瞪得大大的：“为什么大家都称你们江西人为老表呢？”惊奇中带着一种迷惑不解。

是的，在许多外地人看来，把江西人称为老表，似乎是一种贬义，是一种对江西人的瞧不起，因为“老表”这两个字很土气，很“下里巴人”，就像上海人把所有的外地人叫作“阿乡”一样，是在用一种特殊的称呼骂人。

尤其使人纳闷的是，不仅外地人称江西人为老表，江西人也叫自己为老表。

世界上哪有这样自己贬损自己的？

其实，江西老表这个称呼不含有丝毫的讥蔑之意。

在中国传统的亲属关系中，兄弟姐妹的子女之间互称老表，年龄大的叫表哥、表姐，年龄小的叫表弟、表妹。表亲之间，虽不是直系亲属，但也有着一定的血缘关系。

把江西人称为老表，流传最广的有两种说法。

一种是始于明朝初年。为了争夺天下，朱元璋和陈友谅在鄱阳湖展开了激战。当时，碧波荡漾的800里湖面到处闪动着刀光剑影。有一次，朱元璋打了败仗，被陈友谅在后面紧追不放。正在朱元璋走投无路之际，一位善良的渔民出现了，他把朱元璋领到船上藏了起来，然后摇着橹向湖心扬长而去。朱元璋才得以安全脱险。在离开的时候，他含着眼泪对这位渔民说："谢谢你的救命之恩！如果以后我打下江山做了皇帝，你就去京城找我，臣子和卫兵如不让见，你就说是我的亲戚江西老表来了。"过了几年，朱元璋终于战胜了陈友谅，在南京如愿以偿地穿上了龙袍。这位渔民带着几个同乡去看望当今的天子，果然，他们在皇宫内外不论遇到什么人，只要说一声"我们是皇上的亲戚江西老表"，就一路绿灯，畅通无阻。江西老表也就从此叫开了。江西老表，皇帝的亲戚，可见这个称呼是多么的高贵且令人羡慕。

另一种是缘于同湖南的关系。江西同湖南，不仅山川地貌极为相似，而且地相连、人相亲。据统计，现在湖南的6000多万人中，大约有百分之六十四的人的祖籍是江西，这样就形成了一种历史的亲缘关系。加上两省长达近千公里边界的人家长期相互通婚，他们的后代便以表亲相称。表亲者，血亲也。由于江西是祖上所在地，湖南人也就渐渐尊称江西人为老表哥，久而久之，干脆把“哥”字省去叫老表。于是老表也就成了江西人的代称。

可以说，在一个有着4400多万人口的省份，只有“老表”这个唯一统一称呼并且一讲出来就知道是哪里人的，在全国恐怕只有江西。

江西人也以有“老表”这样一个称呼而感到非常自豪。无论海角天涯，哪怕素昧平生，相互之间只要听到一声“老表”，马上就像久别重逢的亲戚一样。

江西老表，一个洋溢着浓郁亲情的名字。

## 二

在中国地域文化的研究中，存在这样一种现象，就是江西老表虽然广为人知，但对江西老表的性格却很少论及。即使论及，也是寥寥几笔一带而过。有人说得更直白，江西老表没有什么给人印象深刻的突出特点。

所以，在中华民族这个大家庭中，江西老表的性格一直处在被忽略的地位。

不过，没有鲜明的特点也许就是江西老表最大的特点。

你看，在人声嘈杂、杯盘交响的餐馆里，江西老表有着自己的吃文化。他们也吃辣，但不像湖南人那样猛烈，可以把一只干辣椒放在嘴里嚼得眼泪鼻涕一大把；他们也吃甜，但不像江浙人那样每菜必糖，甜腻得使人不愿动筷子；他们也吃鲜，但不像广东人那样讲究配料烹饪，一定要让人吃得津津有味直咂嘴；他们的口味也偏咸，但不像北方人那样上桌就是一盘盘卤菜，来个大口吃肉、大碗喝酒。江西老表这种“不太辣、不太甜、不太鲜、不太咸”的饮食风格，在全国就没有什么鲜明特点，所以赣菜的牌子也就始终响不起来。

同样，在其他方面，江西老表的特点也不很明显。从吴越软语到闽粤方言，从东北话到四川话，从河南话到陕西话，各自都有其鲜明的特征。但江西话就不是这样，“五里不同音，十里不同调”，各个地方都有自己的方言，差别非常大，互相讲话都很难听得懂。这里不由得想到前些时候流行过的一个段子，说的是假如有一个外星人掉到地球上，中国各地人的不同反应。北京人首先问他是哪个级别的干部，上海人马上将他进行展览赚钱，温州人立即请他吃饭并合伙到外星球做生意，四川人邀他上茶楼吃麻辣火锅。这里没有提到江西人会怎样对待。这绝不是有意的遗漏和疏忽，而是江西老表缺乏突出的个性特点，实在难以概况。

江西老表这种没有显著特点的性格的形成，同江西的历史发展密不可分。早在春秋战国时期，江西就分属于吴国和楚国，故有“吴头楚尾”之称。以柔甘为主的吴文化和以悍辣为主的楚文化在这里交会和碰撞，并融合为介乎两者之间的另外一种文化。特别是隋炀帝开挖京杭大运河和唐代张九龄开凿大庾岭梅关驿道之后，江西成了连接南北的大通道；加上万里长江又流经赣北，江西同时又是承东启西的大门户。正是这种特殊的交通枢纽地位，客观上使江西成了人们南来北往、东行西走的主要驿站。尤其是每当北方陷于烽火连天、战乱不息的时候，江西更是成了逃避乱世的“桃花源”。最突出的是五胡之乱、安史之乱、靖康之难三个时期，北方的大批移民潮水般的涌向江西，他们带来了发达的中原文化，这就使江西老表的性格之中又渗进了北方人的一些气质。从一定的角度来看，江西老表的性格是东西南北性格的一种大杂烩，江西文化也是东西南北文化的一种大杂交。

各种性格和文化的交会，既有利于取长补短，以至产生一种新的性格和文化，但同时也容易毁掉自己原有的性格和文化特点。博采众长的结果最终往往是失去了自己的所长。

这也许就是江西老表的性格没有突出特点的深层原因。

## 三

如果人们认真想一想，江西老表还是有自己的个性特点的。

江西老表的第一个特点，就是温和守矩而缺乏敢为天下先的精神。

江西老表的温和守矩，首先表现在做人做事的低调上，他们不善张扬，不善自我标榜，也不善唱高调。有了成绩不沾沾自喜，挨了批评也不暴跳如雷；得理时不盛气凌人，失利时也不怨天尤人。无论何时何地，都保持着一种平静的心态。同时，他们也不喜欢挑头，不轻易越雷池一步。凡是遇到重大的事情，他们都会格外谨慎，先是站在远远的地方，斜睨着观察一下动静，心里盘算一下利弊，然后再决定是否行动。江西在历史上的绝大多数时间里能够保持社会安定和经济繁荣，主要得益于江西老表的这种温和守矩的性格。

江西老表的温和守矩，还有一个重要表现，就是服从大局的意识很强。每当党和国家需要的时候，他们都会毫不犹豫地牺牲局部支持全局。人们永远不会忘记，在那艰苦卓绝的战争年代，为了革命的胜利，江西老表争先恐后地把自己的优秀儿女送上前线打仗杀敌，一曲《送郎当红军》至今唱来仍然那么荡气回肠。人们也永远不会忘记，50年前中华人民共和国的三年困难时期，为了解决一些地方百姓的饥荒问题，周恩来总理飞赴南昌，要江西紧急支援一亿斤粮食。江西老表二话没说，宁可自己勒紧裤带，忍饥挨饿，也一斤不少地把粮食交给了国家。

危难之时见境界。江西老表的这种服从大局的意识，已经远远地超出其本身，而上升为一种自觉的奉献精神了。

但是，正像有些群体的某一性格既是突出的优点又是突出的缺点一样，江西老表温和守矩的性格，在另一方面又暴露了它的负面和不足，即缺乏敢为天下先的闯劲。

由于不敢闯、不敢冒险，江西老表在前行的路途中总是显得小心翼翼、顾虑重重，特别是在一些关键时刻，他们更是求稳怕乱、畏缩不前。既不敢英勇地挺立于历史的潮头，又不敢大胆地领导历史的潮流，而只能跟随着历史的潮流走，或者被历史的潮流夹裹着被动前行。

因此，在江西老表身上，既很难看到那种“我自横刀向天笑”的决绝和无畏，也很难看到那种“吾可取而代之”的雄心和壮志。也正因为如此，在中国历史上江西老表很少有带头造反者，很难出现气吞山河、号令天下的第一号人物，江西也就从来没有出过一个皇帝，哪怕是一个偏安于一隅的小皇帝。

江西老表的这种现象不仅发生在古代，而且一直延续至现代。翻开中国革命史册，江西在第二次国内革命战争时期，总共有30多万人参加红军，是人数最多的省份。但是在1955年中国人民解放军授衔时，江西虽然有325人被授予少将以上军衔，位列全国第一，但是却没有一位元帅，也没有一位大将。而相邻的湖南，不仅出了毛泽东这样叱咤风云的最高领袖，出了刘少奇、任弼时这样党和国家的核心领导人，而且出了三位元帅。这充分说明湖南人的军事禀赋和领导才干比江西老表要高出一筹。

其实，这只不过是一种表面反映，反映在骨子里即是江西老表没有湖南人那样具有敢闯敢冒、敢为人先的精神。

由此可见，不能敢为人先、勇当第一的江西老表，也就永远不能处于决定全局的中心地位。他们中的佼佼者，最合适的岗位就是宰辅、将军一类。他们统治不了江山，但他们可以是很好的辅佐者，成为杰出的名臣良将。这也许就是江西老表性格的必然归宿。

有什么样的性格就有什么样的命运。江西老表的历史再次印证了这个论断的正确性。

## 四

江西老表性格的第二个特点，就是不排外但会搞内耗。

一般地说，移民地区都不排外。因为大家都是从外地移居来的，倘若排外岂不把自己也给排挤掉了。也许因为江西是古代移民比较集中的地方，虽然经过了漫长的历史风雨，但江西老表的不排外却随着他们滚烫的血脉被一代一代地传承下来。这样，不排外也就成了江西老表最优秀的品格之一。

每逢有外地官员到赣任职，江西老表总是以一种特殊的大度予以欢迎。尽管开始时他们的心里也打着问号，脑子里也有些疑虑，但是背后不会指指戳戳，更不会去抱成一团做一些抵制之类的小动作。相反还会主动地支持外来官员开展工作。倘若有哪个外来官员人品出众、才能非凡，做出了显著的政绩，那么江西老表更是会奔走相告，广为传颂，以至成为其忠实的崇拜者。所以凡是到江西工作的外地官员都有一个共同的感受，就是很容易融入当地，没有陌生感、没有孤立感、没有隔阂感，没有一堵无形的墙在堵着他们，因而工作起来也就十分舒心和顺利。

同样，由于这样那样的需要，从过去至现在，不断地有一批又一批的外地人来到江西定居，不论他们是大学毕业的学生，还是从部队转业的军人；不论他们是从沿海省市随工厂整体搬迁而来的工人，还是因水库建设而移居而来的农民；不论他们是后来从上海来的知识青年，还是从外地来赣的大量技术和务工人员，江西老表都像对待自家人那样，给这些不断出现的新面孔以温暖关心和支持帮助，使他们很快地安下心来，成为新的“进口老表”。

江西老表不排外，使赣鄱大地这方令人陶醉的青山绿水显得更加多彩和大气。

但是，在江西老表内部，却是另外一种景象，无处不在的内耗，简直让人触目惊心。

倘若你到一个大家庭里去就会发现，同为一个父母所生的兄弟姐妹之间，不是情同手足、和睦相处，而是相互之间像乌眼鸡似的，你盯着我，我盯着你，生怕自己吃亏别人占便宜，有时甚至为了一点儿利益方面的小事，相互大开恶口，大打出手，闹得不可开交，导致亲人变成了仇人。

倘若你到一个村庄里去就会发现，村民之间不时会出现种种摩擦和纠纷。如果这个村庄是同一个姓的，那么每一个家族便会自动地结为一个利益共同体，并以此来对抗其他的家族。如果这个村庄是多姓的，那么人口最多的姓就处于一种主导地位。无论是选村干部，还是利益分配，常常是独占先手，这样就会引起其他姓氏的不满，直至发生严重的冲突。这种因宗族和姓氏产生的内耗，使不少农村常常处于不和谐不稳定的状态。

倘若你到一个单位里去就会发现，表面上大家都笑容可掬、客客气气，然而在风平浪静的下面，却是暗流涌动、旋涡翻滚。有时为了一个职位或职称，互相钩心斗角、你争我夺，背地里使绊子、设障碍；有时为了在领导面前争宠，不惜拨弄是非，打小报告，使离间计，欲置对方于死地而后快。还有一种人只做两件事：别人成功了，他拼命嫉妒；别人失败了，他到处讥笑。所以，在不少单位，一个平庸者，其阻拦者往往很少；而一个出众者，其阻拦者却往往很多。这样随之出现的也就不是优胜劣汰，而是劣胜优汰，平庸者不断得到升迁，出众者却很难出人头地。

江西老表的不排外和内耗，看起来似乎很矛盾，其实是一个硬币的两面。不排外是表象，内耗是根源。因为内部不能平衡，谁也不希望别人比自己好，因而相互制约，相互排斥。在这样一种心态的驱使下，唯有外面来人，各方都感到自己没有吃亏，都感到对自己没有威胁，所以也就一致地拥护和接受。

因此，江西老表的不排外，并不表现为一种具有现代意义的真正包容，而是一种以不损害自身狭隘利益的被动容忍。

## 五

江西老表性格的第三个特点，就是有小聪明但缺乏大视野。

有一首歌曾经唱遍大江南北："江西是个好地方，山清水秀好风光。"

俗话说，一方水土养一方人。正是这怡人的灵山秀水，哺育了一代代聪明的江西老表。

从古至今，江西老表虽不乏大聪明，但从整体上来说都属于小聪明。

精于各种各样的智巧技艺，是江西老表的一大特长。景德镇的瓷器，以其"薄如纸、白如玉、明如镜、声如磬"而誉满天下；萍乡万载的爆竹烟花，在古老的神州大地绽放着喜庆的声音和吉祥的图案；樟树的药材，在中国古代中药加工技术方面独领风骚；宜春的夏布，在华夏的纺织技术方面独树一帜。在许多村庄，一方方精美的木雕和石雕令人拍案叫绝。应该说，诸如此类的工艺技术，虽不要大智慧，但却离不开心灵手巧的小聪明。江西老表在这方面似乎有独到的才能。

江西老表还有一个优势，就是善于经营小生意。“一个包袱一把伞，跑遍全国做老板。”明清时期的江右商帮，不仅将生意做到了湖南、湖北、云南、贵州、四川等地，而且在江浙和北京，他们的生意也很活跃。遍布在许多地方的大大小小的万寿宫和江西会馆，就是江右商帮的活动场所。有一则资料这样告诉我们，从明至清，全国各地的万寿宫共有1000多座，而在北京的江西会馆则从明初的14所增加至清光绪年间的51所，500多年来一直位居全国的榜首。江右商帮以其独特的经营方式创造了小农和自然经济时代商业的辉煌，被称为与徽商、晋商齐名的全国三大商帮之一。

然而，使人遗憾的是，江右商帮的生意无论怎样也难以做大。既没有出现像徽商那样坐拥巨资、堪与王侯相比的富商大贾，也没有形成像晋商那样经营票号行业的垄断巨头。这不能不是江西老表的一个悲哀。

其实，岂止是在古代，就是在现在，江西老表的生意也始终在“小”字上打转转。许多人记忆犹新，当改革开放刚刚开始的时候，江西老表在不少方面开创了全国“第一”：第一辆摩托车是江西造，第一台电风扇是江西造，而且汽车和电视机的生产也遥遥领先于一些兄弟省份。20世纪80年代，看到江铃汽车飞奔在大江南北，赣新电视辉映在千家万户，江西老表的心里该有多么自豪！而那时，安徽的奇瑞汽车和四川的长虹电视还不知道在哪里。但此后仅仅过去了十几年，事情却来了个一百八十度的大转弯，奇瑞汽车以其“初生牛犊不怕虎”的劲头迅猛发展，一举驰骋于国内外市场，并成为我国拥有发动机自主知识产权的汽车品牌之一。长虹电视也异军突起，一举成了全国销量和品牌的霸主，并出口到世界各地。反观我们江西，曾经为全国第一的摩托车和电风扇不见了，曾经为抢手宠儿的赣新电视机消失了，江西的汽车也因几次错失良机被远远地甩在了同行业的后面。历史的车轮从来就是这样的滚滚无情。

好的幼苗却长不成参天大树，领先的产品却发展缓慢以至被淘汰，这不能不是江西老表心上永远的伤与痛。

为什么会出现这种现象？有人认为是因为江西老表醒得早、起得晚、走得慢。

这也许有一定道理，但绝不是事情的本质。其根本的原因在于江西老表的视野不宽。缺乏大的视野，眼光就看不远，生意就做不大，往往会小富即安、小进即止，这样不仅会导致已有的东西渐渐丧失掉，更为严重的是会因看不清发展前景而坐失壮大自己的良机。有一则故事令人啼笑皆非。1970年，国家决定在江西建设第二汽车制造厂，这是一次千载难逢的机遇呀！但江西却婉拒了，理由是有了这么一个几十万人的厂子每天要供给大量的粮食蔬菜会抬高物价。这个小算盘打得也太精明了。于是，该厂改在湖北的襄樊落户了。江西老表就这样因为自己的小聪明而失去了一个关系全省长远发展的大企业，可见小聪明一旦失去大视野会产生多么可怕的后果。

江西老表的视野不宽还和江西的地形有着某种关联。

打开江西地图，人们就会发现其形状就像一个大盆地，四周几乎都被高山包围着。东面的武夷山隔断了通往闽浙的商道；南面的大庾岭阻挡了广东吹来的海风；西面的罗霄山挡住了三湘的英武之气；东北面的怀玉山和西北面的幕阜山则像两只钳脚一样夹峙着，仅给江西的北部留下了一个小小的豁口。而全省中北部的地势却比较低，从南向北贯穿全境的最大河流赣江及抚河、信江、修水、饶河，犹如五条巨龙，不仅从不同的方向汇集成浩瀚无际的鄱阳湖，而且在赣中北部冲积成了一片广阔的平原。人是自然环境的产物，也许正是这种盆地地形，使江西老表不知不觉地产生了“盆地意识”。由于被四围高山遮住了视线，江西老表也就陶醉在“采菊东篱下，悠然见南山”的盆地生活之中了。

看不见外面的精彩世界，江西老表的视野怎么能大起来呢？胸怀怎么能宽起来呢？

## 六

江西老表性格的第四个特点，就是会读书但缺乏创造力。

有一组数字足以说明江西老表具有超乎寻常的读书天赋。

自从隋初创办科举制度直至清末的1300多年间，全国共考录进士约10万人，其中江西就达10000人，占全部进士的十分之一。

在江西吉安、临川等地，曾经出现“一门三进士，五里十状元”的盛况，“唐宋八大家”之一的曾巩，一门5人同登进士科，祖孙6代有38人考中进士。

在中国历史上，第一个书院诞生在江西，即唐代德安陈氏宗族创办的东佳书院；第一个在全国最具规模最具影响的书院也在江西，即庐山白鹿洞书院。

遥想当年的赣鄱大地，那是怎样的一种景象啊！在数以万计的私塾里，在遍布各地的书院里，多少学子正襟危坐，在老先生严厉目光的监视下，诵读着四书五经。每当考试来临，学子们又纷纷告别书斋，穿上长衫，不辞辛苦，跋山涉水，行色匆匆地奔走在通往城里考场的乡间小道上。特别是参加殿试，从江西到京城，那可是几千里之遥，一走就是几个月，途中要经受多少风雨，历尽多少艰险！为了中榜，多少人从青丝熬到了白发，从耳聪目明熬到了老眼昏花。读书奔科举，构成了江西历史上一道最为亮丽的文化风景线。

如果说历史的辉煌已经暗淡了的话，那么今天的江西老表是不是还喜好读书呢？

答案是肯定的。岂不是吗？近30多年来，尽管江西的经济仍欠发达，但是在历届高考中，江西的录取分数线都是比较高的，而且比一些发达地区要高得多。同样的分数，北京、上海和广东等地的考生可以上重点大学，而江西的考生却只能读一般本科院校。于是，在前些年大学录取比例较低时出现了不少学生“在江西读书，到外地高考”的“飞地升学”的怪现象。特别是那个被誉为“才子摇篮”的临川中学，更是以其不同凡响的教学质量和名列全国前茅的升学率，吸引着来自祖国四面八方的求学者。这里，每年都有许多优秀的学子源源不断地走向北大、清华等一流的高等学府。

也许就是因为江西老表会读书，所以在中国文学和学术的灿烂星空中，出现了一连串闪闪发光的江西人的名字：陶渊明、欧阳修、王安石、黄庭坚、曾巩、晏殊、朱熹、陆九渊、文天祥、汤显祖……

江西老表会读书，关键在于有一个代代相沿重视读书的传统。无论是在偏僻山区的土屋里，还是在江湖平原的农舍里，不管什么人家，哪怕穷得锅里没有一粒米，也要想方设法养上一头猪，以供养孩子上学读书。对于许多人家来说，有了猪，就有了孩子的学费；有了猪，就有了孩子的前途。正是养猪，使一些处于贫困和社会底层的子弟有钱读书而改变了自己的命运，不少父母也通过养猪实现了望子成龙的愿望。

在人们的心目中，猪是愚蠢的象征，想不到江西老表却用它铺就了一条长长的通向聪明之路。所以，很多人对此深有感触地说："江西老表，一会养猪，二会读书。"

按一般逻辑，读书好坏同创造力的大小是成正比的。读书好的人创造力相对比较强，读书差的人创造力相对比较弱。如此看来，江西老表会读书，他们的创造力也一定非常强。

然而，事实却并不是这样的，江西老表所缺少的恰恰就是创造力。

江西老表创造力的缺乏，集中体现在创新精神不强上。他们读书，大多只是一味地啃书本，而不是把书本作为启迪智慧的钥匙；他们读书，只是一味地相信书本上的答案，而不是有所怀疑，有所探索，有所发现，有所发明，有所创造。所以，从古至今，在自然科学和社会科学那些极需要创造力的领域，江西老表常常显得力不从心、无所作为。在长达几千年的古代，江西几乎没有出过什么有影响力的发明家，也几乎没有出过什么革故鼎新的思想家。就是在近现代，江西也几乎极少出过什么具有开创性贡献的杰出的大科学家、大政治家和大学者。

江西老表创造力的缺乏，是封建文化和科举制度结出的恶果。江西是宋明理学和心学的发端地和传播地。朱熹的“存天理，灭人欲”，主张根绝人的一切欲望。陆九渊的“心即理”，认为“心”和“理”是永恒的，一切封建的道德教条都是人心固有的，也是永不变化的。几百年来，这两种学说就像两块巨大的石头，压在江西老表的心头，使他们动弹不得，久而久之也就变得麻木起来。试想，一个没有欲望冲动的群体，一个深受封建道德教条禁锢的群体，他们怎么会有生机勃勃的创造力呢？

当然，导致江西老表创造力缺乏的另一个因素，是在长期八股科举制中形成的与书本知识趋同的思维定式。一切顺着书本思考，一切照着八股作文。

江西老表的这种顺向思维定式通常所产生的就是缺乏创造力的“高分低能”。可见读书既可以为人类的进步插上飞翔的翅膀，也可以使人类的创造失去想象的天空。江西老表，什么时候能把“会读书”真正转化为“有创造力”呢?

## 七

江西老表性格的第五个特点，就是有强烈的官本位意识而缺乏市场经济观念。

不论走到赣鄱大地的哪一个角落，人们都会产生一个相同的感受——江西老表“官崇拜”的情结非常浓厚。

在一座座姓氏宗祠里，祖先中谁的官最大谁的牌位就最显眼。

在一本本厚重的家谱里，最引人注目的是那些为官进仕者的名字。

在一个个古老的村庄里，最使村里人自豪的是那些陈旧斑驳的官第、官牌和官匾。

在一次次茶余饭后，人们谈论最多的话题之一就是当官。特别是那些业余组织部部长，更是趁机发布有关干部的新闻，什么某某人要到哪任职了，某某人要提拔重用了，某某人是一匹“黑马”……讲得绘声绘色，听得大家直瞪眼。

在一个家庭，不论是父亲母亲、还是儿子儿媳，或是女儿女婿，只要有人当官了全家都会情不自禁地举杯相庆。倘若长期没有人升迁，就会悲观丧气。尤其是男性，会有一种无形的压力，感到抬不起头来。

同样，在一个地方，在一个单位，一个人如果提拔得快，官越做越大，大家都会赞他有本事并对他刮目相看。反之，一个人如果提拔得慢，或者久未得到任用，大家就会说他能力差，甚至投以鄙视的目光。怪不得在全省的每个地方和单位，都以出了大官而感到无比的光荣和骄傲。

一切以是否当官为尺度，一切以官职大小来衡量，这就是深深浸透在江西老表血液里的官本位意识。

正是因为这种浓厚的官本位意识，在江西老表中形成了一种强烈的“官磁场”。许多人对做官趋之若鹜，有的人甚至为了捞个一官半职，不惜跑门子、拉关系，使出浑身解数，甚至无所不用其极。

也许是把全部心思都用在了“官场”上，所以江西老表不太懂得“市场”，不太会搞市场经济。不像浙江人那样可以把小商品做成大产业；不像江苏人那样可以把小企业做成大公司；不像广东人那样勇于渡船出海下南洋做商贸；不像上海人那样敞开胸襟打造国际商埠；江西老表似乎对商品和市场表现得非常迟钝。他们就像一个迈着八字方步的老先生和缠裹着厚厚臭布的小脚女人，或好奇地在市场经济的岸边观望，或小心地在市场经济的岸边徘徊。所以，直至1949年中华人民共和国成立前夕，偌大的一个江西省，除了清朝晚期开办的安源煤矿外，几乎没有什么像样的工商企业。省会南昌市只有为数很少的手工作坊式的企业。就是在100多年前被英国人辟为“五口通商”且有“小上海”之称的九江，也仅有几家规模很小的纱厂。

有这样一种观点认为，江西老表市场经济观念的缺乏，是因为没有受到近代资本主义的影响。这应该说是很有见地的。历史给人们留下了这样令人心痛的几幕：当西方列强在19世纪中叶从海上用炮舰轰开中国市场大门的时候，江两老表却还沉迷在心性命理学的清谈中；当沿海地区的工商贸易蓬勃发展的时候，江西老表却还沉迷在自己的那一片田园风光中；当邻省的洋务运动和民族工业方兴未艾的时候，江西老表却还沉迷在农耕田粮应是全省头等大事的旧式思维中。可以说，在市场经济面前，江西老表几乎是一张白纸，这样他们也就不可能有什么市场经济意识。

然而，这还不是问题的全部。曾记得温州人说过这样一句话：我们的市场意识是被恶劣的自然环境逼出来的，因为人多地少无法生存，所以只得外出做生意谋生。由此反观江西老表，也许正是因为自然条件过于优越，到处山清水秀、土肥水美，使得他们坐享天成、安于现状、不思进取，世世代代在这种舒适惬意的自然经济生活中打发着时光。

由此观之，江西老表缺乏商品和市场经济观念，与其说是官本位意识太强和没有受过市场经济熏陶造成的，不如说是优越的自然条件造成的。一个特殊的地理环境，既给他们带来了大自然的巨大恩赐，又使他们丧失了生存的压力；既给他们带来了巨大的财富，又使他们背上了沉重的包袱。

一个没有生存压力而又有着沉重包袱的群体，在充满激烈竞争的市场经济大潮中是难免要沉沦和被淘汰的。

## 八

江西老表性格的第六个特点，就是朴实热情但缺乏勤劳刻苦精神。

在一般人眼里，都觉得南方人比北方人勤劳刻苦，北方人比南方人朴实热情。但作为彻头彻尾的南方人的江西老表好像是个另类。

江西老表的朴实厚道，可以说在全国都是有口皆碑的。他们对人对事，有一说一，有二说二，是好就好，是坏就坏，不会忽悠人，也不会耍心眼，而且缺乏灵活性，遇到问题不会随机应变，遇到困难不会伸手，老实得简直有些可爱。正如一些同志所说，江西老表从来就是不叫不到、不吵不闹、不给不要。

江西老表的热情好客，也是远近闻名的。有人讲上海人不太喜欢请客，不喜欢别人到家里做客，不喜欢连续几天陪着一位外地朋友玩。而江西老表却不是这样，每当“有朋自远方来”，他们可是“不亦乐乎”，不仅把客人请到家里，拿出珍藏多年的好酒，还会烧上一桌具有当地风味的佳肴，尽情地让客人品尝。倘若客人要到什么地方走走时，他们会主动陪同，不管花上多长时间也在所不惜。江西老表对待客人的情意，就像自家门前奔流不息的小河，清澈而又悠长。

如果说江西老表待人朴实热情的话，那么他们对待自己则容易满足。

容易满足的结果，一方面是在任何时候都能够保持一种知足常乐的心态；另一方面则会导致勤劳刻苦精神的缺失。在江西老表中广为流传的“白米饭，木炭火，神仙不如我”，就是一种最典型最形象的写照。

为什么江西的百姓创业经济不发达？诚然，江西老表身上缺乏商品经济的细胞是一个十分重要的原因，但同时与江西老表缺乏勤劳刻苦的精神也是分不开的。在奉行丛林法则的生意场上，他们没有浙江人的那种“跑遍千山万水，吃遍千辛万苦，想遍千方百计，说遍千言万语”的勤奋与顽强；没有浙江人的那种“白天当老板，晚上睡地板”“吃常人所吃不了的苦，赚常人所赚不了的钱”的刻苦与执着，而是一遇到艰难困苦就灰心动摇甚至败下阵来。所以，浙江人可以把生意做到全中国，做到全世界，江西人只能在本地小打小闹，很难把企业做大做强。

这不由得又使人联想到另一种浙江人。他们就是移民江西的浙江人。20世纪50年代，由于新安江水电站的兴建，大批浙江人离开故土迁移到江西。当时他们安家落户的地方都是荒山贫壤。经过半个多世纪的艰苦创业，如今这些地方都变成了全省最富裕、最美丽的新庄园，而江西老表世代居住耕作的家园，尽管条件要好得多，但因为他们不愿付出过多的汗水而大大落在了后面。有的地方甚至面貌依旧，没有什么变化。

勤劳刻苦精神的欠缺，既是江西老表人格方面的一个缺陷，也是江西老表精神层面的一个缺陷。如果说这种缺陷表现在个体身上时还不至于构成大的危害的话，那么当它成为一种群体性的缺陷时就是灾难性的了。

历史反复证明，勤劳刻苦的精神永远是人类进步的原动力。哪个地方的人勤劳刻苦，哪个地方的发展就快；反之，发展就慢，甚至停滞不前。

## 九

从唐代至清代中期，是江西历史上最为发达的时期，尤其是宋代，更是江西老表辉煌灿烂的时期。

但是到了近现代，江西却在滚滚向前的历史车轮中明显地落伍了。

可以说，现在的江西老表遇到了前所未有的尴尬。

江西是中国革命的老根据地，本来这是一块令人向往和崇敬的红土地，但不知从什么时候起，老区却成了落后的代名词。

江西是中国中部的一个省份，由于其既不能享受中国东部的大开放政策，又不能享受中国西部的大开发政策，江西老表这种不东不西的处境，被人戏称为“不是东西”。

也许是因为江西经济发展与全国特别是沿海发达地区的差距不断拉大的缘故，一段时期，江西老表到外地开会总是不声不响地坐在最后一排，有些人甚至不好意思说自己是江西人。

江西老表被自卑感压得有些喘不过气来。

有人曾把江西落后的原因归结为交通。毋庸讳言，交通兴则江西兴，交通衰则江西衰。自从20世纪初期随着京汉和汉粤铁路的建成，南北交通的重心西移，江西的交通枢纽优势便丧失殆尽，江西因而也就急剧地衰弱下来。

但是，这只是问题的一个方面。从根本上来说，是江西老表的观念和性格导致了江西的落后。

由于思想观念的陈旧和性格的劣根性，当20世纪70年代末中华民族拉开改革开放大幕并逐步迈向市场经济时代之际，江西老表却显得非常的不适应，显得非常的困惑和彷徨。

江西老表明显地感觉到了自身的陋习，也明显地感觉到了自身的窝囊。

他们也想迈开大步向前进，但步履总是那样沉重，甚至有些踉跄。

他们也想扬帆出海闯世界，但总是觉得自己水性不熟，甚至有些惧怕惊涛骇浪。

他们也想开拓创新续辉煌，但总是觉得自己功底不深，甚至有些瞻前顾后。

所以，江西老表要在中国的版图上重新崛起，就必须彻底冲破传统观念的牢笼，彻底改造自己性格的劣根性。

从某种意义上来说，这就是对江西老表整体人格结构的一种改造和重塑。

无疑，这是一个脱胎换骨、凤凰涅槃的痛苦过程，因为这需要解剖自我、否定自我，没有足够的勇气是决然不行的。

同时，这也是一个不断锤炼和养成的长期过程，这就不仅需要一定的历史时间，更需要在市场经济的大海中搏风击浪，在游泳中学会游泳。

江西老表正在改造和重塑自己人格结构的征途上奋勇地前进，一个新时代江西老表的新形象正呈现在世人的面前。

可以肯定，江西老表人格结构改造和重塑完成之日，也就是江西老表重新创造历史辉煌之时。

江西老表，人们期待你们！

江西老表，人们相信你们！

2010年8月

# 第三辑·海外涛声

# 废墟的辉煌

真没有想到，在罗马，最吸引人的地方是废墟。

到达意大利的第二天上午，我们乘车从一个叫美女城的小镇前往罗马。这天天气特别好，秋阳灿灿、秋风习习，高速公路两旁的松树就像一把把张开的绿色巨伞，撑着蓝天白云，景色美丽极了。早就听说罗马是一件精致的建筑艺术作品，尤其是那规模宏伟、金碧辉煌的梵蒂冈圣彼得大教堂；高耸云天、气势非凡的圣天使城堡；巍然屹立、威风凛凛的埃曼纽尔二世骑像纪念碑；充满神秘色彩的许愿喷泉，更是以它们独特的建筑艺术闻名于世。因此，在我的想象中，罗马一定很美、很繁华。然而，当汽车进入市区时，我简直不敢相信自己的眼睛。没有流光溢彩，没有生机盎然；一切都是旧的，街道是旧的，房屋是旧的，整个罗马就像一件陈列在博物馆里的历史文物。

我不禁有些失望，谁能料到举世闻名的罗马竟会是这般模样。就在我感到迷惑不解的时候，汽车在一座残破却很雄伟的椭圆形建筑物前停了下来。我的眼睛顿然一亮，这不就是古罗马斗兽场的废墟吗？这座于公元72年由4万名战俘用8年时间建起来的巨大建筑，虽然毁坏严重，残破不堪，但不愧为人类建筑史上的杰作。它的形状很像今天的体育场，近50米高的外围墙是用砖石砌成的3层石柱拱廊，周围有80个出入口，里面的阶梯式座位能同时容纳5.5万名观众。其规模之宏大、设计之科学、建造之精巧，不要说在2000年前，就是现在，也令人惊叹不已。陪同的宋先生告诉我们，从斗兽场建成的第一天起，里面就浸满了野蛮与血腥。达官贵人为了寻求刺激和欢乐，在这里上演了长达500多年的“人兽斗”。那是怎样一种残酷的场面啊！奴隶、囚犯同老虎、狮子在这里进行血淋淋地搏杀，统治者和权贵们却在看台上开怀大笑。最后，鲜血流尽了，兽性也满足了。望着这座体现了人类高度文明的建筑，我怎么也无法把它和野蛮、血腥联系在一起。在诅咒它的同时，我又暗暗地为这座辉煌建筑的废墟历经漫长的风雨得以保存至今而庆幸，要不然我们只有从史学家的笔下去寻找它的踪迹了，就像我们中国的阿房宫一样，只能从司马迁的《史记》和杜牧的诗文中去想象它的辉煌壮丽了。

离斗兽场不远，便是罗马广场的废墟。这个古罗马的心脏地区，曾经殿堂高耸、神庙林立，如今却杂草丛生，成了一片断壁残垣。华丽的埃米利亚殿堂，只剩下一堆零乱的石块；雄伟的马森齐奥殿堂，只剩下了几堵厚厚的破墙；高大的蒂奥斯库雷神庙，只剩下了孤零零的三根石柱；最为气派的萨图尔诺农神庙，只剩下了八根石柱支撑的大门；为了纪念贵族与平民修好的和平神庙，只剩下了光秃秃的庙墩基座。还有那维纳斯和罗马神庙、米利亚殿堂、罗莫洛神庙、恺撒神庙，也都化作了一堆堆的碎石和乱砖。徜徉在这罗马广场的废墟之中，仿佛就像在古罗马的历史中漫步。我们不能亲见古老的历史，但废墟却可以告诉你它昔日的辉煌。残破的废墟正是完整历史的映现，而完整的历史也正是因为残破的废墟才得以顽强地展示着自己。倘若没有废墟，人类的历史就会变得苍白单调，就会变得残缺不全。

从罗马广场出来，我以为再也看不到什么废墟了，谁知罗马城简直就是一个废墟的世界。一座座倾塌的城墙，一间间残破的宫殿，一根根斑驳脱榫的石梁，一个个缺手少臂的雕像，以及一条条被毁坏得不成形状的通道随处可见。或掩映在绿树丛中，或竖立在草坪之上，或横亘在街边路旁，或紧靠着新的建筑。尤其使人惊讶的是，绝大多数废墟都在罗马市区的中心，而且完好地保存在显眼醒目之处。凝视着这些废墟，我忽然发现罗马充满了一种残缺的美、一种古旧的美。是的，比起完整的建筑来，残缺的废墟更能给人震撼，更能给人深思，更能给人力量，更能给人启迪。

于是，我不由得惊叹和钦佩起罗马人来，他们不愧是具有远见卓识的一族。面对古罗马文明的废墟，罗马人没有用推土机去把它们推倒和铲平，也没有在废墟上去恢复和重现古罗马的壮丽辉煌，而是独具匠心地将废墟原封不动地保存起来。因为他们深深地懂得，废墟是历史的遗物和文明的见证，毁掉了废墟也就毁掉了历史和文明，这无异于民族精神的自杀。只有尊重废墟，才能超越历史，去创造新的辉煌。正因为废墟有着永恒的巨大魅力，罗马也就成了全世界人都向往的地方，每天从四面八方来废墟游览的人络绎不绝、摩肩接踵。罗马人把废墟变成了宝贝，变成了无与伦比的财富。

罗马废墟，一个千古的绝响，一个不灭的辉煌。

2001年3月

# 好望角

## 一

我站在好望角上。

第一次来到遥远非洲大陆的最南端，第一次置身于大西洋和印度洋的交汇处，脑海里不由得浮起“天涯海角”四个字。

一个小小的峰岩，一片平常的礁石。特殊的地理位置，使一个极其普通的海角变成了举世闻名的景点。

脚下是一块红底黄字的长条形木牌，上面写着：CAPE OF GOOD HOPE/18° 28′ 26″ EAST/34° 21′ 25″ SOUTH。简朴低矮的说明牌，似乎与好望角的名气很不相称，但又与好望角的原生态环境非常协调。我想，如果在中国，这里肯定竖立着一个高大雄伟的牌楼。

放眼前方，是一望无际、波涛滚滚的湛蓝。风很大，带着刺耳的尖叫，把海水打造成一道道白练，从远处席卷过来。突然“哗”的一声，一道白练撞在海边的礁石上，激起一排巨大的浪花。这一排浪潮还未落下，下一道白练又急速而至，于是，又一排巨大的浪潮腾空而起。就这样，一道道飞扬的白练，一排排冲天的巨浪，相互交织，卷云吐雾，飞珠溅玉，震天撼地，映衬着碧海、蓝天，形成了好望角蔚为壮观的景象。

我不禁感到有些意外。因为此前在我的想象里，好望角是一个温馨宁静的海湾，就像一首歌里唱的那样：海风轻轻地吹，海浪轻轻地摇。

据介绍，这种风疾浪高的景象，是由这里特殊的地理环境造成的。打开南非地图你就会发现，好望角其实是开普半岛尖端向南延伸入海的一个岬角。由于两洋在这里交汇，且水下的暗礁又错综密布，使得这里的水流十分复杂，加上离南极较近，容易受极地气候的影响，因而这里一年四季几乎都是大风大浪。也正是因为环境的恶劣，好望角曾被来往的船只视为死亡之角，没有敢于冒险的勇气，没有战胜风浪的本领，是很难闯过好望角的。在它的水底下，至今仍静静地躺着100多条被风浪吞没的巨轮。

怯懦与无能，永远与好望角无缘。

我忽然发现，好望角充满了一种险恶的美，也正是险恶造就了好望角的美丽。别的海角虽然也很美，阳光沙滩，碧波万顷，使人感到心旷神怡、美不胜收，但好望角带给人的却是一种对灵魂的震撼，一种对生命的挑战。站在这里，你会情不自禁地产生一种“狂风恶浪扑面来”的惊险，一种“壮士一去兮不复还”的壮烈。

千万不要一味地认为美就是花好月圆、风和日丽，就是流水潺潺、微波荡漾。美，更是一种惊涛骇浪，一种暗礁旋涡，一种惊心动魄，一种在与险恶搏斗中的悲壮毁灭。

## 二

好望角，这个富有诗意的名字，不是非洲人而是葡萄牙人取的。

1415年，地处伊比利亚半岛的小国葡萄牙的船队渡过直布罗陀海峡，来到了非洲的北部，开始了他们最初的殖民扩张。此后不久，在亨利王子的带领下，葡萄牙的殖民探险船队一次次地沿非洲西海岸南进，他们的最终目的，就是要绕过非洲的最南端，到达东方的亚洲，以实现其建立庞大殖民帝国的梦想。

1487年秋，一个名叫迪亚士的葡萄牙航海家率领三条帆船，终于到达了非洲的最南端。然而迎接他们的是呼呼的狂风和滔天的巨浪。在激烈的颠簸和摇晃中，他们发现了一个伸进大海的岬角。迪亚士便将其称为“风暴角”。当他回国后把自己遇到的情景向葡萄牙国王报告时，葡王不仅为他们的发现感到高兴，而且还认为这是一个好兆头。只要绕过这个风疾浪高的海角，就有希望通往美丽富饶的东方。于是，他把“风暴角”改名为“好望角”。

果然不负所望，仅仅过了10年，葡萄牙人的船队就从好望角由大西洋进入了印度洋。他们先后征服了印度的果阿，控制了印度洋与太平洋的通道马六甲海峡，占领了印度尼西亚的香料群岛，取得了中国澳门的租住权。源源不断的财富也随之通过好望角从东方流向了葡萄牙。一个只有9万平方公里的小国从此在全球崛起，变成了一个有着重要影响的大国。

不仅如此，在其后的几百年间，紧随着葡萄牙人的帆影，英国、德国、法国等国的船队也陆续绕过好望角，用尖锐的大炮轰开了东方的大门。

好望角，不仅成为葡萄牙人称霸世界的海上咽喉，而且成为西方列强侵略东方的血腥航道。

其实，早在葡萄牙人到达好望角的50多年前，我国的郑和就曾7次率领船队来到印度洋，而且到达过非洲东海岸的诸多城市，离好望角只有一步之遥。是我们的造船和航海技术不如别人吗？据有关资料记载，当时葡萄牙船只的排水量一般都是50吨至120吨，所用的船只最少时为3艘，最多时也只有十几艘，人员也只有几十人或几百人。而郑和下西洋的船只排水量都在

1500吨左右，船只共有260余艘，人员达到2.7万人。然而，葡萄牙人发现了好望角，发现了大世界，继而成为世界大国。

面对好望角茫茫的海水，我的思绪也一片茫然。为什么会出现两种截然不同的结果？是因为西方人具有强烈的海洋战略意识，而中国人只有狭隘的陆地疆土观念？是因为西方人具有冒险开拓精神，而中国人只有安于现状的保守思想？抑或是航海的目的本来就不同？西方人是为了发现，中国人是为了炫耀；西方人是为了扩张，中国人是为了好奇；西方人是为了掠夺，中国人是为了施舍；西方人是为了占领，中国人是为了巡游……

历史就像大海，有时深不可测。历史的答案只能从历史的深处去寻找。

## 三

观看大西洋和印度洋交汇风光的最佳地方是紧邻好望角的开普角。

开普角虽然海拔只有244米，但由于拔海而起，加上比周围的地势高出许多，因而给人一种不高而崇、气势非凡的感觉。

于是，我们便从好望角来到了开普角，先从山下乘了一段缆车，然后沿着陡峭的石阶拾级而上，终于气喘吁吁地登上了山顶。

凭着悬崖边的围墙远眺，好一个波澜壮阔的两洋交汇处。好望角就像一条巨蟒盘桓在无边的汪洋中，将海面一分为二，右边是大西洋，左边为印度洋。大西洋的水温比印度洋的水温要低七八摄氏度，因此我原以为两洋的颜色会有所差异，界线会非常分明，谁知根本就不是这样。一样的湛蓝，一样的波涛，将两大洋紧紧地融合在一起，使人无法分出彼此。所谓两洋交汇，那只不过是一个地理上的概念，是人类的主观感觉。尽管如此，我们心中还是洋溢着一种身跨两大洋的豪迈。

在开普角最高点，还矗立着一座1857年建造的古老灯塔。若是天气晴好的夜晚，在25公里以外的海面上就能看见它的灯光。100多年来，正是它以自己的光亮，穿透厚厚夜幕和重重迷雾，默默地为来往的船只导航。在灯塔前的一根大铁柱上，标写着这里与全世界许多大城市的距离：北京12933公里、纽约12541公里、伦敦9623公里、悉尼11642公里……来自各国的游人，尽情饱览着两洋的风光，可劲儿地拍照留念。大家虽然互不相识，但彼此之间都很友好和融洽——好望角，已紧紧地把世界各地联系在了一起。

远处的海面上，不时有巨轮缓缓驶过。有的从印度洋驶向大西洋，有的从大西洋驶向印度洋。虽然在过去很长的一段岁月里，往来于好望角的船只，装载的是强权，是掳掠，是炮火，是占领，是血腥，是罪恶，但那毕竟不过是历史的一个片段、一段插曲。好望角最终使欧亚两洲通航，使东西方文明交汇，使人类相互了解。而且我相信，随着时间的推移，这种文明的交汇会越来越融洽，人类的相互了解也会越来越深刻。这其中，虽然还免不了会有狂风恶浪，会有暗礁旋涡，会有碰撞斗争，但有一点是毋庸置疑的，那就是世界终将融为一体，并共同走向繁荣昌盛的美好明天。

好望角，人类文明的交汇之角。

好望角，世界大同的希望之角。

2006年11月

# 停滞的繁华

东京，我们访日的第一站。

由于日本经济连续10年不景气，动身之前，在我的想象中，东京肯定是一片萧条景象。

然而，出人意料的是，当我们踏上这块土地后，却有一种强烈的感觉——这个城市到处都充满了国际化大都市的喧闹与繁华。

4月19日上午，我们按照预先安排前往东京都政厅访问。这天天气特别好，阳光和煦，春风微拂，大街小巷两旁的杜鹃花竞相怒放。车子在高架桥上疾驰一阵后，拐入了一条宽阔的街道。不久，一栋引人注目的双子式摩天大楼出现在我们面前。陪同的日本朋友说，这就是东京都政厅。大家不由得一惊，这哪像政府大楼，简直就与9·11事件前的纽约世贸大楼差不多，不仅高达48层，直插云霄，而且没有卫兵把守，没有壁垒森严，一切畅通无阻。尤为奇特的是，在大楼的最顶层还有一个圆形展望大厅，据说每天都有不少的市民和游人来到这里观光。把庄严的政府办公地同平民化的休闲旅游景点结为一体，这不能不说是一个十分大胆的创意。我们不由得佩服设计者丹下健三独特的思维和非凡的想象力。他不愧是日本建筑史上最有名气的建筑师。

在会见了东京都副知事青山先生后，我们抽空登上了展望大厅。虽然今天这里不算很拥挤，但还是十分热闹，一大群穿着奇异的青年男女，正站在巨大的玻璃窗前指指点点、说说笑笑，有的还在以林立的高楼为背景拍照留念。我们时而徜徉，时而伫立瞭望，整个东京就像一幅美丽无比的工笔画尽收眼底。那耸立在蓝天白云之间的橘红色高塔是东京塔，那带有江户古老风格的庙宇是浅草观音寺，那像一道壮丽长虹一样横卧在湛蓝海湾上的是东京跨海大桥，那被称为“神奇王国”的是东京迪士尼乐园，那60层全日本最高的现代化大厦是太阳城，那具有欧洲风味的灰白色建筑是国会议事堂。当然最吸引人的还是位于市中心隐藏在大片树林深处带有几分神秘色彩的皇宫，清澈明亮的护城河像一条玉带紧紧缠绕着它。河东南方向的那座造型庄重优美的双拱石桥就是著名的二重桥，因为其连接着皇宫的正门和宫外的广场，所以也被看作是皇宫的象征。我想，一代又一代的天皇在这里稳坐龙椅，恐怕与其虽位及至尊而不掌实权有很大的关系吧。

从东京都政厅出来，我们经过了著名的银座大街，虽然时已下午，但这个“一脚踩下去便是一个内阁大臣一年薪金”的地方，依然人山人海，热闹非凡。无论是在三越、资生堂、伊势丹等一些世界一流的百货公司里，还是在一些规模不大但装修考究独特的精品专卖店里，都挤满了竞相购买物品的人们。更有意思的是，这里也是食者的天堂。街两旁豪华的酒楼、餐馆内，处处座无虚席。悠闲的人们一边听着美妙的音乐，一边品尝着美味佳肴。当然最受青睐的还是中国、法国等世界各地的风味菜。有些找不到餐位的人，索性就在路旁大嚼烧章鱼、嫩玉米或者烤红薯。别看这些不起眼的卖小吃的小摊档，他们一个摊位一天的收入远胜过外地一家中型的酒楼。

晚上的东京，比起白天来就更加绚丽动人了。在匆匆吃了一顿日本料理后，我们就汇入了观赏夜景的队伍中。随着人群缓缓向前涌动，我们仿佛漫游在一个五彩缤纷的灯的海洋里。来来往往的车灯组成一条条白的和红的光的河流，各种各样的霓虹灯不断闪烁，变幻着一个个神奇美妙的图案，五光十色的射灯把一座座建筑物映照得斑斓多姿，整个东京就像一座鲜艳夺目的巨大水晶宫。尤其醒目的是，一些高楼大厦顶部那一盏盏忽闪忽闪的五角形小红灯，它们就像无数只一眨一眨的眼睛，使人在夜空中平添了几分想象和诗意。不知不觉间，我们来到了新宿的歌舞伎町，这里是东京最繁华的娱乐区，只有0.3平方公里的地方却有舞厅、影院、酒吧等3000多家，它是日本战后为繁荣经济而建设的。现在这里成为年轻人的乐园。每当夜幕降临，这里便摩肩接踵、水泄不通，数以万计的年轻人，或成双结对，或三五成群，到这里观看现代流行音乐歌舞节目。最受欢迎的是一家名叫“陀螺”的剧院，舞台可以正反方向旋转，专门表演各种音乐喜剧，而且通宵达旦从不间断。由于符合年轻人的口味，这里每天就像过节一样红火。

在乘车返回住地的途中，望着一路的流光溢彩，我的心怎么也不能平静，怎么也无法把眼前的景象同经济长期停滞联系在一起。我反复地思索着，寻找着答案。就在这时，一位熟悉情况的人士说出了一个发人深省的现象。他讲，近些年来在日本出现了一种所谓的“新人类”和“新新人类”，这主要是指日本的年青一代，特别是经济起飞时期出生的年青一代。由于经济的飞速发展和物质生活的极大改善，价值观和人生观发生了根本性的变化。他们已不像老一辈那样拼命工作，奋发图强，开拓进取，而是贪图安逸，热衷享受，追求时髦。东京的繁华，在相当程度上就是建立在这些“新人类”和“新新人类”花天酒地、纸醉金迷的生活上的。

我终于恍然大悟。这哪里是什么繁华，分明是一种危机，是一种在经济高速发展之后所产生的人的精神危机。世界上没有什么危机比这种人的精神危机更可怕的了。这大概也就是日本经济长时间不景气的最深层的原因吧。

2002年7月

# 金字塔

## 一

我站在开罗西郊的吉萨高地上。

一望无际，湛蓝的天空；一望无际，金黄的沙漠。在不尽的空旷中，三座金字塔巍然屹立，直指苍穹。

这是祖孙三代埃及法老的陵墓。最大的胡夫金字塔建于公元前2690年，原高约147米，底边各长约230米。虽因年久风化顶端剥落10米，但在法国的埃菲尔铁塔问世前，它一直是世界上最高的建筑，居高临下地雄视了人类几千年。

位居中间的是胡夫儿子哈夫拉金字塔，尽管比他父亲的金字塔约低5米，但因为其所处位置相对较高，所以看上去要比胡夫金字塔高大。离哈夫拉金字塔正东方向不远便是著名的狮身人面像，高约21米，长约73米。据说人面是依照哈夫拉的面容雕琢的。他之所以要把自己的面容和狮身连在一起，乃是因为人面代表智慧，狮子代表力量，以象征法老具有常人所不具有的智慧和力量。

第三座是胡夫孙子孟考拉的金字塔，虽然高度只有66米，规模也小了很多，但从整体上看与前两座金字塔搭配的非常协调，不仅没有低矮之感，反而使整个金字塔群显得更加高低有致，更加雄伟壮观。

凝望着这三座一字排开的金字塔，我们不禁为古埃及发达的文明而惊叹。不要说在4600多年前生产力水平非常低下的古代，就是在拥有高度科学技术和先进工具的现代，要建造一座像胡夫金字塔这样相当于40层楼高的建筑，也绝不是一件轻易的事情。

如果说中国的万里长城占据了人类古代建筑史上的长度，那么埃及的金字塔则占据了人类古代建筑史上的高度。

不像我们现代的很多建筑，造型奇特、结构繁复、装饰华丽、五彩缤纷，给人一种头晕目眩的感觉。埃及金字塔，虽高耸入云，却用最简单的线条，构成了最稳定的几何结构；用最简单的造型，构成了最撼人心魄的气势；用最简单的色彩，构成了最无与伦比的壮美。正如伟大的常常是平凡的一样，美丽的也常常是简单的。简单，是美的一种极致，是美的一种最高境界。

也许就是出于这个原因，著名华裔建筑设计家贝聿铭于20

世纪80年代巴黎卢浮宫扩建时，在其正门广场上竖起了一座玻璃金字塔。这简单的神来之笔，立即引来了四面八方的一片赞扬声。

埃及金字塔，用简单创造出来的人类文明罕见的奇迹，用简单砌垒起来的人类文明的第一座高峰。

## 二

埃及友人告诉了我这样一组有关金字塔的数字：

胡夫金字塔共用230万块岩石垒成，石块的平均重量为2.5吨，最重的达到20吨。如果把这些石块垒成3米高、0.8米宽的墙，可以绕赤道大半个圈。

胡夫金字塔的建成，共用了10万名奴隶和20年时间。而最近科研人员认为参建的人员要远远大于这个数字。

除吉萨高地胡夫祖孙三座金字塔外，在开罗附近还有100余座金字塔。其中有高约60米的人类史上第一座大型石料建筑阶梯金字塔，有高达110米的弯曲金字塔，有高达104米的玫瑰金字塔，有像城堡一样的方形金字塔。

人们不妨粗略地计算一下，建造这么多的金字塔，共计需要多少石块，又需要多少奴隶的劳动！

据考证，建筑金字塔的石块大都来自开罗以南800多公里的阿斯旺地区。古埃及人先在采石场用原始的“木楔法”开采出巨块石料，再用一种用纸莎草制造的船只将石块沿尼罗河运到开罗；然后把石块卸下抬放到一种下面放有原木的特制平板上，再沿着修筑的坡路用人力缓缓地运到金字塔高地上。至于垒建金字塔，其难度就更加不可思议。为了把巨大的石块搬砌上去，古埃及人在金字塔的四面用沙石修建坡道，随着塔的升高，坡道也不断加高。待到工程完工时，再把金字塔四周小山似的沙石坡道搬走。古埃及人就是用这样原始落后的方法，建起了金字塔这个在古代人类文明史上首屈一指的浩大工程。

一切都大大地超过了人的体力和精神的极限。这种艰巨而又繁重的劳动是我们今天无法想象的。

伫立在金字塔前，脚下的沙漠被骄阳烤得有些发烫，我的眼前不由得出现了一幅异常惨烈的图景。烈日炎炎的沙漠上，数十万奴隶在奴隶主恶狠狠地怒吼声中和长长皮鞭的驱赶下，光着脊背，弓着腰身，吃力地搬运和垒砌巨石。身上汗水污黑，肩上血肉模糊，工地上不断有人倒下，到处都堆满了人的尸骨。随着金字塔最后一道机关的关闭，奴隶主又凶狠地对修建的工匠和奴隶举起了罪恶的屠刀，一声声惨叫撕裂长空，一注注鲜血喷成河流。可见一座金字塔，就是一部血腥史。金字塔的雄美，正是无数奴隶用血肉和生命垒砌起来的。

金字塔，浸透了野蛮与罪恶。

其实，何止是开罗的金字塔，遍布埃及大大小小的神庙，又何尝不是建筑在血淋淋的野蛮与罪恶之上？在中部城市卢克索，我们参观了一座名叫卡尔纳克的古代神庙。在这座世界上最大的神庙群里，有用巨石砌垒的一座座高大的门墙，有用巨石雕琢的一尊尊传神的塑像，有用整块石头打造的高近30米的3座方尖碑。特别是那面积达5000平方米的大柱厅，134根用巨石建造的精美石柱，每根高达21米，直径3.6米，大约需要10个成年人张开手臂才能把它合抱。这哪里是石柱，简直就是一片巨石的森林。一位当地人说，建造这座举世无双的神庙，前后历时2000多年，耗尽了古埃及中王国和新王国时期的巨大人力、物力和财力，不知有多少奴隶为此付出了生命。历史有时就是充满了这样的悖论——文明的，也往往是野蛮与罪恶的。可以说，文明的最初发展，离不开野蛮与罪恶。没有野蛮与罪恶，也就没有古代发达的文明。

埃及金字塔，用野蛮和罪恶建造起来的古代人类最伟大的文明。

## 三

怀着一种好奇和神秘的心情，我们登上了胡夫金字塔。

沿着公元9世纪盗墓者开凿的凹凸不平、弯弯拐拐的“马阿蒙”入口，磕磕碰碰地向上爬了近20米，接着便进入了一条向上延伸的长约40米的原始通道。由于高度和宽度都在1米左右，我们只好匍匐而行，不一会儿就累得气喘吁吁，大汗淋漓，腰酸腿痛。在快要支持不住时，眼前突然出现了一条高8.5米、宽3米、长47米的大走廊，上面铺有木制阶梯。穿过大走廊再攀上一座垂直的梯子，就是胡夫高大宽敞的墓室。

此处的高度，大约离地面100米。

出乎我们的意料，在胡夫墓室里，除了一具石棺外，其他的什么也没有。

答案无须多问，这是几千年来反复盗墓导致的结果。

实际上，每一座金字塔，都是一座价值连城的文物宝库。

这是因为古埃及的每位法老一登基，就开始为自己修建豪华陵墓，里面仿照帝王生活，一切应有尽有。

在埃及国家博物馆里，一共陈列着12万件文物。另外，还有近30万件文物收藏在英、法等国。而这些只不过是极少的一部分，古埃及的绝大部分文物，或者在历史的风雨中灰飞烟灭，或者在盗墓者的手中损毁散失。事实也确实如此，无论是开罗的金字塔，还是卢克索的国王谷和王后谷，都历经无数次的洗劫，以致一物无存。

唯一躲过盗贼之手的是新王国时期的图坦卡蒙法老陵墓。1922年11月，当英国考古学家卡特打开这个法老陵墓的中央墓室时，借着昏暗的烛光，他被眼前不可估量的珍宝惊呆了。从重达17.23公斤的法老纯金面罩，到法老的包金宝座、包金大床、包金二轮大马车；从各种金制饰品，到尖刀弓箭和衣服鞋袜等，简直应有尽有，一共3500多件。史书记载这位法老只活到19岁，在位10年，且一直没有掌握实权，他的陵墓在埃及众多法老中还是最寒酸的。由此可以想象，在长达3000多年古埃及几百位法老的墓中埋藏着何等惊人的财富！我们现在所见到的，只不过是零星的遗留罢了。

于是，我不由得想起中国古代的皇帝来。他们在登上皇位后，不也是立即为自己修建规模宏大的陵墓吗？秦始皇就曾命令几十万工匠把其陵墓的顶壁做成天空，日月星辰依次排列，墓底按照风水格局布造，用水银灌成江河海洋，墓中摆满各种奇珍异宝，墓前置有众多的军队。现已挖掘出土的兵马俑，不过是其冰山一角。令人不可理解的是，在几千年前，两国根本就不知道对方的存在，为什么最高统治者会在修建陵墓上如此惊人一致？莫不是生前统治一切，身后也要君临天下？莫不是生前享尽荣华，身后也要独占富贵？正是从死后也要永享这种至高无上的权威和富贵的意图出发，他们才如此热衷于为自己修建宏伟壮丽的陵墓。

从胡夫金字塔出来，一个特殊的历史现象始终在我脑海里盘旋。纵观世界发展的历程，凡是王陵建筑宏伟的古代文明，最后都灭亡和衰败了。所以，金字塔等王陵虽然为我们这个星球留下了人类最伟大的智慧和意志力的象征，为我们留下了古代人类最宝贵的精神和物质遗产，为我们填补了许多历史的空白和解开了不少的历史谜团，从而使历史变得更加完整，更加灿烂。但是，再壮观的王陵也是一种落日的辉煌，也是一种死亡的排场。所以，就其本质来说，金字塔又是一种颓废的文化，一种炫耀的文化，一种没落的文化，一种衰亡的文化。从这个意义上来讲，金字塔又不应受到赞美。

金字塔，一个多面的三角体。

金字塔，一座难解的无字碑。

2006年11月

# 寻找柏林墙

世界上从来没有这样一道墙，它把一个城市隔成了两半，使一个城市的骨肉亲情分离了近30年。

世界上也从来没有这样一道墙，在它修建之时，引起了全球的一片哗然；在它倒塌之日，引起了不同肤色人们的一片震惊。

这道墙就是柏林墙。

也许是这道墙太不寻常，一到柏林，我们就匆匆寻访它的踪迹。但正像一本书里所说的那样，现在要寻找柏林墙，几乎在所有地方均属徒劳。如今的柏林，旧的在不断消失，新的在迅速崛起，未来正在废弃的荒芜中悄然成长。施普雷河岸边的野地里，新矗立起了巍峨壮观的总理府。菩提树下大街的旧式屋檐已被五光十色的现代建筑取代，它告诉人们这里已成为统一后的柏林市新中心。波茨坦广场拔地而起的新建筑群，为柏林又增添了崭新夺目的一笔。当年因希特勒制造的纵火案而烧得焦黑、损坏严重的国会大厦，经过修复已焕然一新，成了旅游者观光的热点。整个柏林都被树林、绿地、鲜花、碧波簇拥着，简直就是一个大花园。只有六月十七大街上那高耸云天的胜利柱上的累累弹洞，在默默诉说着这座著名的都市曾经遭受过炮火的重创，被夷为了战争的废墟。

难道真的找不到柏林墙了吗？我们首先来到了勃兰登堡门。这座雄伟的古典式建筑，既是柏林的象征，又是柏林墙的中点。它是在18世纪80年代末期作为战争胜利的凯旋门而建造的。在乳白色的门顶中央耸立着著名的“胜利战车”青铜铸像，1806年拿破仑占领柏林时曾将其作为战利品掠走。现在，大门两边的高墙不见了，代之而起的是车的河、人的流。只有一条红色的线从大门旁边穿过，它就是柏林墙的痕迹。在合影留念之后，我们又继续前行。转过几条不知名的街道，突然，一道高墙横亘在我们面前。这时导游情不自禁地高声叫道：“这就是唯一保存下来的那一段柏林墙！”它长几百米，上面写着各式各样的文字，画满了奇形怪状的漫画……德国人不愧是幽默大师，一道森严恐怖的军事高墙竟在他们充满智慧的笔下，变成了一条风趣多彩的艺术长廊。

柏林墙是1961年开始修建的，那是一个冷战不断加剧的年代，也是以苏联为首的华约与以美国为首的北约激烈对抗的年代。第二次世界大战后，德国被分成东德和西德两个国家，柏林也被一分为二。东柏林归东德，属华约；西柏林归西德，属北约。这种特殊的地理位置使得东西柏林成了双方斗争的前沿。这里既有刀光剑影的对抗，也有看不见硝烟的争夺，于是柏林墙就随之竖立起来了。随着斗争的激化，这堵墙越砌越长，越竖越高，直到把东西柏林彻底切开。那是怎样的一种景象啊！170公里长的高墙下，到处都是荷枪实弹的士兵；290个瞭望塔张着黑森森的窗口，装有自动枪的铁网向远处延伸；还有100米宽的松土带地雷区，以及铁栅，防坦克和汽车的路障等，真可谓一派壁垒森严。然而时间的车轮转到了1989年，坚固的柏林墙却在苏联解体和东欧剧变中轰然一声倒塌了。

世界上有些事物就是这样，兴起得很快，消失得也很快。

柏林墙倒塌了，柏林统一了，德国统一了。我们在柏林的时候，正逢德国举行统一10周年纪念活动。各大剧院上演着人们所喜爱的歌剧、舞剧和音乐剧，街道上和露天晚会上，一些民间文艺人士，或载歌载舞，或表演杂耍喜剧，不时引得观看的人们捧腹大笑。各种游乐园更是成了年轻人和孩子们嬉戏的天堂，整个柏林沉浸在一片欢庆统一的气氛中。但是，当我们和柏林人在一起相处交谈的时候，却明显地感觉到东西柏林之间存在的隔阂。东柏林人对西部感到陌生，特别是忍受不了大腹便便的西柏林人那种傲慢的眼光，他们希望重新拥有柏林墙。而西柏林人却抱怨东柏林人把越来越少的就业机会夺走了，以致收入减少，他们也向往回到统一前的生活。有形的柏林墙倒塌了，无形的柏林墙仍然存在着。

参观完柏林墙，我们来到了电视发射塔下的一个广场。在绿草如茵的草坪中间塑有一尊铜像，走近一看，原来是马克思和恩格斯。马克思坐着，恩格斯紧靠着站在他的身旁。两位导师目光炯炯，坚定地凝视着前方。来此瞻仰的人络绎不绝，有的捧着一束花，恭恭敬敬地摆放在塑像前；有的轻轻地走上前去和伟人合影；有几个人竟举起右拳对着铜像宣誓。这场面太感人了，也大大地出乎我们的意料。原以为柏林墙倒了，马克思和恩格斯的塑像也会遭到厄运，没想到依然屹立在柏林城里，依然受到人们的崇仰。马克思主义依然有着广泛的影响，依然被德意志人视为人类的骄傲。可见用真理铸造的信仰之墙是任何力量也摧毁不了的。

在返回的路上，我们发现不少游人都在街边的旅游商店里购买柏林墙纪念石。这装在精制玻璃盒里的石块，是柏林墙的缩影，也是柏林墙的实证。它虽然很小，但所包含的内容却非常丰富。它浓缩着一段不平常的历史，也记载着一个深刻的启迪。柏林墙倒了，但柏林墙纪念石却会作为一种珍贵的文物长久保存下去。只要这小小的纪念石存在，柏林墙就会永远存在于人们的记忆里。

柏林墙，一段惊心动魄的历史插曲，一道短暂难忘的历史之墙！

2001年3月

# 坎昆之殇

墨西哥的坎昆，人世间的天堂。

这的确是一座十分神奇美丽的城市。她东临浩瀚无际的加勒比海，其他三面则被莽莽苍苍的热带雨林包裹，特别是她的旅游新区，位于一个狭曲的半岛上，长约22公里，宽却只有几百米。从飞机上俯瞰，就好像一只巨蟒横卧在滔滔的碧波之中。从深海奔涌而来的浪花编织成了一条银白色的项链镶嵌在其岸线上，使整座城市更增添了一种雍容华贵的气度。

## 一

大约公元前1000年，这里开始孕育璀璨的玛雅文明。

那时的坎昆，是一片原始纯净的绿海，森林茂密、水草丰美，虫鸟欢歌、百兽出没。但最庞大的族类还是那些各色各样的蛇群。它们或游弋在草丛中，或盘蜷在石岩上，或爬行在树枝头，或潜伏在山涧里，或浮游在水面上。大的长达数丈，粗如碗口；小的只有尺余，细如纤绳。在玛雅语中，坎昆就是蛇窝的意思，由此可以想象当年这里曾是一个蛇的世界。据有关专家称，几乎所有人对蛇都有一种与生俱来的恐惧，这主要源于人类的祖先长期生活在丛林里与蛇共处，许多人因此失去了生命。所以，当玛雅人最初踏上这片土地看见群蛇盘舞的时候，他们便不由得产生害怕心理，并把蛇同天上的蛇形闪电和龙卷风等自然现象联系起来，认为蛇是一种能上天入地、惊天动地、呼风唤雨、翻江倒海的神物。于是由恐惧到敬畏，由敬畏到神化，因而也就将蛇作为图腾来崇拜。墨西哥国旗主图为一只展翅雄鹰嘴里衔着一条蛇，站在仙人掌上，这种就是古老图腾崇拜在今天的一种体现和延续。

半个世纪以前，坎昆还是一个偏僻落后的小村庄，如今却成了一座举世闻名的新兴旅游城。在人们的眼中，坎昆可以说是全球唯一一个自然风光与历史文化完美结合之地。岂不是吗？有些地方自然风光很美，但缺少历史文化；有些地方历史文化厚重，但缺少自然风光；有些地方虽然也有自然风光和历史文化，但缺少品位和底蕴，而坎昆却两者俱佳，且独具特色。那历史悠久、辉煌灿烂的玛雅文明遗迹，那旖旎多姿、如诗如画的热带风光，那色彩斑斓、绵延千里的世界第二大珊瑚礁群，那由洁白柔软的天然细沙铺就的地毯一般的长长海滩，让人由衷地从心底里发出一声声惊叹。人们来到这里，既可以享受玛雅文明的丰厚精神大餐，甚至做一番千年历史的神秘穿越，又可以饱览天造地设的独特自然奇观。如果是在丽日晴空，人们伫立海边眺望，那景象就更为迷人了。一排排巨浪呼啸着冲向沙滩腾空而起，像瀑布飞扬，又像白练飘舞。在飞卷的浪花后面，是轻轻抖动的浩渺无边的蓝，近处是浅蓝，再往前是蔚蓝，远处是深蓝，直至与湛蓝的天空融为一体。真是蓝得多姿多彩，蓝得一尘不染，蓝得如幻如梦。怪不得有人说，坎昆，是一个让人到了就舍不得离开的地方。

然而，当我们步入坎昆市内宽广繁华的海滨大道时，心里又不免有股说不出的滋味。按照常理，海滨大道应该沿海滩而建，应该是一条令人心旷神怡的海景路。但是走在这条大道上，却看不见阳光沙滩，看不见浪花奔涌，看不见碧波万顷，看不见泳儿帆影，这些全被街旁的高楼给挡住了。不仅如此，这些高楼几乎都是清一色的现代化建筑，缺乏玛雅文明的风格和特点。本来建筑是一个地方最直观最具象的文化，是最能体现一个地方的文化基因和文化特质的。在玛雅文明的发祥地看不到玛雅建筑在当代的继承和发展，这不能不是一件非常遗憾的事情。

当地的友人告诉我们，海滨大道的楼房几乎全是外国商人兴建的高档宾馆和别墅。他们为了吸引更多的顾客，赚取可观的利润，利用墨西哥的对外优惠政策，各圈一片海滩，各竖一片建筑，只要自己的宾馆能观赏到海景，哪管房子建成什么风格，哪管街道建在什么地方。而当地政府则因为海边的地可以卖出更高的价钱，不得不做出让步。这样，海滨大道不靠海，建筑没有玛雅味，也就成了坎昆城市建设的两大败笔。

其实，如果我们放眼看一看，由于唯利是图而导致的城市建设败笔又何止墨西哥的坎昆呢？

## 二

在坎昆周围，残存着不少的古代玛雅文化遗迹，其中最著名的是奇琴伊察。

不像我国的一些古代建筑名胜，已被五光十色的现代化所包围，这片玛雅古代建筑群废墟至今仍然静静地躺在原始热带丛林的深处，历史和时间仿佛在这里凝固了。

也许就是这个原因，奇琴伊察遗迹被评为世界新七大奇迹之一。

随着络绎不绝的参观人流，穿过一片浓浓的绿荫，我们在一座巨大的金字塔前停了下来。这座塔名叫库库尔坎，其意为主管风调雨顺的“羽蛇神”。塔虽然不是很高，只有24米，但因其四围底部每边约56米，加上塔的顶部建有一个四方形的神庙，所以显得非常雄伟。在塔的四面斜坡上，各有91级台阶，再算上塔顶的平台，总共365级，恰好等于一年的天数。别看这些台阶的两边有石制护栏，倘若真的要爬上去，还是有不少人会犹豫害怕的。特别惹人注意的是，在塔的北面台阶基座的两旁，对称性地各自竖立着一个很大的带羽毛的蛇头石雕。每年的春分和秋分这两天，当太阳照射到北面阶梯两边栏杆上而在一级级台阶上，形成的两道阴影恰好与基座的两个蛇头相连时，那形状就像两条活生生的羽毛蛇，而且随着阳光阴影的移动，使人仿佛觉得这两条蛇在向金字塔的底部缓缓地爬去。玛雅人这种把自然光影同人工建筑巧妙结合产生具体物象的技术，不仅是人类建筑史上的奇迹，也是人类文明史上的佳话。

在金字塔不远的右前方，是一个长160米、宽75米的古老球场。南北两侧的墙壁中间各有一个高达7米的石圈，东西两侧分别是名为豹庙和虎庙的看台，并设有拱顶的包厢。由于岁月和风雨的侵蚀，球场的大部分建筑虽已倾塌，但透过这些断壁残垣，依稀可以想见当年比赛的热烈场面。这时，我又想到了2000多年前的古希腊奥林匹克运动会。可以说，古代体育运动，不但开启了人类逐步摆脱原始野蛮争斗，进入有序竞争的序幕，而且打开了人类强身健体，愉悦心情的第一道大门，是人类开始由野蛮走向文明的重要标志，也是人类力与美结合最早开出的一朵灿烂之花。

离开古球场之后，我们又参观了耸立在巨大基座上，形如蜗牛的气象台，横亘在宽阔平台上颇显恐怖的“骷髅台”，石柱林立状如梯形的千柱院，这些建筑虽然已经斑驳颓废，有的部分甚至残缺损毁，但气势依然非常恢宏壮观。只有那曾经人声鼎沸的贸易市场已不复存在，仅剩下几排残柱和几堆乱石散布在树丛之中供人凭吊。穿行在这些遗址之间，一股对玛雅文明的赞佩之情悄然而生。其实，我们在这里所看到的只是这个伟大文明的闪光一角。在坎昆以至整个墨西哥，像奇琴伊察这样的城邦当时就有100多座，至今还留有宫殿、神庙、迷宫等众多遗迹，其中最大的一个城邦蒂卡尔面积超过60平方公里，居民达到15万人，其发达和繁荣的程度，完全可与世界的其他古代文明相媲美。

玛雅文明最辉煌的时期，是在公元300年到900年之间。遗址中的这些宏伟建筑，都是这段时期的杰作。如果是在我们中国，这并不是一件很难的事，因为当时的华夏民族已经进入文化和科技比较发达的封建社会鼎盛阶段。而玛雅民族却还处在原始社会的石器时代，既没有青铜器，也没有铁器；既没有牛、马等载重畜类，也没有轮车等代用工具。但他们硬是用最落后的体力和手工方式不可思议地创造了这些无声的诗和立体的画，为人类历史文明增添了一道绚丽的色彩。

当然，兴建这些建筑的代价是十分巨大和高昂的。为此，我脑海里不由得浮起了英国历史学家帕金森提出的著名的“办公大楼法则”。其基本含义是：一个企业和组织往往会在最兴旺发达的时候，兴建纪念碑式的豪华办公大楼，而大楼落成之日，也是这个企业和组织开始走下坡路之时。这内中的原因并不复杂，就是追求形象工程不仅会带来沉重的财政负担，而且会助长骄奢享乐之风，转移企业和组织的未来目标。一个企业和组织是如此，那么扩大到一个国家和一个民族呢？古埃及王国不就是因为法老为修造神庙和金字塔等超大型建筑而过度消耗了大量人力、物力和国力而由盛转衰的吗？玛雅文明的不断衰弱，恐怕其原因也在于此。

所以，从这个角度来看，玛雅人建造的那些宏大精美的建筑，与其说是玛雅文明辉煌的象征，不如说是玛雅文明衰亡的墓碑。

## 三

事情果若其然。

在经历了600年大兴土木的旺盛之后，公元10世纪时，玛雅文明突然神秘地消亡了，一座座城邦几乎在一夜之间被废弃在了茫茫的林海里，变得悄无声息了。

于是，人们把这称为“世界之谜”。

为了解开这个谜，多少人在苦苦地寻找，多少人在艰难地探索。

是因为气候的突然异常导致了玛雅人最后失去了赖以生存的基础，是因为突发的自然灾害摧毁了玛雅人的家园，还是因为人为的因素导致了玛雅文明的毁灭？

对此，人们众说纷纭、莫衷一是，仁者见仁、智者见智，至今没有定论。

有些学者想从柬埔寨吴哥窟的陨落中得出某种启示。公元7世纪时，东方高棉王朝的这个巨大都城也是突然间被遗弃在大森林里而没有留下任何痕迹。对其猝亡的原因，人们认为最有可能的就是两种：或是全城传染瘟疫死得一个不剩；或是都城里发生内讧，互相残杀，血流成河，最后弃城而逃。

值得庆幸的是，古玛雅人为我们留下了约3万个象形文字词汇和800多个符号。从现已破译的文字内容来看，玛雅文明的突然消亡，一方面是由于严重的气候灾害引起的全面生存困境；另一方面是由于城邦间绵延不断的战争，致使人口锐减，田园荒芜，城市被毁。作为地球之子的人类，在大自然面前本来就是非常脆弱的，再加上自身内部的相互争斗和杀伐，岂有不灭亡之理？纵观历史，许多人类自己创造的文明最终不都是由人类自己毁灭的吗？

人类是聪明的，又是愚蠢的。

更加具有讽刺意味的是，20世纪的下半叶，考古学家在早已毁灭的墨西哥托尔图格罗古玛雅废墟上发现了一块刻有“世界末日”预言的石碑。实际上，古玛雅人所说的“世界末日”是指世界第5次轮回大周期的结束日。这是因为古玛雅人有着发达的数学思维和丰富的天文知识，他们不仅发明了“0”的概念并使用5进位和20进位数字系统，可以计算到230亿个单位以上，而且能预报日食和月食的时间，创造了由神历、太阳历和长纪年历组成的历法体系。根据这个历法，玛雅人计算出每5125年为一次大轮回周期。对照现今的公历，第五次大轮回周期始于公元前3114年，结束于2012年12月21日。由于美国芝加哥大学教授何赛·阿圭列斯在1987年将这一日期写进了他的著作，“世界末日”的预言也由此迅速传播开来，并引起了全世界许多人的担心和恐慌。

可以肯定地说，玛雅人对“世界末日”的预言是缺乏科学依据的，但是，玛雅文明灭亡的教训却是必须认真汲取的。

2010年11月29日，对于坎昆来说是一个意味深长的日子。《联合国气候变化框架公约》第16次缔约方会议暨《京都议定书》第6次缔约方会议在这里开幕。坎昆曾是玛雅文明诞生和消亡的地方，如今又是全球生态和生物多样性最丰富的地方。选择这样一个特殊的地方来研究和商谈气候变化这样一个特殊的问题，其寓意是非常明显的。当各国领导人坐在豪华的会议室里，一边享受窗外的阳光、海滩和碧波，一边讨论减少大气排放和控制温室效应的时候，不知道他们会做何种的感想。他们想到了身边不远那废弃在热带丛林里的玛雅文明遗迹吗？他们想到了这个伟大的人类文明衰亡的根源吗？如果想得深切，他们也就会多一些危机意识，多一些共同语言，多一些责任担当，多一些实际行动；而少一些讨价还价，少一些推诿扯皮，少一些坐而论道，少一些空头支票。然而十分痛心，他们并非如此。他们似乎在进行一场战争，站在各自立场，互相指责攻击，特别是西方那几个发达国家的领导人，更是杀气腾腾，频频使招，只不过是用唇枪舌剑代替大刀枪炮罢了。

人类有时就是这样，不到灾难临头是不会醒悟的。如果说当年玛雅城邦之间无休止的战争导致了玛雅文明消亡的话，那么，现在各国在防止气候变化上的战争，再无休止地进行下去，最后等待人类的就只能是毁灭性的命运了。

人类一旦毁灭，那么整个地球不就变为一座人类文明的大废墟了吗？

因此，人们必须大声疾呼：人类只有一个地球，在维护地球的气候和生态环境上，只有全人类的共同利益，而绝不允许有任何国家的私利！

坎昆，你让人警醒！坎昆，你更令人忧虑！

2012年10月

# 初览美利坚

1995年10月28日，美国旧金山。

一架波音747客机像一只巨大的鲲鹏，伸展着它那宽阔的羽翼，穿云破雾，盘旋而下，平稳地降落在旧金山国际机场。我们中国科技成果转化考察培训团一行15人，受美国孙氏国际集团的邀请，开始了难忘的大洋彼岸之行……

在近一个月的日子里，我们由旧金山至纽约、波士顿、华盛顿、芝加哥，一路上，虽是行色匆匆，但感触颇深。在这片陌生的土地上，有以先进科技为标志的发达与繁华，也有未经人工雕琢的原始与古老；有朋友式的真诚、热情与友善，也有不可思议的怪异与荒诞；有歌声与欢笑，也有痛苦与呻吟。

正如一位哲人所说，这里是天堂，也是地狱……

美国，一本厚重、艰深而又奇异的书。

## 纽约：世界上最繁华的都市，街道两旁的墙上被画得乱七八糟

汽车在通往纽约的高速公路上飞驰。

这是一条六车道的高速公路。五颜六色的汽车汇成一条来回奔流的七彩河，景象壮观极了。路旁的森林、草地从眼前急速晃过。这时正值深秋，是美国最好的季节。远山近树，层林尽染，或呈火红，或呈橙紫，或呈金黄，到处是一片姹紫嫣红，景色迷人，令人陶醉。不知不觉间，我们便到了纽约。

然而，在这个当今世界最繁华、最发达的都市里，留给我最深印象的，不是那高达100层的世界贸易中心；不是那哈德逊河入海口的自由女神像；不是那举世瞩目的联合国大厦；不是那被称为“冒险家乐园”的华尔街；也不是那游人如织的时代广场，而是许多街道两边建筑物上那些稀奇古怪、乱七八糟的画。

11月4日那天，我们在纽约唐人街一家广东人开的餐馆里吃中饭。刚一落座，一个20来岁的年轻小伙子就提着茶壶，给每人斟上一杯红茶，然后递过菜谱让我们点餐。由于所带美金有限，不敢像老美们那样大方，大家要的都是5美元一碗的汤粉或汤面。按照当地的习俗，吃完饭是要付小费的。因为在美国，旅馆、饭店的打工人员薪水是很少的，一部分收入要靠顾客的

小费来维持。住一般的中档旅馆，一天一般给1美元；在饭店里用餐，则按饭菜价格的15%付小费。为了省去找钱的麻烦，我们每人付了1美元的小费。

也许是一直忙着参观风景名胜无暇注意，这天吃完中饭后我们走出店门，却发现街道两旁的墙壁上、店面上，甚至停靠在街边的集装箱汽车上，都涂满了各种各样的图案和符号：有红色的，有黄色的，有黑色的，有蓝色的，有紫色的；有的形如某个物体，有的状如某种动物，有的什么都不像。本来干干净净的墙上被涂抹得一塌糊涂，简直不堪入目。我们怎么也不敢相信，纽约这个全球著名、充满强烈现代文明气息的城市，竟会出现如此不文明的现象。它好似在一幅富丽堂皇、典雅高洁的巨画上，泼上了一滴滴污水，给人们的心里投下了一个个阴影。

这些恶作剧的扮演者究竟是谁？一打听，原来是黑人。纽约黑人很多，而且大多住在城里。在美国，富裕的人家也就是所谓的中产阶级，一般都住在离城百十公里的郊区，每户一般4口人，夫妻俩带两个儿女，年收入6万~10万美元，有一幢小洋楼和两辆小汽车。而贫穷的人家都住在市内，一是因为城内好找工作；二是因为可以住政府的补贴楼。黑人大都属于贫困阶层，城市也就成了他们赖以生存的主要地方。街旁墙上的那些乱涂乱抹，也就是一些黑人在半夜三更时的“杰作”。这些五颜六色、乱七八糟的图案和符号，据说是黑人传统的字和画，只有他们自己知道画的是什么，别人是看不懂的。由于太有碍观瞻，市政当局曾经下令禁止，并进行清除。但不知是不是黑人们对此已相沿成习，白天清除干净，晚上夜深人静时他们又画上了。如此反复几次，当局也就感到无可奈何和无能为力，只好任由他们去了。于是，街道两旁的乱涂乱画，也就成了纽约市的一大景观。

一面是文明繁华，一面是污黑脏乱，目睹街道上的此情此景，我们的心里不禁充满了困惑和迷惘……

## 长岛：夜浓浓，情浓浓，我们在华人同胞家做客

从纽约乘一个小时的汽车，便到了有名的长岛。

长岛实际上是个半岛，这里三面环海，树木掩映，风景十分秀丽。许多有钱人都居住在这里，因而又被称为“富人的天堂”。

我们在长岛的时候，恰逢美国人过“鬼节”。中国人的“鬼节”是在农历七月十五，这天家家户户烧纸焚香，祭祀逝去的祖先和亲人。而美国人过“鬼节”，家家户户则用麦秆、布和纸等扎成面目狰狞可怕的“鬼”，或放在门窗前，或挂在屋檐下。我们下榻的假日酒店的大厅里，也放了一大堆麦秆，

上面摆放着一个真人大小的“鬼”，还有南瓜和一些叫不出名字的植物。我们原以为孔夫子说的“敬鬼神”为中国所独有，想不到美国人也一样，这莫非反映了人类一种共同的情感？

最使我们难以忘怀的，是在华人同胞冯丹稣先生家做客的情景。那是一个晚上，夜色很浓，也很静，风儿轻轻地吹着，不时透着丝丝的凉意。而在冯先生的家里，却洋溢着一股“他乡遇故知”的暖意。主人以自助餐的形式招待我们。听说来了同胞，冯先生的一些朋友也特地从远道赶来。大家边吃边谈，谈昨天、谈今天，谈改革开放、谈现代化建设，气氛无比的热烈。当然，在欢声笑语之中，也隐隐夹杂着这些海外游子们的恋国思乡之情。

在冯先生家客厅的正墙上，挂着一副“美化浮生不如恩爱，安居乱世唯有中和”的对联。一看便知这是一个非常有爱的家庭，其字里行间也透露着这对夫妇，在异国他乡生活奋斗的做人之道。冯先生是湖南人，20世纪50年代从台湾来到美国闯世界。他现在是一位颇有名气的地铁专家，就职于纽约地铁工程部，担任经理，曾经多次受邀到北京、上海、广州等地指导我国的地铁建设工作。他的夫人马以南女士，出身于书香门第，是长岛布洛克哈温国家试验室的研究员。这个试验室是美国能源部所属的五大试验室之一，主要进行基础理论研究。著名的物理学家杨振宁、李政道博士曾在这里进行同步加速器的粒子试验。近些年来，美国政府制定了一系列法律、法规，鼓励国家试验室向社会开放，向企业转移科技成果，与企业进行联合研究和开发，所以试验室逐渐加大了应用研究的比重，并专门设立了技术转移办公室。白天考察试验室时，就是马女士为我们做的解说和翻译。她虽然从事的是生物化学研究，但身上却散发着一股强烈的艺术气息。看了她画的画、写的诗，大家都惊讶、赞叹不已。科学和艺术，在许多人看来是风马牛不相及的两码事，在马女士身上却得到了完美的统一。

夜深了，大家彼此间的情意也更深了。临别之际，冯先生夫妇执意要我们仔细看看他们的房子。这是一幢漂亮的西式二层建筑，楼前是一片草地花园，楼内的每个房间布置典雅，充满了东方情调，木地板都是本色的。楼后是一个露天平台，而且也是本色条木板的。据说美国现今十分流行这种木地板，无论是豪华的宾馆、写字楼，还是普通的家庭，都是如此，本色本味，不加任何粉饰。站在这本色条木板阳台上，仰望浩瀚的星空，我们不禁有一种回归大自然的感觉。是啊，科学越是发达，世界就越是失去它的本来面目，人们就越是想返璞归真。本色本味才是美，平平淡淡才是真，这大概就是本色木地板在美国这个现代化的国家受到崇尚的原因吧。

## 波士顿：哈佛大学是哈佛创办的吗？到了那里才知道

波士顿，一座闻名遐迩的大学城。她像一位博学多姿的少女，伫立在大西洋之畔。

说她是大学城，名副其实。全市共有360余所大学，67万人口中有三分之一是学生。全球第一流的高等学府哈佛大学、麻省理工学院就坐落在市内的剑桥区。

11月8日，天空堆满了厚厚的云层，北风刮得很凶，不时发出刺耳的怪叫声。我们按预先的安排访问了哈佛大学。拐过几条街道，穿过几片草地，约莫走了10分钟，汽车在一尊铜像前停下来。陪同的华人协会主席张哲告诉我们，哈佛大学到了。我心里不由得一惊，怎么没有看到哈佛的校门和围墙？因为在我的想象中，这座世界首屈一指的知识殿堂，一定会有一个高大雄伟的校门，四周一定会砌有高高的围墙。只有高墙深院，才会显得高深莫测，才会显得高不可攀。而眼下看到的却恰恰相反。原来，美国的大学是没有围墙的，也没有正规的校门，因而陌生人进了校园都不知道。不仅学校如此，机关、企业、科研院所和家庭也是如此。没有围墙，这大概是美国社会的一个显著特征，也是美国这个开放的社会的一个缩影。

不用询问，我们就猜知这尊铜像是哈佛。这位脸孔清瘦的老人，端坐在宽敞的椅子上，默默地望着前方。那两道深邃的目光，仿佛凝聚着哈佛自豪的历史，又仿佛闪烁着哈佛美好的未来。我们原都以为是哈佛创办了哈佛大学，其实不然。哈佛大学是360多年前由许多人捐资办起来的，哈佛只不过倾其所有捐了1700英镑罢了。当时的哈佛是个什么模样谁也无法考证，这尊铜像是后人根据想象铸造的。不过我总觉得生活中的哈佛就是这副样子，只有这样坦荡无私、眼光远大的人才会对教育事业倾其所有。此刻，我并没有因一位捐资者就把学校叫作哈佛大学而产生一种名不副实的感觉，相反却油然从心底升起一股崇高的敬意。古往今来，人们在为某项事物命名时想到的总是那些杰出人物，而哈佛大学却选择了一位普通的捐资者来为学校命名。于平凡中见不平凡，这也许就是哈佛大学的不平凡之处吧。

离开哈佛铜像后，我们来到了一座具有典型欧洲风格的红色古建筑前，这便是著名的哈佛大学博物馆。里面陈列的标本令人目不暇接。从海洋到陆地，从热带到寒带，从远古到现代，各种矿石、化石标本，各种动物、植物标本，应有尽有。在所有的标本中，最引人注目的是用玻璃花制作的植物标本。由于波士顿地处美国的东北部，离热带和亚热带较远，加上当时的交通很不发达，一些热带和亚热带植物标本运到哈佛大学就枯萎了。于是，有一对父子便用玻璃花制成了各种各样的植物标本，看上去栩栩如生，与真的一模一样。这项工艺由于父子俩的去世而失传，玻璃花植物标本也就成为哈佛大学的校宝，显得格外的珍贵。

在哈佛大学校园里，我们还看到了一个奇特的景观，就是无论在路旁，还是在房顶，都竖有一块块名人语录牌。读着富兰克林、爱因斯坦等伟人们那富有哲理的箴言，你会在不知不觉中感到有一股知识的清泉在心中流淌，有一股信念的力量在身上升腾。怪不得从哈佛的校园里会走出那么多叱咤风云的政治家，会走出那么多出类拔萃的人才，这些语录牌就是最好的答案。

## 华盛顿：风雨交织，我们在伯斯维尔农业研究中心参观

一连几天，华盛顿都笼罩在风雨之中。

未到之前，在我们的想象中，华盛顿一定非常雄伟、壮丽和繁华。因为这里有被视为美国的象征的白宫，有高耸着圆圆穹顶的美国国会大厦，有庄严的林肯纪念堂，有金碧辉煌的肯尼迪艺术中心，有全球关注的五角大楼，有风格各异、情趣盎然的航空航天、自然历史等几十座博物馆。但当我们的车子进入市区时，映入眼帘的情景却大相径庭。这里没有一座令人头晕目眩的高楼大厦，所有的房子都是三四层或四五层。草地、树林、湖泊错落有致地分布其间，整座城市就像一座大公园。

由于下雨，加上行人稀少，空气也就显得特别的潮湿。

11月13日，也就是到达华盛顿的第三天，我们冒雨参观了位于市郊的伯斯维尔农业研究中心。为我们当导游的原是一位营养学专家。近年来，由于美国的经济不景气，政府大幅度削减了科研经费，一些科学家只好改行，这位专家就是其中之一。他先领我们参观了动物研究中心。这里正在进行各种各样的试验：有瘦肉型猪的试验，有从猪身上提取胰岛素和防紫外线油的试验，有将动物器官移植到人身上的试验，有对动物进行人工授精的试验，有在羊身上进行防治艾滋病的试验，有利用动物直接制造药物的试验等。这时，从不远处传来了一阵悠扬的音乐声，原来那是专门放给奶牛听的。试验证明，牛听了音乐后可产更多的奶。真没想到美妙的音乐竟有如此神奇的力量。

从动物研究中心出来，我们又到了植物试验中心。在一大片农田和几个山包上布满了名目繁多的试验室，其中大多是用玻璃或透明塑板建造的温室，看上去就像一个白色的世界。在防治植物病虫害的试验室里，种植着7500种植物，养着8.5万种昆虫。科技人员正在试验用无害昆虫吃掉有害昆虫，以保护植物不受虫害的侵袭。在培植优良品种的各种试验室里，专家们正在用杂交和无性繁殖的方式，培育大豆、玉米、小麦、蔬菜、花卉、水果等新品种。他们还试验培植了一种可取代塑料薄膜的苔类植物。近几十年来，农业对塑料薄膜的需求大量增加，既增加了成本，又产生了污染。而这种苔类植物可在地上长成一层薄膜，这样，不仅可以保护农作物，而且可以保护土壤中的氮、磷、钾等元素，更减少了“白色公害”，降低了成本。一旦推广，将是农业生产的一大福音。

伯斯维尔农业研究中心是美国最大的农业科研机构，隶属于美国农业部。它占地2800公顷，有1600名工作人员，其中科学家和博士生共400多人。研究中心的现代化程度很高，所有的试验室都是用计算机控制和管理，不少的试验都是机器人在操作。他们还用卫星遥感技术控制土壤、水分、空气对农作物生长的影响。这里还有全世界最大的农业图书馆，它也是美国三大图书馆之一，藏书达270万种。正是从这里产生的一项接一项的科研成果，为美国发达的农业不断注入了新的生机和活力。

在我们离开伯斯维尔农业研究中心的时候，风刮得更急，雨下得更大，风裹着雨，雨夹着风，直打得车窗上的玻璃哗哗作响，整个大地处在一片风雨飘摇之中。恰好就在这时，从收音机里传来了一个令人震惊的消息。美国总统克林顿宣布，他同国会领导人关于1995年10月至1996年10月年度的财政预算案谈判破裂，80万联邦政府工作人员因没有经费而不能上班，只好放假回家休息。这不啻又是一场风雨，而且是一场比自然风雨厉害得多的政治风雨，它迅速地席卷全美，并波及世界各地。

车窗外，风仍在呼呼地刮着，雨仍在哗哗地下着……

## 芝加哥：大火烧出的“摩天城”

芝加哥，美国的“摩天城”。

这里，高楼林立，直插云霄。

普天寿保险公司总部、美孚石油公司大厦、《芝加哥论坛报》大厦、费尔蒙特宾馆、全球最高的住宿楼，还有那居住着有钱的雅皮士的形似玉米棒的大楼……每一幢高楼，都是一首风格独特、飘荡在云端的诗；每一幢大厦，都是一幅色彩迥异、悬挂于天际的画。徜徉其中，就像置身在一片五彩缤纷的艺术建筑森林里，人也仿佛变得十分渺小。

在这片硕大的摩天楼森林里，最著名的要数西尔斯摩天大楼，它高达110层，是当今世界上最高的建筑，也是芝加哥市的象征。在主人的热情安排下，我们有幸登上了它的顶端。那天，正好雨后初晴，阳光显得格外柔和灿烂。从几百米的高处往下看，顿有一种“会当凌绝顶，一览众山小”的感觉。街道变成一条条细线，行人变成一个个蠕动的黑点，汽车变成一只只爬行的硬壳虫，那鳞次栉比的房屋变成一个个任意摆放、形状各异的积木。波光粼粼的密执安湖好似一块巨大无比的碧玉，镶嵌在芝加哥市的腰间。湖畔的白金汉喷泉，时而激扬起白色的水柱，时而绽放出奇特多姿的水花。芝加哥河宛如一条绿色的缎带穿城而过，给这座摩天之城平添了几分灵气。

芝加哥成为闻名遐迩的摩天城，我们原以为是得益于它特殊的位置，因为这里是连接美国东西部最大的交通枢纽，是全美最大的工商业中心之一。但事实并不是这样，芝加哥是得益于1871年的那场大火。那场大火烧了几天几夜，无情的烈焰吞噬了一切，芝加哥市在顷刻之间成为一片废墟。也许是在废墟上好画最新、最美的图画吧，城市重建之时，许多著名的建筑设计师从世界各地闻风而来，他们拿起如椽的巨笔，展开想象的翅膀，在这片废墟上竖起了一座座令人叹为观止的摩天建筑。

芝加哥，大火烧出的摩天城。

## 旧金山：硅谷中的骄子英特尔

在旧金山和洛杉矶之间，有驰名世界的硅谷，它同128号公路、蓝卡并称为美国的三大高科技中心。这里电脑等微电子企业星罗棋布，英特尔公司就是其中的佼佼者之一。

在去硅谷之前，我们浏览了旧金山的市容。100多年前，大批的华人远涉重洋历尽艰辛来到这一带淘金，旧金山也因此而得名，但这只是华人的称谓。走在市内的街道上，扑面而来的首先就是这座城市的“山”味。房屋依山而建，街道依山起伏，真是好一座山城。其次则是“绿”味。街头的树木、草坪，有的绿得发黑，深极了，浓极了；有的绿得发蓝，浅极了，亮极了。尤其是那金门公园，蔽天的林木更是绿得幽，绿得闲，绿得野。还有一些少男少女，穿戴得怪模怪样。有的在崭新裤子的膝盖处挖上一个大洞；有的把自己打扮成黑熊等动物在街上行走，有时还冷不防地摸你一下，吼叫一声，吓得你心惊肉跳，出一身冷汗。旧金山最好的去处要数双子峰，站在双子峰上俯视四周，心胸感到格外的开阔。旧金山市像一串色彩斑斓的珍珠，撒落在海湾上。裹在云雾之中的金门大桥，就像一个“犹抱琵琶半遮面”的少女。据说这座桥是全美自杀率最高的一座桥，那高耸在桥两头用自己的臂膀挽起一道道钢索，托起宽阔坦荡桥身的红色钢铁巨塔，仿佛就是用一个个自杀者的鲜血染红的。

离开旧金山，我们就直奔硅谷的英特尔。这个创立于1968年的公司，现在是世界上最大的电脑软件企业，拥有3.6万名员工，1995年销售额达到115亿美元。人类的第一个记忆芯片和第一个微处理器就诞生在这里，以后他们又陆续开发出了286、386、486奔腾微处理器等产品，形成了规模巨大的微处理器产业。接待我们的是公司的一位副总裁，他先让我们观看了奔腾微处理器的操作表演。在一间不大的工作室里，一位技术人员娴熟地操作着电脑。他一会儿在屏幕上组合着各种各样的图案，一会儿在电脑上收看电视节目，一会儿进行人机对话，一会儿用电脑同公司的一位女职员通电话，他俩通话的图像也同时在荧屏上显示出来。小小的电脑，在他手上简直成了一个千变万化的神奇魔方，大家看得目瞪口呆。

“我们的目标是要让微处理器像电视一样走进全球的每一个家庭。”演示完毕，副总裁有力地挥了挥手，满怀信心地说。

“你们的公司是怎样发展起来的？”我们想探问个究竟，从中掏出一点“秘密”来。

“发展的道路很不平坦啊。就说这微处理器吧，1971年公司就开发出来了，但因为没有市场而形成不了气候。到了20世纪80年代，个人电脑市场迅速发展，对微处理器的需求剧增，公司才得以不断发展和壮大。所以，对于一个企业来说，要在竞争中立于不败之地，至关重要的是要根据市场的需求不断开发新的产品，而且这些产品的质量应是第一流的。1994年，公司发现微处理器一位小数点的计算有错误，就毅然将已售出的芯片一个不剩地收回。”

这就是英特尔公司成功的奥秘。其实，何止是英特尔，我们所考察的国际商用机器公司、贝尔电话电报公司、摩托罗拉公司、得州石油公司等都是如此。在这些公司里，都建有设备先进的试验室，每年投入的新产品研究开发经费，均达十几亿以至几十亿美元。他们还十分重视新产品市场的开拓，选择优秀的销售人员，在国内外建立强大的销售网络。为了使开发的新产品更好地同市场接轨，这些公司还千方百计地使科研与销售一体化，科研人员参与销售部门的活动，销售人员参与科研部门的工作。也许正是有了这些“绝招”，这些公司才一举成为跨国公司的巨人。

时间在一分一秒地溜走，不知不觉已过去了半天，我们在英特尔的考察也要结束了。这时，公司华裔资深副总裁虞有澄先生来了，他和大家一一握手问候，并送给我们一本他的新著《我看英特尔》。当得知虞先生是目前硅谷最具影响力的华人之一和华人在高科技产业中的优异典范时，我们不禁为有这样的同胞而自豪，也为有机会结识这样一位中华儿女而感到无比的幸运。

英特尔，硅谷中的骄子！

1996年5月

# 风雨岚山路

到了京都，不能不去看看岚山。

这不仅因为岚山的风景十分优美，更因为这里曾经留下了周恩来总理的光辉足迹。

或许是一种巧合吧，同当年周总理游岚山时一样，这天也是一个风雨天。风夹着雨，雨裹着风，时急时缓，时疏时密，呼啸挥洒在天地之间，好似在演奏着一首雄浑美妙的自然交响乐。

在无边烟雨的笼罩下，京都这座著名的千年古都显得格外迷人。御所、教王护国寺、祇园、平安神宫、清水寺、金阁寺等千余座古色古香的建筑错落有致地分布在街巷之间，掩映于绿树丛中，或挑出一角飞檐，或浮出一方脊顶，或露出一垛灰墙，在飘飘洒洒的春雨中组成了一幅无比瑰丽的风景画。可能是由于这里集中着全日本最丰富的历史和文化遗产吧，因而尽管是雨天，来这里参观游览的人还是络绎不绝。据说在第二次世界大战末期，美国决定在日本投放原子弹，军方提出了四个可供选择的目标，其中京都列首位。所幸的是，时任美陆军参谋长的亨利·史汀生认为京都是日本文化的摇篮，必须予以保护，不能被毁灭。要不然，我们今天就看不到这个有着悠久历史文化的古都风貌了。

通往岚山的路还是原来的路，只不过变宽了一些。因为下雨，我们只好撑着伞沿着山脚下的小河缓缓前行。没过一会儿，全身就被打个湿透，但大家不觉得有丝毫的淋漓之苦。听友人介绍，与许多名山不同的是，岚山不是以奇峰怪石取胜，而是以绚丽多彩的自然景色著称，尤其以樱花最为闻名。每当春风吹来的时候，漫山的樱花一齐怒放，或浓或淡、或清或艳，千姿百态，就像无边的火焰在燃烧，又像灿烂的霞光在蒸腾，其景象壮观极了。只可惜我们来晚了，由于天气变暖，花期提前，樱花早在一个多月前就开过了。但我们没有丝毫的遗憾，我们在岚山看到了另一种美丽的景色，这就是绿色。这是怎样的一种绿啊，是一种在千树万树樱花壮烈凋零中新生的绿；是一种被淅沥春雨洗涤得一尘不染水灵灵的绿；是一种无边无际铺天盖地的绿。你看，山是绿的，水是绿的，石是绿的，房是绿的，就连云也是绿的。置身在这绿色的世界里，我们的心灵不知不觉得到净化，全身也不知不觉洋溢着一股青春的活力。

突然，沿河的路拐了一个弯，折向了山上。沿着台阶拾级而上，只见在半山腰处立有一块纪念碑，旁边还有一个用木头搭建的草亭。不用问，这就是周恩来总理的诗碑。黑褐色的碑石正面刻着廖承志所书的周总理于1919年4月5日冒雨游岚山时写下的一首诗：

雨中二次游岚山，
两岸苍松，夹着几株樱。
到尽处突见一山高，
流出泉水绿如许，绕石照人。
潇潇雨，雾蒙浓。
一线阳光穿云出，愈见姣妍。
人间的万象真理，愈求愈模糊；
模糊中偶然见着一点光明，真愈觉姣妍。

这首自由体诗，与其说是青年周恩来即兴挥毫对岚山风景的赞美，不如说是他当时心理的自然写照。为了寻求救国救民的真理，周恩来怀着一腔热血东渡日本留学。大概是感到迷茫和困惑吧，他来到了岚山，来到了大自然的怀抱，想用这满山的青翠和漫天的春雨，去洗尽心中的烦恼，冲掉胸中的块垒，并期盼在风雨中走出一条充满阳光的大道来。

诗碑是1978年建的，没有耸入云霄，只有一人来高；没有名石玉雕，碑身是京都当地一块普通的石头砌就的，碑座是鹅卵石和混凝土浇筑的。整个风格如同周总理的品格一样：平凡、朴实、沉稳、坚定、正直、无私。我们原以为建造这座诗碑的是旅日华侨，没想到却是一批日本人士，有的甚至同周总理素不相识。

于是，我的眼睛不禁湿润了，古往今来世界各国的政治家无以数计，为他们修建的纪念碑也随处可见。但是，一个国家的民众自发地为另一个国家，特别是社会制度不同国家的政治家建立纪念碑的极为少见。是因为周恩来叱咤风云的盖世功业？是因为他曾在日本学习和生活？是因为他为中日友好做出了巨大的贡献？也许是的，也许还不尽然。记得一位日本朋友说过，在周恩来身上，有着许多政治家所没有的巨大的人格魅力。这也许就是周恩来能够超越国界的根本原因。是啊，作为一个政治家，有些人伟大但欠高尚，有些人高尚但欠伟大，而周恩来却伟大和高尚兼备。试问有多少人能够像他那样从不计较个人权力和地位的得失，忍辱负重、忠贞不二 、为国操劳、为民解忧、鞠躬尽瘁、死而后已？能够像他那样虽无子女却把全中国的儿童当成自己的孩子？能够像他那样虽有众多的敌人但没有一个私敌？能够像他那样在去世之后将自己的骨灰撒到大海里？人类的感情都是相通的，正是这种高尚的人格和美德，周恩来征服了日本，也征服了全世界。

我久久地伫立在诗碑前，任凭思绪在茫茫的风雨中奔涌……

2002年8月

# 失败的英雄

古往今来，败军之将是要受到谴责和诅咒的。然而，在比利时首都布鲁塞尔的近郊滑铁卢，却为一位败军之将塑了像。

这个塑像就是拿破仑。

这个塑像也令我大吃一惊。

在去滑铁卢之前，我们先游览了布鲁塞尔。这是一座非常优雅漂亮的城市，就像一件巨大的用绿色包裹的艺术雕刻。在市中心，各种精美独特的建筑和雕塑使人目不暇接。具有典型哥特式风格的市政大厅高高耸立在大广场上，规模宏大的五十年宫是比利时独立的象征，天真可爱的小于廉光着屁股撒尿的铜像是布鲁塞尔最为骄傲的一笔，还有那雄伟壮丽的皇宫、有着巴洛克风格的济世圣母院、集罗马风格和文艺复兴风格于一体的圣卡特林娜教堂以及具有现代风格的欧盟总部大楼……每天都吸引着成千上万的游人。而在市中心的外围则是一片片的森林和草地。宽敞的街道在绿色中延伸，长龙般的汽车在绿色中奔驰。著名的“小欧洲”微缩景观公园、原子球雕塑公园、中国宫和日本塔等建筑，像一颗颗灿烂的明珠镶嵌在绿树丛中。整个布鲁塞尔涌动着一股绿色的生命力。

尽管布鲁塞尔的景色十分迷人，我们还是行色匆匆地奔向了滑铁卢。首先展现在我们面前的，是一望无际的原野上矗立着的一个巨大的金字塔状土山，这就是闻名遐迩的滑铁卢战役纪念塔。土山的坡不算很陡，上面长满了茂盛的青草，间或开着星星点点的小花，有白色的，有黄色的，也有红色的。坡的中间有一条梯状通道，拾级而上可直达塔顶。在塔顶的正中，一头铁铸的雄狮昂头而立，在蓝天白云的映衬下显得分外威风。它重达28吨，据说是用当年缴获的枪炮冶造的，而这座高耸的塔山，则是当地妇女们用背篓背着土一层一层垒起来的。

1815年6月18日，是一个乌云翻滚、风雨交加的日子。拿破仑率领的约7.5万名法军，与威灵顿率领的英、荷、比及普鲁士联军6.7万人，在滑铁卢遭遇。双方在雨水和泥泞里激战了整整一天，战场上倒下了5万名年轻鲜活的生命，鲜血流浸和染红了几十平方公里的土地。最后，拿破仑失败了，威灵顿胜利了。这座纪念塔，就是为了炫耀威灵顿和联军的胜利与辉煌而修建的。

但是，比利时人也没有忘记拿破仑。在纪念塔对面的不远处，便是这位败军统帅的塑像。他头戴钢盔，一身戎装，与塔顶的雄狮遥遥相对。尽管像塑得很小，也不管塑造者的初衷如何，作为胜利的一方能为被自己打败的对手塑像，这没有非凡的勇气和宽阔的胸怀是绝对做不到的，这在世界上恐怕也是绝无仅有的。事实也证明比利时人做对了。凡是来滑铁卢的人，无论是欧洲人、美洲人、亚洲人，还是非洲人、澳洲人，人们脑海里想得最多的还是失败者拿破仑，而不是胜利者威灵顿。塔顶上的那头雄狮，人们认为它所象征的，也是失败者拿破仑，而不是胜利者威灵顿。拿破仑从滑铁卢走向了失败，也从滑铁卢走向了“胜利”；从滑铁卢走向了耻辱，也从滑铁卢走向了辉煌与荣耀。

败军之将拿破仑，为什么会使人产生这样的感觉呢？答案非常简单，那就是他是失败的英雄。曾几何时，就是这位个头矮小的法兰西皇帝，横扫千军如卷席，把欧洲的封建统治打得天翻地覆，演出了一场又一场资产阶级革命威武雄壮的话剧，谱写了一篇又一篇推动社会历史进步的磅礴史诗。所以，尽管他在滑铁卢遭到了惨败，被流放到了南太平洋一个气候恶劣的小岛上，最后在凄凉和愁苦中抑郁而死，但是人民并没有因为滑铁卢而冷落和责骂他，他的辉煌和盖世英名也没有因为滑铁卢而受到丝毫损伤。胜利也好，失败也罢，英雄终归是英雄，何况世界上从来就没有过不失败的英雄，有时失败还会使英雄更具悲壮的色彩。

正是怀着这样一种对失败英雄无比崇敬的心理，1840年12月15日，也就是拿破仑死后的第19年，法兰西人民以最神圣的方式为自己的英雄举行了盛大的葬礼。那天，巴黎下起了罕见的大雪，一片银装素裹。这本来是个不应该飘雪的时节呀，莫不是老天爷也被感动了？当装有拿破仑遗骨的灵车穿过凯旋门，在香榭丽舍大街上缓缓行进的时候，数以百万计的人民自发地站在街道的两旁，冒着纷纷扬扬的雪花，为这位给法兰西民族带来巨大荣誉，也给法兰西民族带来巨大失败的英雄，最后一次送行。

不以一时一地的失败论英雄，这就是滑铁卢给我们的启示。

2001年5月

# 访澳散记

在我的心中，澳大利亚是一个遥远孤独而又神秘奇特的梦。

它远离其他大陆，像一艘巨轮漂浮在浩瀚无际的南太平洋上。

它发达而不喧嚣，现代而不雕琢，一切显得那么文明富庶，古典明净。

怀着一种好奇、兴奋和陌生，我终于踏上了这个梦幻般的土地。

### 悉尼歌剧院：差点未完成的“交响乐”

在澳大利亚，没有什么比悉尼歌剧院更为著名、更值得骄傲的了。

这是一个现代建筑的神话，更是人类建筑史上一座巍然耸立的丰碑。

在访问考察了澳大利亚SBS电视台后，我们抽空参观了这座举世闻名的建筑。

初夏的悉尼，到处呈现出一片生机蓬勃的景象。海德公园绿草如茵，达令港内棕榈婆娑，麦觉里大街车水马龙，奥林匹克体育场游人如织。特别是那巍然耸立、高达305米的悉尼塔，在蓝天白云的映照下，显得分外的雄伟和俏丽。

按照主人的安排，我们先乘船在悉尼湾里观看歌剧院。烈日下的海湾碧波荡漾、水天相连，美丽极了。随着游船的缓缓行进，坐落在班那隆岬角上的歌剧院也渐渐向我们展现着多姿的色彩。它有时像一片片倚在沙滩上的巨大亮丽的贝壳，在阳光的照耀下熠熠闪光；有时又像一片片停泊在海港里的巨型白帆，使人觉得那是一组即将扬帆出海的船队。歌剧院旁边是高达134米、全长1149米的悉尼大桥，它宛如一条凌空的长虹横卧在海湾之上。真要好好地感谢悉尼人，把歌剧院和大桥大胆地组合在一起，一个秀丽，一个雄伟，一个活泼，一个严肃，一个柔美，一个刚劲，一个新奇，一个传统……构成了一幅既反差强烈又协调一体的美丽图画。

然而，令我们意想不到的是，眼前这座独具艺术魅力的歌剧院，当年却差点“胎死腹中”，而后又险些成了一部难以完成的“交响乐”。

事情还得从1954年说起，由于当时悉尼交响乐团指挥古森斯的提议，新南威尔州政府决定在悉尼建造一座具有世界一流水平的歌剧院，于是向全世界征集设计方案。年仅38岁的丹麦建筑设计师约翰·乌松为此设计了一组扇蚌形建筑，也许是这个设计太不同凡响了，以致在悉尼当局组织有关人员审定设计方案时把它丢弃在一旁。幸亏后来被一些独具慧眼的专家看中，这个方案才得以从废纸堆里捡回来，一个天才的设计终于得救了。

世界上有些事情就是这样，由于人的思维定式，一些打破常规的东西往往不被一般人所认可。只有那些具有超前思维和独特眼光的人，才能察别人所未察，识别人所未识，从而使一些新颖奇特的创造得以脱颖而出。

或许是应了“任何新生事物的成长都要经过艰难曲折”这句话吧，1959年悉尼歌剧院动工后又连遭厄运。由于歌剧院采用的是大跨度、大弯度的艺术造型，而当时的建筑技术根本达不到，工程陷入了一系列的技术难题之中。不仅如此，原来预算的700万澳元建设经费也大大超标，使得歌剧院不得不数度停工，以致成了一个骑虎难下的“胡子工程”，引起了不少人的议论和指责，有的人甚至攻击约翰·乌松根本不懂建筑设计。但是，天才和创造的光芒是任何东西也遮盖不了的。随着科学技术的日新月异，在澳大利亚有关专家的共同努力下，许多建筑技术难题一一得到了解决。悉尼歌剧院历经14年的风雨，终于在1973年顺利竣工。一座最具标志性意义的建筑诞生了，世界又多了一个天才的杰作，悉尼又多了一份卓尔不群的美丽，游人又多了一份新颖独特的艺术享受。

走进悉尼歌剧院，我们不禁为它宏大而奇特的结构惊叹。原来，在巨型的贝壳和白帆里面，分别裹建着一个可容纳1547人的歌剧厅、一个可容纳2690人的音乐厅和一个可容纳400人的话剧场。此外还有电影院、艺术廊及图书馆等。内部全用金黄色的条木板装饰，看上去富丽堂皇，简直就是一座功能齐全的艺术宫殿。据当地人说，不到歌剧院看演出，等于没到澳大利亚。所以，凡来悉尼的人都以能在歌剧院欣赏一场音乐会或歌剧而自豪。为了满足游人的需要，歌剧院在大部分星期天都会举办免费音乐会。可惜我们去的不是时候，只在音乐厅里观看了演出前的装台和调试，也算是在歌剧院亲身感受了一下音乐会的氛围。

离开悉尼的时候，我的脑海里不时浮现出歌剧院那一片片巨大的贝壳和白帆。是的，把一组不同的建筑用一个巨大新颖的外壳包裹起来，这实在是人类建筑史上的一个创举。它不仅突破了一般建筑的常规，更重要的是给人以一种全新的感觉。据说歌剧院的设计者约翰·乌松从小生活在海边的渔村，正是这种海边生活的积累激发了他极为宏大和丰富的想象，从而把极为平常的贝壳和白帆化作了一座独一无二的建筑。这也正如法国著名作家雨果所说："人类没有任何一种思想不被建筑艺术写在石头上。"

千万不要忽视日常生活所激发的想象，那里面蕴含着许多活生生的创造。

## 苍蝇："羊背上国家"的奇观

在我们的印象中，澳大利亚是一个"骑在羊背上的国家"。据说其绵羊的数量要比人口多出十倍以上。因为羊多，羊毛的产量也就大，其出口量一向居世界第一，特别是一些羊毛制品，更是受到各国人民的青睐。我想，在辽阔翠绿的牧场上奔跑着白云般的羊群，一定是澳大利亚最壮观的景象了。

然而，让人失望的是，在澳大利亚的日子里，我们几乎只见牧场不见羊群，倒是成群嗡嗡乱飞的苍蝇给我们留下了十分深刻的印象。

一到墨尔本，我们就被苍蝇重重包围了。不知哪来的那么多苍蝇，有的在你眼前飞来飞去，有的爬在你的手上和脸上，有的钻进你的耳朵，有的扑向你的嘴巴。不一会儿，每个人的头发、衣服、鞋子上都爬满了苍蝇。我们实在难以理解，墨尔本是澳大利亚的第二大城市，而城市是不应该有如此之多的苍蝇的。

最讨厌的是吃饭的时候苍蝇乱飞。因为不习惯吃西餐，我们一般都在华人开的中餐馆里用餐。当我们走进里面，看着熟悉的文字，听着熟悉的乡音，仿佛不是置身在异国。不仅感到分外的亲切，而且感到十分的自豪。世界上有哪一个角落没有我们中国人，世界上又有哪一座繁华热闹的城市没有唐人街！但扑面而来的苍蝇又使我们感到非常扫兴。刚一落座，停在桌子和碗筷上的苍蝇“嗡”的一下全飞了起来，密密匝匝，纷纷乱乱，使人的胃口一下子掉了一大半。尽管这样，饿得咕咕叫的肚子还是使我们不得不拿起筷子。可以毫不夸张地说，整个吃饭的过程就是和苍蝇做斗争的过程。每上一道菜，苍蝇就飞过来争相落在盘子上，我们只好不停地挥着手驱赶。特别是鱼虾之类的腥菜上桌的时候，苍蝇就更多，我们就得付出更大的气力了。本来吃饭是一种享受，没想到在澳大利亚却变成一种苦头。一顿饭下来，手臂挥酸了不说，往往还吃不饱。我们原以为只在中餐馆里有这么多的苍蝇，谁知在墨尔本的其他地方也是一样。我们所到之处，无论是富丽堂皇的维多利亚艺术中心，还是高达253米的丽爱图塔观景台，无论是繁华热闹的圣凯达路，还是绿荫蔽地的皇家植物园，苍蝇就像黑压压的轰炸机一样飞个不停。

城里的苍蝇很多，生态良好的城郊可能要少一些吧？第二天，我们来到距墨尔本100多公里的索费仑山考察。这是澳大利亚发现第一座天然金矿的地方。这座因资源枯竭而停采数年的金矿，如今已建起了一座仿古城。在城中，那载着英国绅士和贵妇的四人大马车穿梭往来，那穿着当年服装的员工在手工作坊里用旧时的设备打造着淘金的器具，那古老的蒸汽机依然在缓缓转动，那深深的矿井保留着原来的样子，还有当年的酒吧、宾馆、邮局、银行、商店和面包房等，所有这些不禁使人重新回到19世纪60年代那段淘金高潮的历史岁月。现在每天来这里游览观光的人络绎不绝，一年有几十万之多。澳大利亚人真有见地和办法，一座废弃的金矿，竟然被他们挖掘和改造成了一个文化旅游的新亮点。这么好的一个地方，我们想肯定不会有什么苍蝇。谁知一到这里，很快满身就被苍蝇叮了。赶走一批，又来一批，此飞彼落，此落彼飞，就像在进行一场拉锯战。不仅严重地影响我们向有关人员了解情况，就连照相也无法进行。大家对苍蝇简直厌恶透了。

但令我们奇怪的是，墨尔本乃至澳大利亚人对苍蝇却没有丝毫的反感和厌烦，他们任凭苍蝇在身上爬，也不去驱赶和拍打。用餐的时候任凭苍蝇往饭菜里落，也全然不管，而且吃得津津有味。大概由于苍蝇太多，澳大利亚人吃饭、说话不喜欢张大嘴，否则苍蝇就会飞到嘴里去。我们常常形容见到一件恶心的事比吃了一只苍蝇还难受，而在澳大利亚，吃苍蝇却是稍不小心就随时可能发生的事。不过，就是吃下去也不要紧，据说澳大利亚的苍蝇一般不带病菌，不会传播疾病。

古往今来，在我们中国，苍蝇被认为是肮脏的代名词，是丑恶的同义语，是文明和环保的大敌。我们曾经将其作为“四害”之一加以消灭。应当说，澳大利亚是一个文明和环保程度很高的国家，到处是青青的山、绿绿的水、蓝蓝的天，但为什么还会有这么多的苍蝇？为什么人们不去消灭它们呢？在与墨尔本人的交谈中，我们找到了答案。原来，澳大利亚人认为，苍蝇作为一种有生命的动物，自有它存在的理由和价值，这也是保护生物多样性的一种需要。加上为了保护生态、净化环境，澳大利亚禁止使用农药，这样，生命力极强的苍蝇就繁殖得非常迅速，因而苍蝇多也就不奇怪了，这也成了澳大利亚一种特有的景象。

让大自然的每一种生命都存在下去，敬畏和呵护一切生命。澳大利亚人对待苍蝇的态度，非常值得我们深思。

## 堪培拉：妥协出来的首都

走进堪培拉，就像走进了大花园。

我们是从悉尼乘车前往堪培拉的。高速公路一会儿在辽阔翠绿的天然牧场上延伸，一会儿又在长满桉树的原始森林里蜿蜒。一路上，跃动与宁静，自然与人工，古老与现代，组成了一幅无可比拟的风景画。

车子大约行驶了三个小时，在我们眼前突然出现一城山色、半城湖水，直觉告诉我们，这就是堪培拉。果然名不虚传，这里是绿的世界、花的海洋。宽阔的街道两旁都是绿茵茵的树林和绿地毯似的草坪。各种各样的鲜花点缀其间一片姹紫嫣红。

我们首先来到澳大利亚新国会大厦。这座建成于1988年的建筑，坐落在首都山上，圆形的花岗岩外墙与首都山融为一体，楼顶中央高高的旗杆上澳大利亚国旗凌空飘扬。由于堪培拉的建筑普遍不高，一般三四层，高的也不过五六层，踞山而建的新国会大厦也就显得分外的雄伟和庄严。我们去的时候，正好遇到参政两院在开会，只见议长坐在会场前方正中高高的椅子上，议员们围坐在中间一张大桌子旁，会场四周的阶梯座位是旁听席。我们注意到议长背后的旁听席被一面玻璃墙隔开，原来这是专为学生们设计的。它单向传音，会场的声音学生们可以听得清清楚楚，而学生们边听边议，甚至争论都不会影响会议的正常进行。我们和其他游人一道坐在旁听席上，静静地听了一会儿议员们的演说与辩论。

站在新国会大厦上，堪培拉尽收眼底。在其旁边是被视为权力中心的总理府。我们原以为这是一座高大豪华的建筑，没想到却是一栋非常普通的楼房。倒是不远处的国家图书馆和国家美术馆建得宏伟漂亮，两者形成了鲜明的对照。这也许反映了一种以人为本的文化观念吧。

新国会大厦的正前方是宽阔澄澈的格里芬湖，粼粼的波光使堪培拉充满了特有的灵气。著名的库克船长喷泉就在湖的中心，从里面喷出的水柱据说站在城区的任何地方都能看到。湖中小岛上那高大的三角柱状建筑是钟楼，这是英国1963年为庆祝堪培拉建市50周年所赠。紧靠湖畔，还竖立着一个硕大的铁制空心地球仪，上面标有英国人首次从大不列颠到达澳大利亚的路线。越过格里芬湖是规模宏伟的城市广场，它就像一条巨型中轴线，南面正对着新国会大厦，北面正对着澳大利亚战争纪念馆。加上湖中两座左右对称且风格各异的联邦桥和国王桥，其景象看上去十分壮观。湖边和广场上的游人熙熙攘攘，有的在树林里漫步，有的在草地上嬉戏，有的在花丛前合影。

在我所到过的城市中，堪培拉的规划可说是一流的，不仅美丽，而且很有特色。全城似乎都是围绕着新国会大厦来建的。如果把堪培拉比作一个圆，那么新国会大厦就是圆心。全市所有的街道都以它为轴心呈放射状向四周伸展，所有的房屋都以它为坐标而错落有致地布局。不仅如此，堪培拉从建城至今，一切建筑都严格按原来的规划进行。我们听了十分感慨。一个城市要建好，固然要科学规划，但更重要的是必须坚持严格执行规划。如果城市建筑有规不循，朝令夕改，甚至你建我拆、我建你拆，那再好的规划也是一张废纸，城市建设也是绝对搞不好的。

大家不由得对澳大利亚的法治精神感到钦佩。这时，陪同的友人告知说，20世纪初期，堪培拉还是一片荒无人烟的不毛之地。原来，澳大利亚独立后，首都设在墨尔本。由于当时的悉尼比墨尔本更为发达和繁荣，因而要争做首都，双方各执一词，互不相让。在这种情况下，澳大利亚联邦政府于1908年提出了一个妥协方案，决定在墨尔本和悉尼之外的地方新建一座城市作为首都。因为堪培拉正好在墨尔本和悉尼的中间，而且地形条件也不错，所以被选中。经过十几年的建设，一座崭新的城市在荒原上拔地而起。1927年澳大利亚的首都也就由墨尔本迁到了堪培拉。真没想到，由于妥协，在荒芜中产生了一个如此美丽的城市，一个如此美丽的首都。其实，妥协远不止只能产生美丽，它还能产生成功、产生和平、产生快乐、产生和谐。人类的生活和工作，在很多的情况下就是一门妥协的艺术。

堪培拉，人类历史上的妥协之都。

## 肥胖：高福利制度下的怪病

澳大利亚胖人多。

在我们所到的地方，无论是城市，还是乡村，无论是街头，还是海滩，都会遇见许许多多肥胖的人，他们或者与你擦肩而过，或者与你并肩而行。他们当中有老的，也有少的，但更多的是中年男女。别看这些人很胖，其中有些人行动并不笨拙，走起路来非常轻盈，不时还做着各种各样的运动。当然也有些人连路都走不动，每迈一步都十分吃力。尤其使人发笑的是，还有不少胖男胖女，穿着五颜六色的衣服，加上高高隆起的肚皮和鸭子般的步态，看上去就像个小丑。

也许是因为澳大利亚经济发达富人多，所以胖人也就多?

其实，正好相反，这些胖人大部分根本就不是什么富人，而是靠领救济金生活的穷人。

这不由得使我们感到有些意外。

原来，澳大利亚是一个高福利国家。失业金、养老金、残疾金、助学金和单亲家庭补助金等一应齐全。一个人即使闲坐在家，每月也可拿到上千澳元的补贴，小孩一生下来每月就有500澳元的牛奶费。相反，靠辛勤劳动挣得收入的人得交很大比例的税。这就使得一些不求上进的人干脆不工作了，有的成天在沙滩晒太阳，有的甚至在家使劲生孩子。虽然靠着这些救济和补贴买不起别墅，坐不起好车，也不能到世界各地旅游度假，但基本生活还是不愁的。在澳大利亚这样的发达国家，蔬菜的价格比肉类要高得多，但富人们为了预防高血脂引起的疾病，都尽可能多买蔬菜吃，而穷人们因为钱少就只好买肉吃了。由于长期大量地吃肉，造成营养过剩，皮下脂肪不断增加，因此肥胖的穷人也就自然多起来了。

澳大利亚的肥胖穷人多，还与酗酒有关，在家没事干就喝酒解闷。有些人一领到救济金就将大箱大箱的啤酒买回家，一瓶接一瓶地喝，不喝到酩酊大醉决不罢休。而更多的人则是跑到酒吧里，或三五成群，尽情豪饮；或二人对杯，一醉方休；或独自一人，闷头猛喝。这些人一喝就是老半天，有时直到深更半夜。在悉尼、墨尔本等城市，常常可以看到一些醉酒的人跌跌撞撞地走着，有的还手舞足蹈，又喊又叫，又哭又笑，有的甚至醉倒在路边不省人事。澳大利亚人也因此被称为全世界第一号酒鬼。啤酒是“液体面包”，大量无节制地狂饮，人怎么会不胖呢？

据说，澳大利亚之所以酒鬼多，其始作俑者是菲力普船长。1840年他带着1100名囚犯从英国来到澳大利亚。这些人酗酒成性，被流放到这里后仍恶习不改，以致一代一代流传下来，慢慢变成了澳大利亚的“国病”。这种说法看似有据，其实似是而非。澳大利亚的土著人嗜酒成性，并因此常常惹是生非，澳大利亚政府为此不得不禁止在土著人居住的地方开办卖酒的商店。这些土著人可不是菲力普船长带来的啊。

吃肉、酗酒、肥胖，可以说在澳大利亚的穷人中形成了一种恶性循环，这也是高福利制度养成的一种怪病。这种高福利制度，一方面能够扶危济困、助弱帮贫，在一定程度上有利于社会公平，有利于缩小贫富差距。在澳大利亚，我们几乎看不到乞丐，也没有看到流离失所的老弱病残等盲流现象。但另一方面，这种高福利制度的弊端也是显而易见的。它助长懒惰懈怠，鼓励不劳而获，使人产生“等、靠、要”的思想，不思进取，坐享其成，最终使社会失去进步的动力，失去创造的活力。这样，社会的发展也就会受到严重影响甚至停滞不前。近些年来，澳大利亚的不少有识之士已深感到这方面的危机。

高福利制度，一个难解的矛盾体，一把锋利的双刃剑。

## 大堡礁：世界上最大的天然海洋公园

“太阳”号客轮在茫茫的大海上平稳地航行。

烈日高照、微风习习，海水共长天一色，蓝得深、蓝得远、蓝得悠、蓝得野。

站在船的舷梯旁，放眼无边无际的蓝，人的心胸也不由得变得开阔和透明起来。

我们是从凯恩斯市出发前往大堡礁的，同船的有欧洲人、美洲人、非洲人，但更多的是日本人、韩国人和中国人。人们在交谈着，不同的语言组成了一支浑厚优美的交响曲。

快近中午时分，客轮在大海中间一座白色的平台旁停了下来，船上顿时一片骚动，原来是大堡礁到了。

既没有看到珊瑚礁，也没有看到珊瑚岛，这难道就是大堡礁吗？正在我们纳闷时，陪同的澳大利亚友人领着我们钻进了一艘玻璃潜水艇，并说："马上就可以看到美丽的珊瑚了。"果然，随着潜水艇的开动，一个奇异的海底世界渐渐展现在我们面前。各种各样的珊瑚，有的像蘑菇，有的像树杈，有的像磨盘，有的像岩石，有的像七弯八绕的绳子，有的像撑开着的大伞，有的像马尾鹿角，有的像虎头龙身，可以说奇形怪状、千姿百态，而且颜色各异，有红的、有绿的、有黄的、有蓝的、有紫的、有橙的、有白的、有黑的……在水面阳光的照射下，显得色彩斑斓、绚丽多姿。更为有趣的是，许多不知名的金鱼游弋其间，有的在嬉戏，有的在觅食，有的不时呼出小小的气泡，有的成双成对似乎在度蜜月，有的成群结队好像在集会，还有的在珊瑚丛中穿来穿去。真没想到在这大海深处还充满着如此缤纷的色彩和蓬勃的生机。

从玻璃潜水艇出来，我们一行中有几位还觉得不过瘾，干脆脱下衣服，换上泳装，纵身跃入大海。这可不是在海边游泳啊。记得在布里斯班的黄金海岸，一些游人在海边游泳时，汹涌的海浪一会儿把他们抛向浪尖，一会儿又把他们摔入波底，惊险极了，看了直叫人捏把汗。而现在这是在浩瀚无际、波浪滔滔的大洋中间击水啊，这没有过人的胆量和高超的泳技是万万不敢的。他们一会儿潜入水下，和鱼儿同游；一会儿跃出水面，同阳光亲吻；一会儿迎风破浪，勇猛前行；一会儿随波逐流，纹丝不动，犹如一个娴熟的水手。还有一些胆子更大的外国游客佩戴上潜水设备，径直潜入海中，一边观赏海底神奇的风光，一边进行着一种特殊的生命体验。

大堡礁是世界上最大的天然珊瑚水族馆，也是世界上最大的天然海洋公园。我们所看到的不过是其中很小的一个点。它绵延于澳大利亚东北岸的大海之中，长2500多公里，共有3000多个珊瑚岛礁，其中露出水面的有600多个。这是多么壮观的景象啊！我们原以为珊瑚是一种植物，殊不知它是一种微小的腔肠动物。由于这一海域的水温、深度、含盐度、透明度都极适合珊瑚虫的生长繁衍，因而成为全球最大的活珊瑚礁群。大堡礁不愧是大自然的一个伟大杰作，这里没有任何人工的雕饰，一切都是原生态。正因为如此，它才呈现出一种天然的美、一种原始的美、一种古朴的美。

离开大堡礁的时候，我们想买一株珊瑚做纪念，但走遍了所有的地方都一无所获。事后才知道，我们这种举动是十分可笑和无知的。因为在澳大利亚，为了保护大堡礁，严格禁止采摘珊瑚，不仅如此，就连轻微的踩踏都是不允许的。一旦违反了，就会受到严厉的处罚。正因为如此，今天的大堡礁虽然已成为澳洲最吸引人的旅游胜地，每天的游人络绎不绝，但所有水上水下的珊瑚岛礁都被保护得完好无损。回想国内有些人到南海肆意采摘珊瑚的情景，我们的心里感到非常惭愧和难过。美的东西是需要人类去精心呵护的。如果任意地践踏，那再大再美的自然景观也会被破坏殆尽的。

大堡礁，自然之美的极致，罕见的天然瑰宝。

2004年11月

# 呼唤亚马逊

## 一

当飞机降落在巴西亚马州首府马瑙斯的时候，迎接我们的是铺天盖地的瓢泼大雨。

原有的活动安排无法进行，我们只好待在汽车里，隔着玻璃，透过雨帘，粗粗地领略这座深藏在亚马逊热带雨林中的城市的迷人风采。

还好老天爷帮忙，第二天雨停转多云，我们便乘船来到了距马瑙斯十几公里的亚马孙河与它的最大支流之一的内格罗河的交汇处。

没想到，这条长达6400公里的世界第一大河的水竟是黄色的。

而在它的两岸，却是无边无际的茂密树林。

浑黄的河水，绿色的森林，多么不协调的色彩啊！

由于河面很宽，有的地方望不到边，加上水量很大，平均每秒流量达到22万立方米，这比世界上其他三大河——尼罗河、密西西比河和长江每秒的总流量还要大，所以看上去不像是大河，而更像是大湖或大海。

在这里，大自然的神来之笔为我们绘就了极为奇妙壮观的一幕。

内格罗河的水因为含有大量的腐殖质，在阳光的照射下变成黑色，所以当地的印第安人将其称为黑河。而亚马孙河的水是黄色的，则被称为白河。于是，两种不同颜色的激流在这里交织，在这里周旋，在这里较量，在这里搏斗，形成了世界上最惊心动魄、最令人叫绝的场面：一边的水流是黑色的，一边的水流是黄色的，泾渭分明、界线清楚，浩浩汤汤、互不相让，一直绵延几十公里。最后，由于亚马孙河的水流过于强大，内格罗河的黑流不得不屈身就范，汇入滚滚的黄流之中。原以为水的合流是最容易的，想不到两江的汇流却是如此的激烈和艰巨。

凝视着这波澜壮阔、滔滔东去的黄色，我们想，这不应该是亚马孙河的颜色。

不像我国的长江，承载着太多的希冀，承载着太多的重负。长江两岸，到处是被开垦的山地，到处是密集的农田，到处是繁华的城市，到处是林立的村庄。几千年人类的过度开发使它的水逐渐变得浑黄。

亚马孙河完全不同，它发源和流经的地方，几乎是未开垦的处女地，生长着被称为“地球之肺”的700万平方公里的原始热带雨林，使它终年在浓浓的绿色中奔流。

这样的一条大河，应该是清澈无比的，怎么会成为黄色的呢？

我们的脸上一片茫然。

## 二

人类的文明同河流的文明是紧密联系在一起的。由于灵秀之美，舟楫之利，人们往往喜欢择水而居。所以，凡是有河流的地方，无论是大江还是小河，都是人烟稠密的地方，都是经济社会发达的地方，都是交通四通八达的地方，都是文明程度较高的地方。

但亚马孙河流域的景象却大大出乎我们的意料。

这里，是世界上人口密度最小的地区之一，平均每平方公里不到一人。

这里，是世界上最不发达的地区之一，几乎没有什么工业，农业也完全处于自然状态。

这里，是世界上交通最不方便的地区之一，整个亚马孙河上没有一座桥梁，也没有公路，船是人们唯一的交通工具。

这里，是世界上文明程度最低的地区之一，至今仍有几个印第安人部落与世隔绝，过着刀耕火种的生活。

也许就是因为落后吧，所以亚马孙河地区没有那种刻意的人工雕琢和打扮，也没有那种现代社会的喧嚣与繁华，而是充满着原始的美、自然的美、朴素的美和纯洁的美。

怀着一种体验纯自然生活的心境，我们考察了一个名叫阿力亚乌的地方，它是亚马孙河流域的一片热带雨林区。

1984年，当地的一位商人在这片浓密的原始森林中兴建了一座旅游度假宾馆。有意思的是，八座塔形的楼房像鸟巢一样筑在高大的树木之上，相互之间由一条八公里的木栈道相连。这种“屋在树上，树在屋中”的奇特构造，使得整座宾馆与热带雨林融为一体。每到雨季，塔楼和树林都在水中亭亭玉立，显得别有一番韵味。据说美国前总统卡特、微软公司创始人比尔·盖茨等世界名流都曾慕名来这里观光游览过。

紧靠宾馆的是一条四五十米宽的小河，两岸全被茂盛的原始热带雨林覆盖，其间偶尔露着印第安人的住房。大概是为了防止大水的浸泡和毒蛇鳄鱼之类的袭击，这些房子建得有点像我国湘西的吊脚楼，底层是木柱，上层是住房，里面拉着一个吊袋就算是床了。看见我们，一些在河边洗衣服的印第安妇女和在旁边玩耍的小孩不停地向我们招手致意。

徜徉在阿力亚乌热带雨林中，我们仿佛回到了人类那栖树生息的童年时代，心里是那样的平静和空灵。不像在其他地方旅游参观，每到一个景点，五花八门的历史故事、文章诗词和神话传说立刻塞满了你的脑海，就是一个新开辟的人造景点，也要生编硬造一些风马牛不相及的文字，使你哭笑不得。而这里没有这些，有的只是原生态的浩瀚无际的热带雨林。人本来就是从森林中走出来的。森林，是人的生命之根，是人的生命之源。在这里你不仅可以倾听远古时代人类诞生时的天籁之音，而且可以静静地享受那原始的律动和自由，把一切烦恼和欲望都抛到九霄云外。

三

为了感受亚马孙热带雨林的壮观与辽阔，我们登上了一架小型飞机。

不像我们平时看到的原始森林那样生长在崇山峻岭，亚马孙原始热带雨林全部生长在坦荡宽阔的平原。所以，从高处看下去，整个热带雨林就像一张巨大无比的绿色地毯，一直铺向遥远的天际。此时此刻，你会感觉任何伟大都变得十分渺小。

然而，在这无边的绿色中，我们不时发现有一个个或大或小的窟窿。

友人告诉我们，这是一些不法之徒在亚马孙热带雨林身上砍出的一道道伤口。

由于地处赤道，气候炎热多雨，亚马孙热带雨林中主要生长的是阔叶林。其中有不少树木直径达几米，有20层楼那么高，树冠一般都在1000平方米以上。特别是一些紫檀、黄檀之类的质地坚硬的树木，更是做家具和造房屋的上等材料。这就使得一些人把贪婪的目光瞄向了这个最大的天然绿色宝库。

于是，亚马孙热带雨林的原始宁静被打破了，在不断轰鸣的电锯声中，一棵棵树木倒下了，一片片树林倒下了。亚马孙热带雨林哭泣了，盗伐者的腰包鼓起来了。

于是，一些分布在热带雨林中的农场主，为了获取庄稼的丰收便放火烧荒。原有的耕地肥力减退了，他们就弃之一边，把火烧向另一片森林。冲天的火焰卷着红红的火舌，疯狂地吞噬着绿色的雨林，有时一烧就是几十天。甚至几个月，就这样，几百公顷甚至几千公顷的原始森林转眼间化为了黑色的灰烬。

现代破坏方式和原始破坏方式的结合，对亚马孙原始热带雨林构成了致命的威胁。如果说人类早期对原始森林的破坏还有漫长的历史岁月进行自然恢复的话，那么现代社会对原始森林的破坏是很难甚至无法进行自然恢复的。因为人类已没有那样的耐心，历史也没有那样的耐心。

有人曾经做过统计，在亚马孙河流域，每年有5.5万平方公里的热带雨林在消失。照此速度，再过70年，这块世界上面积最大的原始热带雨林将不复存在，它将从地球上彻底消失。巴西有关环境研究机构公布的卫星照片也显示，亚马孙原始热带雨林已有47%的面积被不同程度地砍伐和开垦。

现在要准确估计亚马孙热带雨林被破坏造成的严重后果也许十分困难。但有一点确凿无疑，这就是：这个本是世界上雨量最丰富、年降水量达三四千毫米的地区，近些年来却经常出现干旱。我们去的时候正好遇上50年一遇的大旱，原本水深达40米至60米的亚马孙河水位下降了16米，许多小支流都干涸了，一些居住在热带雨林中的印第安人由于无法通航，物品运不进去而面临生活的危机。

这不由得使我们想起两河流域。几千年前，那里曾经也是绿树繁茂、水草丰盛，但现在却变成了一片沙漠。罪魁祸首就是我们人类。现在亚马孙原始热带雨林尽管面积很大，但如果我们人类对它不加节制地索取，那么总有一天它也会以惊人的力量来报复人类。历史反复证明，贪婪的结果最终是被贪婪灭亡。

## 四

亚马孙河及其广袤的原始热带雨林的独特和神秘，使它正在成为全世界的生态旅游热点地区。

在亚马孙河上，五彩缤纷、或大或小的旅游客轮在日夜不停地穿梭来往。

在亚马孙原始热带雨林中，不时闪现着来自全球各地的旅游者的身影。

然而，随着旅游人数的大幅上升，亚马孙原始热带雨林中的宾馆等建筑在迅速增加，新开辟的景点在不断涌现，环境污染也在不断加剧。本来是回归原始和自然的生态游正在悄悄地蜕变为破坏生态的“生态游”。

现代文明和原始自然在这里发生了激烈的碰撞。

唯一的选择就是在现代文明中完好保存亚马孙热带雨林这块原始的净土。

这是因为，只有在现代文明的绚丽多彩中，亚马孙热带雨林的原始才显得更加纯净和自然；也只有在现代文明的喧嚣杂闹中，亚马孙热带雨林的原始才显得更有力度和深度。

因此，保护原始，既是现代文明的一种气度，也是现代文明的一种构建。

让我们小心翼翼地护拥着亚马孙热带雨林的原始走向未来。

人类不能没有亚马孙，地球不能没有亚马孙！

2005年12月

# 伊瓜苏瀑布

在我所见过的自然景观中，最雄伟、最壮丽的莫过于被称为“南美第一奇观”的巴西伊瓜苏大瀑布了。

2004年11月29日，也就是我们访问巴西的第六天。虽然此时当地的季节是初夏，但阳光却很火辣，照在身上有些灼人。我们在参观考察了伊泰普水电站之后，便向伊瓜苏进发。车子没行多久，就钻进了一片茂密的丛林。于是，一阵阵凉风扑面而来，使人一下子置身于一个别有天地的清凉世界。也不知是什么时候，从远处的绿荫中隐隐约约地传来了一阵阵轰隆轰隆的声音，像林涛，又像战鼓，像山崩，又像海啸，时断时续、时高时低、时急时缓，使人感到一种莫名的紧张。随着车子的前进，这种轰隆轰隆的声音越来越大，越来越强，越来越密，最后汇成了一片震耳欲聋、惊心动魄的雷鸣，回响在天地之间。

循着雷声望去，一片巨大的水帘从天际直泻而下，我们的眼睛顿时一亮，这不就是伊瓜苏大瀑布吗？

在巴西友人的引领下，我们先在半山腰的一个平台上领略了伊瓜苏瀑布的全景。真不愧是世界上最宽的瀑布啊！只见在两山之间的峡谷中，一条条大大小小的水流从高高的断崖上轰然坠落，形成了世所罕见的巨大马蹄形瀑布群。放眼远看，苍翠的山峦、飞扬的瀑练，一绿一白、一静一动，相互辉映，简直就是一幅瑰丽无比的天然山水画。据说这个瀑布群一共由近300股大大小小的瀑流组成。这还是我们在平水季节看到的景象，要是在雨季，水量增大，大小瀑布合而为一，连成一道高82米、宽4000米的大瀑布，所激起的水花高达150米，所发出的轰鸣声远至25公里，其气势之恢宏实在令人叹为观止，怪不得在印第安语中伊瓜苏是“巨大的水”的意思。当地人动情地告诉我们，这个大瀑布是一位少女的眼泪化成的。相传在很久很久以前，有一位印第安酋长的女儿爱上了部落里一位英俊的男青年。但由于门不当、户不对，酋长极力反对，并强行拆散了他们。于是这位酋长的女儿只好日夜哭泣，伤心的眼泪不断地流啊，流啊，最后汇成了大水，冲开绝壁飞流直下。想不到如此壮观的瀑布被赋予了一个如此催人泪下的故事。纵观古今中外，许多原本美好的事情往往由于这样那样的干扰而以悲剧的形式告终。于是，人们在寄予深深同情的同时，展开想象的翅膀，把一些奇山异水人格化，并创造了一个个悲壮的神话传说。这也许是人类文化史上一个带有规律性的现象吧。

离开观瀑台，我们便沿着绿荫中一条曲折的石径顺级而下。小道弯弯，景随步移。“山霭笼嘉树，层峦泻野泉。”千姿百态的瀑布不时出现在面前。有的似一匹巨大的白缎凌空飞舞；有的似一抹透明的轻纱缠绕崖壁；有的如万马奔腾，气势磅礴；有的如淑女起舞，妩媚动人；有的比翼双飞，缠绵多情；有的单枪匹马，尽显英雄。我们慢慢走着，不时停下来细细欣赏这大自然的鬼斧神工。虽然水声轰鸣，但没有任何喧闹的感觉，相反心里倒特别的清静。不知不觉之间，我们下到了瀑底。穿过一座九曲桥，来到了“魔鬼喉”。这是伊瓜苏瀑布的中心，也是最惊险、最壮观之处。头上是数百米宽的瀑流以雷霆万钧之势铺天盖地咆哮而下，脚边是深不见底的潭水翻滚着汹涌巨浪，四周是瀑布激起的几十米高的水花形成的重重水雾，真可谓飞瀑穿空，惊涛拍岸，卷起千堆雪。置身此地，你仿佛感到整个世界都在震颤，整个大地都在崩塌；你也会感到热血沸腾，豪情满怀，一股对人生的激情油然而生。是啊，人生有时不就像一道轰然飞落的瀑布吗？落差越大，所激起的生命浪花就越高，所释放的生命能量就越强，人生也就由此变得格外的轰轰烈烈，变得格外的壮丽辉煌。

这时，一个十分惊险的场面出现了，一些游人乘着橡皮艇，冒着潭中的惊涛骇浪，向着倾泻而下的瀑布冲去。随着一声声不约而同的惊叫，游艇冲进了瀑布里面，这些人也就一个个被淋得像落汤鸡。因为漩涡太大，小艇不停地在水面上打转，并被抛得一上一下。听人说这样从背面观看瀑布虽然很危险，但既刺激又别有风味，可以看到站在正面看不到的飞瀑的许多奇特景象。望着这些勇敢的弄潮儿，我们不禁想起了河中那些特殊的鱼类。每到繁殖的季节，它们就逆流而上，在汹涌的波涛中艰难地跋涉。有时遇到飞流而下的瀑布从头上猛烈地砸下，而这些勇敢的鱼儿却毫无惧色，仍然义无反顾地前行，一次又一次地跳跃，一次又一次地翻腾，终于以最顽强的意志完成了生命历程中最艰巨、最惊险也是最壮丽的一跳，从而跃上了瀑布的顶端，进入一个崭新的境界。我们人类作为万物之灵，有很多东西与自然界是相通的。如果说在我们前进的道路上也会遇到大大小小的险滩飞瀑，那么，许多美丽的风景就隐藏在这些险滩飞瀑之中，而且，往往越是奇异的风光越是在最危险的地方。我们只有像那些勇敢的鱼儿一样，面对激流行，迎着艰险上，即使跌得粉身碎骨也在所不惜，这样，我们才能战胜一切险滩，跨越一切飞瀑，达人所未达，观人所未观，识人所未识，获人所未获，从而不断地登上风光独特的新天地。

伊瓜苏瀑布，世所罕见的天然奇观。

伊瓜苏瀑布，人生风景的壮丽写照。

2005年12月

# 乞丐的王国

世界上没有哪一个国家，有印度这么多的乞丐。

有人把他们形容为“乞丐大军”，我觉得远远不够，应该叫“乞丐王国”更合适。

几千万浪迹街头巷尾的乞讨者，这是一个怎样的数字啊！纵观古今中外各国，哪有这样庞大的军队？这不就相当于一个中等人口的国家吗？

对印度乞丐的印象，最初是在宝莱坞影片《流浪者》里获得的，那诙谐的《拉兹之歌》至今还不时地在耳旁回响。

但电影毕竟是艺术而不是现实。我真正开始了解印度乞讨社会，是在2008年12月对这个南亚次大陆国家的访问之后。

我们首先到达的是新德里，第一项公务活动就是同印度文化关系委员会洽谈有关文化合作的事宜。由于住在离市中心不远的宾馆，上车不久我们就看到在一个宽阔的广场上矗立着一座高大雄伟的门楼，这就是著名的印度门，它很像巴黎的凯旋门，是新德里的标志性建筑之一。沿着印度门由东向西是长达两公里的笔直宽广的国家大道，这是新德里的中轴线，也是印度的心脏，两旁绿树葱茏、碧草如茵、花团锦簇、流水潺潺，外交部、国防部等大楼错落有致地坐落其间。特别是大道东端建在一座小山冈上的总统府，那鲜艳夺目的红砂石外墙，那充满浓郁莫卧儿王朝遗风的半球圆顶，那曲折壮观的3000米长廊，那由喷泉水池、名花异草组成的花园，使整座建筑显得既气势恢宏，又绚丽多姿。

没有喧闹，没有杂乱，一切都显得那么宁静优雅。我们感到有些奇怪，人们不是都说新德里很糟糕吗？怎么现在看起来像个环境美丽、秩序井然的大公园。一打听，原来是因为10天前孟买发生了大爆炸，总统府一带实行了军事警戒，至于其他地方，还是一副老样子。

果不其然，当车子驶过总统府后不久，展现在我们眼前的是一个完全不同的世界。脏乱差的街道上弥漫着一股刺鼻的异味，一群群的神牛在悠闲地漫步，摩托车、三轮车、老爷车、小汽车、大货车相互拥挤着朝前开。所有的公共汽车都没有门，而且都很破旧，每到一站，人们争相着在门洞里跳上跳下，动作娴熟自如。有时车内塞满了人，有的人为了能上车，就在车子刚刚开动之际，冷不防一个箭步跃上去，站在车门的踏板上，一只手抓着门边，身子却向外倾斜着，好像随时都有掉下来的危险，看了真叫人捏一把汗。

这时，前面的红灯亮了，车子在一个十字街口停了下来。还没等我们定下神来，车窗外就出现了一个黑瘦佝偻的老人，他一只手拄着拐杖，另一只手拿着一个陶碗颤抖着伸向我们。紧随其后，一位披着脏污纱巾、抱着一个又黑又瘦的婴儿的妇女跟了过来，她先敲了敲车窗，然后向我们投以乞求的目光。我们的心像被什么东西深深地刺痛了，一股怜悯之情随之而生。正当大家想要掏钱，给他们一点儿施舍时，印度友人马上出来制止，告诫我们不能给，只要一给，立即就会有几十个乞丐围上来，这样你即使掏空了钱袋也施舍不起，而且还会被缠得脱不了身。因此我们只好作罢，但心里却感到很不是滋味。在我们中国，遇到乞讨者，多少是要给一点儿钱物的，这也是一种起码的社会道德和同情心。

来往不羁的车流和人流在新德里的大街上汇成一股混乱的漩涡，我们的车子走得很慢。沿街到处都是各种各样的乞讨人群。有些成排地坐在街边人行道上，巴望着人们在他们面前铺着的塑料布上抛些钞票；有些端着破旧的盘罐，不停地向过往行人乞讨；有些两手空空地在街上慢慢转悠，见到外国人便跟在后面讨要；还有一些“艺丐”，或在墙檐下卖唱，或在花坛旁要猴，或在商店门口拉弹乐器，或在身上盘着一条不断昂头吐舌的眼镜蛇表演，引得很多人驻足观看，不时有人在他们的面前丢下几枚硬币。在街道两旁的草地上和大榕树下，横七竖八地躺着一堆堆的人，其中有瘦骨嶙峋的老人，有蓬头垢面的年轻人，有衣衫褴褛的女人，有满身污浊的儿童。他们或仰、或卧、或侧、或蜷、或母子相抱、或男女相依，尽管车声、人声鼎沸，他们却全然不觉。据说这些人都是流动的丐帮，居无定所，一旦乞讨累了，他们就随时睡下，把天当被把地当床了。

又到了一个红灯路口，长长的车流被拦腰截断。就在离我们车子20多米的前方，大家被一幕特殊的乞讨景象惊呆了。只见在十分狭窄的汽车隙缝里，几个小孩在表演杂技。先是3个男孩连翻了一串筋斗，接着是两个女孩各拿一个小铁圈腾空翻越两周后马上匍匐在地上，慢慢地蜷曲着身体钻进圈内又缓缓地出来。这些小孩大的只有十来岁，小的只有五六岁。我们万万没有想到，他们能在这样小的地方表演如此高难度的动作，同时我们也为这些幼小的生命感到担心，万一不慎表演失败，碰撞在汽车上，那岂不是要头破血流甚至危及生命？这与其说是卖技乞讨，不如说是拿自己的生命做赌注。为了生命而又置自己的生命于不顾，这样做不仅失去了生命本身的意义，而且是一种生命的悖论。

本想现代化的交通应给人们带来极大的便利和快捷，没想到在新德里的大街上行车却如此缓慢和艰难。短短不到10公里的路程，竟然花了一个多小时。在印度文化交流中心，我们同会长珊洁塔女士进行了十分友好的会谈，并就加强文化和影视等方面的交流和合作达成了初步协议。由于对一路上所见的乞讨印象太深，加上想问个究竟，结束之前我们有意识地把话题引到了印度的乞丐上。按联合国每人每天收入在1美元以下的贫困线标准，全印度一共有6亿穷人，所以我们觉得，贫穷，这恐怕是印度这个“乞丐王国”产生的最根本的原因。因为无论在我们中国，还是在世界各国，只有实在是没有任何经济来源时，人们才会迫不得已走上乞讨之路。

但是，印度文化交流中心的人士却告诉我们，在世界上这个最庞大的“乞丐王国”的成员中，并不全都是毫无生计的穷人，也有少数是生活并不怎么困难的人，甚至是比较富裕的人。富人当乞丐，这在我们看来是多么的奇怪而又不可思议，然而在印度却是一件十分平常的事情。原来，这与印度人的人生观有关。古代印度人信奉的是佛教，现在的绝大多数人信奉的是印度教，而这两大宗教的教义都认为，人生来就是有罪的，必须以苦行来消罪，主张今生乞讨受苦，来世可以得到好报。所以，在印度，行乞不是一种为贫穷所迫的行为，而是一种自觉自愿的行为；不是一种耻辱的行为，而是一种修炼自己的行为。难怪印度有多得难以胜数的乞丐，我们终于知道了其中最深层的原因。

印度乞丐，一种特殊的生活方式。

印度乞丐，一种特殊的文化现象。

2008年12月

# 阿连德铜像

智利盛产铜，因而被人们誉为“铜的王国”。

也许就是这个原因吧，在首都圣地亚哥的街头、广场和花园，到处都竖立着一座座精美的人物铜雕像。他们中有领导智利人民赢得独立的国父沃伊金斯，有被称为“美洲导师”的安德烈斯·贝略，有太平洋战争①时期的著名将领巴克达诺，有民族英雄圣马丁，有著名诗人聂鲁达，有历史学家本哈明·比库尼亚·马肯纳，等等，几乎囊括了智利历史上所有的重要人物。

但是，最使人感慨万千的还是竖立在总统府后面广场上的智利前总统阿连德的铜像。

不像我们想象中的那样横刀跃马、高大雄伟，作为总统，阿连德的铜像实在太普通了，甚至普通得同一般铜像没有任何区别。阿连德身穿西服，表情严肃地站立着，瘦削的脸上架着

---

①太平洋战争：是指南美太平洋战争。是1879年至1883年智利同玻利维亚、秘鲁争夺南太平洋沿岸阿塔卡马沙漠硝石、鸟粪产地的战争。

一副近视眼镜。除了那直视前方的目光透出政治家的坚毅外，他看上去更像一位学问深邃的教授。

古往今来，无论在哪个国家，人们是不会轻易在广场、街道等公共场所为一个人塑像的。对阿连德，过去我们只知道他是智利的民选总统，在1973年9月的军事政变中被推翻。对于这样一个悲剧性的人物，智利人民却为他立像，这是我们没有料到的。

是出于对阿连德的同情，还是出于对肆意践踏宪法的军事政变的憎恨？抑或是出于其他方面的原因？在与智利友人的交谈中，我们找到了其中的某些答案。

原来，阿连德是一个社会主义者，也是一个民族主义者。作为智利社会党的创始人和领导人，他克己奉公、关心群众、作风朴实、平易近人，经常坐着吉普车深入乡间田野。每当看到群众在地里劳动，他都会主动下车，蹲下来和群众谈心。他的小小的会客室里总是挤满了求见的群众。正因为他在人民中享有崇高的威望，在1970年的智利全国大选中，阿连德一举胜出。他就任总统后，对内将美国资本控制的铜矿收归国有，没收富人庄园，进行土地改革，减轻人民负担；对外反帝、反殖民主义，维护国家主权和民族独立，并试图让智利成为第一个通过非暴力方式、按照民主模式建立的社会主义国家。

阿连德这一系列的革命性措施，引起了美国的极大恐慌。为了防止“后院起火”，在各种政治打压和经济封锁不能奏效的情况下，美国策动以皮诺切特为首的智利军人向阿连德举起了罪恶的屠刀。这是一个血腥惨烈的时刻。一辆辆坦克封锁了圣地亚哥的主要街道，战斗机呼啸着向总统府扔下重型炸弹，机关枪的子弹雨点般的朝莫内达宫射来。面对政变部队的疯狂进攻，阿连德没有丝毫的畏惧。他通过电台发表了最后一次讲话："坚信自己的血不会白流，黑暗终将会被战胜，早晚有一天，自由的人民会走在通往更美好世界的大道上。"然后，他命令身边的工作人员离开总统府，自己戴上钢盔，挎着古巴国务委员会主席卡斯特罗送给他的冲锋枪，和卫队一起退到了独立厅内，但终因寡不敌众，最后倒在了密集的枪弹下，倒在了鲜红的血泊中。

阿连德壮烈牺牲的消息立即震惊了世界，包括中国总理周恩来在内的许多国家的领导人纷纷致电表示悼念。纽约、伦敦和巴黎等五大洲的许多城市，数以万计爱好正义与和平的人民纷纷走上街头游行示威。拉丁美洲的人民高举阿连德的画像，到美国大使馆前焚烧美国国旗，愤怒抗议屠杀阿连德的暴行。智利人民更是冒着生命危险，在圣地亚哥市中心的圣卢西亚山山顶的广场上，铸造了一盏"自由之火"的长明灯，让其日夜不熄地燃烧着、照耀着，以表达对自己总统永远的缅怀。应该说，一个经济和社会并不发达的中小国家总统的牺牲在全世界引起如此强烈的反响，这在历史上也是不多见的。

如今30多年过去了，圣地亚哥到处呈现一派美丽祥和的景象。白雪皑皑的安第斯山闪耀着银白色的光芒，屹立在圣母山上的圣母玛丽亚雕像展现着动人的风韵，碧波粼粼的马波乔河从城中缓缓流过，纵横交错的街道两旁棕榈树亭亭玉立。人们纷纷在阿连德总统的铜像前拍照留念，有些人还在铜像前久久地肃立。特别巧的是，我们访问智利时，智利正好又在进行总统选举，据说争取民主政党联盟的候选人米歇尔·巴切莱特女士最有希望当选。而她的父亲就是当年阿连德总统的坚定支持者，并因此被迫害致死，巴切莱特也由于受到株连被迫流亡国外十多年。大概是人心所向，就在我们访问回来不久，巴切莱特女士果然以较大优势击败了其竞争对手塞巴斯蒂安·皮涅拉，如愿地成为智利历史上第一位女总统。

历史有时候就是这样不可思议，有些人看起来失败了，却是最终的胜利者；有些人看起来胜利了，最终却是失败者。也许正是因为这个缘故，人们仿佛觉得阿连德总统并没有失败，并没有倒下，也并没有牺牲。正是他的失败，反而使他获得了永久的胜利；正是他的倒下，反而使他的形象变得更加高大；也正是他的牺牲，反而使他在人们的心中获得了永生。

阿连德铜像，一座普通但又极不普通的铜像。

阿连德铜像，一座发人深思的铜像。

2005年11月

# 马塞马拉协奏曲

这里虽处赤道，但是十分清凉。

这里虽是高原，但却非常平坦。

这就是肯尼亚的马塞马拉国家公园。

从首都内罗毕出发，沿着坑坑洼洼的公路颠簸了200多公里，终于到达了这个世界闻名的野生动物园。

8月的马塞马拉，野草茫茫，又正值旱季，因而到处一片金黄。远远望去，这金黄时而平展，时而起伏，一直铺向遥远的天际。一丛丛的灌木稀疏地散布其间，偶尔可见一棵孤树，长着细小叶子的枝杈分层向四周平伸开去，俨然一把绿色的巨伞撑立在天地之间，使整个草原显得更加的辽阔、深远和壮美。

站在升起了顶盖的观摩车上，我们看到了一个野生动物的乐园。

在两旁茂密的草丛中，一群群的羚羊在自由自在地活动。有的在埋头吃草，有的在缓缓走动，有的在相互嬉戏，有的歪昂着头站在那儿。还有一些小羚羊，一会儿用头在大羚羊的肚皮上磨蹭几下，一会儿又撒欢似的奔跑几步，样子是那么的可爱和调皮。当我们的车子慢慢开过来的时候，原以为这些草原上的小精灵，会突然放开四蹄逃得无影无踪，没想到它们却一动不动，只管尽情地享受着快乐惬意的生活。

这里的野生动物不怕人，我们不免感到有些奇怪。

前方远处的一个草坡上，有一片巨大的灰黑色在蠕动。近前一看，是几千匹角马和斑马混聚在一起。这是我平生所见过的最大的野生动物群。尽管车声隆隆，人影晃动，但这庞大的队伍好像什么也没有看见和听见，都在悠闲地吃着草，而且吃得那么认真，那么斯文，既不相互侵扰，也不相互打闹。真没想到这么多的角马和斑马相处得如此和谐。原来，角马善于寻找水源，斑马善于辨别方向，两者为了生存的需要而自动地结为一个群体。这大概也是野生动物界的一种优势互补吧！

我不禁想起了纪录片《动物世界》里的角马过河。那是一种多么壮观惨烈的场面啊！每年的动物大迁徙季节，数十万匹角马来到这里的拉马河边，它们拥挤着蹬进深急的水流。这时，埋伏在水里的世界上最大最凶残的鳄鱼尼罗鳄和被称为“非洲河王”的河马突然蹿了出来，它们凶狠地向毫无准备的角马扑去，一阵激烈的搏杀，一阵疯狂的撕咬，一匹匹角马倒在了水中，一注注鲜血染红了河面。然而，角马们没有丝毫的畏惧和退缩。它们前仆后继，依然奋勇前行，终于到达了希望的彼岸。

草原上蜿蜒着一条条的曲线，在不尽的金黄中时隐时现，这是观摩车碾压出来的路。沿途不时地可以看到一幅幅野生动物活动的图景。一群群狒狒大摇大摆地在路上散步，看见我们来了，只是往路边靠了靠，有的还调皮地向我们抓耳挠腮。在一片灌木丛中，两头大象一边扇动硕大的耳朵，一边来回弯卷长长的鼻子在慢悠悠地吃草。两头小象跟在后面模仿着，那小小的长鼻甩来甩去，显得既笨拙又好笑。不用说，这是一个十分和睦的小家庭。车子驶过一条小水沟，在一个小坡的一棵树下，我们看到一只长颈鹿昂首挺立，长长的脖子如大炮般直刺苍穹，黄绸般的身体缀着美丽的黑色斑点，在蓝天白云的映衬下，看上去简直就是一幅绝妙的风景油画。更为有趣的是，在一片宽阔草甸中的一块岩石上，赫然躺着一只豹子。听到我们的说话声，它只是懒洋洋地把头抬了抬，然后索性闭上眼睛睡觉了。

是因为见惯了汽车和游人，抑或是别的什么原因，使得马塞马拉的野生动物不怕人？大家正想问个究竟，陪同的肯尼亚友人告诉我们，根本的原因在于这里的居民都养成了与野生动物和睦相处的好习惯。他们从不猎杀野兽，为了防止野兽的袭击，在村庄的周围栽种仙人掌和带刺的树木，形成一道天然屏障。这样既保护了人类自己，又不会使野生动物受到伤害。

多么富有智慧的肯尼亚人啊！

这时，一个异常的情景闯入了我们的视线。在一片草木混生的低洼地带，围停着十几辆观摩车。原来，这里正在上演着狮子吃野牛的凶险一幕。一只掉队离群的野牛在前面狂奔着，一群凶猛的狮子紧追其后。突然，野牛打了个趔趄，群狮猛扑上去，有的咬腿，有的咬头，有的咬喉，有的咬腰，不一会儿野牛就倒在了地上。现在，这群胜利者正在尽情地享受所抓获的战利品。它们凶狠而又贪婪地撕开片片瘦肉，生咬猛嚼地吞进肚里。有一只狮子还娴熟地用尖利的牙齿和前爪掏空野牛的尾部，然后钻进去美美地饱餐一顿。没过多久，这只重达几百公斤的庞然大物就只剩下一副骨架和一张黑皮了。大概是因为吃饱了，有的狮子便懒洋洋地躺下打起盹来，有的在草地上漫无目的地转悠着，有的亲昵地依偎在一起。虽然人们站在观摩车上不停地对着它们摄像和拍照，但狮子们却旁若无人，毫不在乎，让我们真正领略了这些草原霸主的王者之气。

回到宾馆已是傍晚，整个草原渐渐地笼罩在浓重的黑暗中。不知什么时候，在我们住房周边的草坪上，来了一群又一群的野兽。透过窗户，可以隐隐约约地看到这些不速之客活动的黑影。有些野兽还在墙边不停地来回走动，并不时地对着灯光发出可怕的吼叫，使这本已无比寂静的草原之夜又增添了几分恐怖。

夜，无边而又漫长，我躺在床上久久不能入睡。这倒不是因为害怕，而是为肯尼亚人感到骄傲。过去，我们总认为这些刚从原始社会迈向现代文明的民族是缺乏保护野生动物意识的。然而，正是他们，没有为了满足自己的食欲而对野生动物举起刀枪，相反却对人类的这些朋友处处加以精心的保护。正是因为有了他们，马塞马拉才真正成了野生动物的天堂。联想到我们这个有着5000多年文明的中华民族，在不少地方的餐桌上常以摆着珍稀野味为荣，我的脸上不由得发烫。我真担心如果哪一天野生动物被吃光了，那人类社会灭绝的日子也就来临了。要知道所有生命都是互相依存的，一个没有野生动物的世界，人类无论怎样强大和聪明都是无法存在下去的。

马塞马拉，使我经历了一次对人类生存环境的特殊体验。

马塞马拉，使我懂得了保护野生动物也就是保护人类自身。

2006年11月

# 在埃菲尔铁塔上

在离开巴黎的前一天，我登上了埃菲尔铁塔。

也许是天解人意吧，一连几天的绵绵秋雨突然停了，太阳从云层里爬了出来，露出微笑的脸，把万千柔和洒向大地。站在320米高的塔顶举目瞭望，天地顿时变得小了许多，脚底下的大巴黎，简直就像展览馆里的一个微缩模型。不过，一些主要的景物还是清晰可见的。那条如绿色缎带般飘过城区中心的是塞纳河，是她用香甜的乳汁浇灌了巴黎的文明之花，法兰西人亲切地称她为母亲河。那掩映在塞纳河一个小岛上的哥特式大教堂，是巴黎圣母院。几百年来，人们在那里祈祷，王子在那里结婚，皇帝在那里加冕。大作家雨果的一部小说，更使它闻名遐迩。那座金色圆顶的宏大建筑，是荣军院，叱咤风云的一代皇帝拿破仑就长眠在那里。穿过荣军院前面的宽阔广场是亚历山大三世大桥，这是塞纳河上400多座桥中最富丽堂皇的一座。那块有些凸起的地方，是蒙马特高地，那儿有令人销魂的“红磨坊”，梵高、毕加索等著名画家曾在那里居住和创作。那个竖有高高铜柱的地方，是旺多姆广场。那座高大的罗马式拱形门，不用问，肯定是驰名全球的凯旋门了。它位于戴高乐广场的中心，高达50米，上面刻有几幅大型浮雕，其中最有名的一幅叫作《1792年志愿军出发》，塑造了1792年巴黎人民英勇战斗的壮烈场面。你看那胜利女神挥动着左臂，右手中的利剑直指前方，看了之后仿佛把人带回到了当年那浴血激战的峥嵘岁月。围绕着凯旋门，12条大街从广场四周伸展，组成一幅放射形光束图案，其景象壮观极了。当然，再雄伟壮丽的建筑，比起高耸入云的埃菲尔铁塔来，也不过是儿童手中的积木，显得非常的渺小。

层楼、绿茵、秋水、长天……就在我们尽情饱览巴黎风光的时候，突然，一幢高30多层的现代大厦闯入大家的视线，它形似火柴盒，突兀地矗立在一片古色古香的建筑之中，显得很不协调，甚至有些大煞风景。大概是法国人的性格使然吧，这种不协调的建筑在巴黎到处都是。举世闻名的卢浮宫，堪称艺术的海洋。在这个世界上最大的艺术博物馆中，珍藏着古希腊、古罗马、古埃及的作品，以及法国、德国、荷兰、西班牙、意大利等国16—19世纪艺术大师的作品，其中《胜利女神像》《断臂维纳斯》和《蒙娜丽莎》被称为镇馆的稀世之宝。所以有人说，世界的财富在巴黎，巴黎的财富在卢浮宫。1981年，时任法国总统的密特朗决定扩建卢浮宫，美籍华裔建筑师贝聿铭设计了一个玻璃金字塔，建在卢浮宫的入口处。一个是石头凝聚的宫殿式建筑，一个是钢架支起来的现代玻璃建筑，两者组合在一起，实在有些不伦不类。协和广场可以说是欧洲最美丽的广场，13世纪的埃及方尖碑屹立其中，一些精美独特的古建筑错落有致地分布在其周围，远远看去，整个广场显得无比壮丽。可是在1999年，广场的正面建了一个巨大的现代娱乐设施——摩天轮，不仅使广场失去了古朴庄重的氛围，而且叫人看了很不舒服。还有那巴士底广场上耸立的国家大剧院，这座玻璃立面的混凝土建筑，同周围的一些古代建筑也很不相称，看起来就像是一群穿古装的人中间站立着一个穿西服的高个子现代人。据说有些巴黎人，包括很多到过巴黎的人都对这些独树一帜的现代建筑提出了非议，有的人甚至指责它们破坏了整个城市的和谐统一，是巴黎城市建设的败笔。

事实果真是这样的吗？我却有些不以为然。任何新事物的出现不都有一个从不协调到协调的过程吗？一些标新立异的建筑在它刚刚建成之时，往往遭到一些人的批评和责骂，但后来却被实践证明，它不仅是一个伟大的创造，而且是一个无与伦比的新景观。埃菲尔铁塔就是如此。为了迎接1889年在巴黎召开的世界博览会，桥梁设计师埃菲尔在靠近塞纳河的马斯费尔德公园里建造了这座高入云霄的铁塔。它由1.8万个预制钢铁件和250万个铆钉组接而成，重达10100吨。当它刚刚耸立在一片古建筑之中的时候，被不少人愤怒地斥责为“一个用螺丝把钢铁拧在一起的可憎的与无用的巨大怪物”。有的人甚至主张把它拆毁。直到若干年后，人们才发现它是多么雄伟、多么俏丽，以至有人把它形容为“钢铁维纳斯”“蓝天白云中的女牧羊人”，最后它成为巴黎的象征。埃菲尔大胆突破了砖石古建筑的常规，用钢铁描绘了举世瞩目的大手笔，竖起了建筑史上一座划时代的纪念碑。这没有非凡的胆略和独创精神是绝对做不到的。坐落在巴黎玛莱区一片最古老建筑中的蓬皮杜艺术中心，是一座由不锈钢和玻璃建造起来的管道式建筑，这里收藏着野兽派、立体派、抽象派等现代艺术品。1977年竣工时，人们对它褒贬不一、争论不休，现在却被公认为最有风格的建筑，成为巴黎最吸引人的地方之一。可以说，正是这些独树一帜、具有争议的建筑，使人们的眼睛为之一亮，思路为之一宽，精神为之一振，在不知不觉中得到了一次独具魅力的崭新的艺术享受。

于是，我不由得想起了访问法国建设部时的情景。这是巴黎西部一个叫第凡斯的现代化新区，摩天大楼比肩接踵、直插云天。卢浮宫—香榭丽舍大街—凯旋门的中轴线延长至这里，远远望去，气势非凡。1989年，在中轴线的终端，矗立起了一座引人注目的现代凯旋门。它由玻璃和大理石建造，高达105米，不仅风格同老凯旋门截然不同，而且可以整个装下老凯旋门。法国建设部就在这座新凯旋门里办公。那天，接待我们的是胡得贝和法拉尔两位女士。在介绍了巴黎的城市建设情况后，她们自豪地告诉我们，对于旧式凯旋门来说，新凯旋门无论在结构、式样或用料上都是一个突破，给人一种全新的感觉。搞城市建筑，有时就是要不拘一格、不怕非议、不怕败笔。是啊，这话说得太好了，如果惧怕非议和败笔，一味地追求与原有的建筑风格相协调，不敢标新，不敢立异，那城市就不会有罗马式、哥特式、巴洛克式及各种各样现代建筑艺术的出现，就不会变得像今天这样多姿多彩和美丽动人，巴黎也就不会成为欧洲乃至世界的一颗璀璨夺目的明珠。

不要惧怕不协调，辉煌的艺术往往是在不协调中产生的。

不要惧怕非议，独特的风格往往是在非议中形成的。

不要惧怕败笔，惊世骇俗的大手笔往往是在败笔中勾画出来的。

这时，阳光格外灿烂，我的思绪随着埃菲尔铁塔所及的视线，飞得很远很远……

2001年3月

# 双头鹰的国度

## 一

在俄罗斯访问期间，我脑子里经常会闪现这个国家的双头鹰国徽。

一块红色的盾牌，一只金色的双头鹰，一个头向左，一个头向右，鹰头缀着皇冠，鹰爪抓着权杖。这奇特不凡的图案，简直就像一个活脱脱的俄罗斯。

产生这种感觉，最初是在圣彼得堡。

那天，我们乘坐国际列车从芬兰到达俄罗斯的这座第二大城市。一进市区，只见碧波荡漾的涅瓦河畔，一座高达120多米的尖顶钟楼巍然耸立在一片古城堡之中，显得威严、神圣，甚至带有几分霸气，这就是彼得堡罗要塞。它不仅是全市最早和最高的建筑，也是圣彼得堡的发祥地。

与彼得堡罗要塞隔河相望的是闻名遐迩的冬宫。那厚实的浅绿色外墙、雪白挺拔的立柱、宽大的拱形窗户、檐顶古铜色的雕像，以及宫前广场中央直插云天的亚历山大柱，既体现了巴洛克式建筑的雄伟和优美，又显示出皇家宫殿的气派和豪华。宫殿里面更是富丽堂皇，那精美宽敞的彩色大理石楼梯和回廊，那斑斓绚丽的孔雀大厅，那晶莹剔透的水晶厅，那金碧辉煌的黄金厅，那五彩缤纷的勋章厅，那令人肃然起敬的将军走廊，以及那陈列在冬宫里的300多万件艺术珍品，看了真叫人惊叹不已。

然而，最使人震撼的是皇宫中心御座大厅正面墙上那幅用4.5万颗彩石镶嵌的巨大的俄罗斯地图。你看它一头伸向欧洲的腹地，另一头伸向亚洲的白令海峡，这横跨欧亚、霸踞东西的形象和气势，不就像俄罗斯国徽上的那只双头鹰吗？而且是一只巨大无比的双头鹰。

于是，我想起了彼得大帝。正是他的雄才大略，把一个原本居于东欧平原的内陆小国变成了一个面积占世界六分之一的帝国。

在冬宫附近的伊萨克大教堂前的广场上，正对着涅瓦河，有一座彼得大帝的塑像。一块重达400吨的花岗岩底座上，一匹骏马昂腾着前蹄，彼得大帝骑在马上，身披战袍，紧勒马缰，两眼炯炯有神地直视前方，仿佛他立即就要松动缰绳，策马向前疾驰而去。马的后蹄踩着一条长长的毒蛇，更展现了这位大帝把一切敌人踩在脚下的非凡勇气和风采。

对于这尊由法国著名雕塑家法里孔和他的学生科拉共同创作的栩栩如生的雕像，很多人都赞不绝口。其实，在欧洲各地，这种杰出人物扬鞭跃马的铜像比比皆是，实在没有新意。如果把彼得大帝塑造成一只鹰，也许更有特点，更能体现这位大帝的本质和形象。

事实也是如此，在俄罗斯人的心目中，彼得大帝就是一只具有文韬武略的双头鹰。

了解历史的人都知道，在彼得大帝执政之前，俄罗斯是一个积贫积弱的国家。当时，西欧诸国正扬着航海大发现的风帆迅速进入工业革命时代，而俄罗斯却由于封闭保守被远远地甩在了后面。

1682年，年仅10岁的彼得登基成了新的沙皇，从此，一个崭新的俄罗斯出现了。

为了振兴图强，1697年，彼得大帝派出了一个庞大的代表团赴西欧进行了长达半年的考察、学习。他自己也乔装改扮成一位工人，悄悄地在荷兰的造船厂里埋头学习先进技术和管理经验，并被评为“优秀工匠”。无独有偶，此时中国的大清王朝，康熙皇帝也在承德避暑山庄和北京皇宫里向西方传教士学习欧几里得几何学，学习法国数学家巴蒂的《实用和理论几何学》，学习西方的天文、历法、物理、医学等自然科学。多少年来，我们对康熙的这种学习总是赞赏有加，但如果和彼得大帝的微服赴欧学习比起来，究竟哪一个更高明呢？

回国之后，彼得大帝以西欧为借鉴，进行了一系列大刀阔斧的改革。他创办了俄国历史上第一支新型军队，建造了第一艘军舰，批准出版了第一张报纸，建立了第一批世俗学校和文化院馆，创建了第一个国家科学院，聘请大批西欧科学家来俄履职，同时首次将强大的教会置于皇权之下。改革迅速改变了俄罗斯的面貌，使之一举崛起成为世界强国。

但彼得大帝并不满足于此，他的目标是要使俄罗斯有更大的版图，要有通向世界的出海口。1700年，他发动了对瑞典的“北方大战”，经过21年的激烈较量，终于取得了彻底胜利，从瑞典人手中夺得了梦寐以求的波罗的海出海口。在此期间，他又毅然将首都从莫斯科迁往圣彼得堡。当年，这里还是一片河汊和岛屿遍布且没有一块石头的海滩沼泽地。为了把新的首都建造得既坚固又壮观，彼得大帝专门颁布了“石头税”和在俄罗斯其他城市禁止用石头建房的法令——全国所有的石头都必须运往圣彼得堡，所有进入新首都的人员和车船都要交纳一定数量的石头。与此同时，他组织人力疏河架桥，使圣彼得堡成了一座桥连岛、水绕城，街河交错、楼水相缠的美丽水城。如果把意大利的水城威尼斯比作小家碧玉，那么圣彼得堡就是大家闺秀了。

由于有了圣彼得堡这个濒临波罗的海的战略要地，俄罗斯也就自此加入了海洋国家的行列。在彼得大帝的驾驭下，它就如同一艘新下水的巨舰，乘风破浪地驶向世界的大洋。一条不断扩张的俄罗斯帝国之路就这样延伸着，圣彼得堡就是这条帝国之路的出发地和桥头堡。

俄罗斯友人告诉我们，同彼得大帝一样有着鹰一般性格的，还有一位女沙皇，她就是叶卡捷琳娜二世。她原是德国公爵的女儿，年轻时嫁给俄国的沙皇，1762年靠发动宫廷政变登基。她在位的34年中，几乎连年征战，先后吞并了北高加索、克里米亚、立陶宛、白俄罗斯和波兰，把俄罗斯的领土扩展到了黑海之滨和欧洲心脏，使俄罗斯水路可直达地中海，陆路可直通西欧。对此，这位来自异国他乡的女皇不无骄傲地说："我两手空空地来到俄罗斯，现在终于通过我的努力为俄罗斯送上了我的嫁妆。如果上帝再让我活上200年，我的嫁妆将会是整个欧洲。"

在宽阔笔直的涅瓦大街上一个精美广场的花园中，至今矗立着一座叶卡捷琳娜二世的塑像。长波浪形的头发，拖地套裙、昂立的姿势、远眺的目光，以及她右手紧握的竖起的利剑，使这位女皇在柔美中透露着一股英武之气。特别有趣的是，在她的长裙底下周围，雕刻着许多神态各异的男人塑像，据说这都是她的情人。真佩服俄罗斯人的宽容和求实精神。他们并没有因为叶卡捷琳娜二世的风流浪漫而对她予以否定和攻击，相反却把她视为民族的英雄和鹰一样的伟人而崇拜。

不难设想，如果没有彼得大帝和叶卡捷琳娜二世这样一对具有强烈扩张性的双头鹰沙皇，俄罗斯怎会有那样跨越东西两半球的辽阔国土。

## 二

也许是一种巧合，不仅俄罗斯的国土像一只双头鹰，整个俄罗斯民族的性格也像一只双头鹰。

这就是俄罗斯人，好走极端，两种截然相反的性格常常在他们身上奇异地交织在一起。

在整个访问期间，我们感受最深的是俄罗斯人既爱好打仗又爱好艺术的品格。对一个民族来说，本来这两者是很难兼容的，但俄罗斯人做到了。在我们所经之处，发现最多的是两样东西：一是战争胜利纪念碑；二是各种各样的文学艺术博物馆和剧院。由于崇尚打仗，19世纪以前的几百年间，俄国的扩张战争几乎年年进行。只要是他们打过胜仗的地方，哪怕是一次很小的胜利，都要建造或大或小的纪念碑。在圣彼得堡涅瓦河的瓦西里岬角，竖立着两根巨大的红色胜利柱，每打一次胜仗沙皇就立即命人在柱子上雕刻纪念。在俄国杰出将领库图佐夫打败拿破仑的鲍罗金诺，方圆几十公里的地方就有几十座纪念碑。不仅如此，许多城市还都有库图佐夫的塑像和以他的名字命名的街道。至于卫国战争时期的纪念馆、纪念碑及坦克、高炮等纪念物，就更是遍布全国各地，数不胜数了。

然而就是这样一个充满勇武之气的民族，在身体里却同时流淌着艺术的血液。无论是在地铁的车厢里，还是在公园的僻静处，都会看到不少人手捧书本在聚精会神地阅读。无论是腰缠万贯的富翁，还是囊中羞涩的穷人，每到周末，他们都要西装革履地上剧院观看芭蕾舞或其他演出。无论是在宽阔热闹的大街，还是在狭窄偏僻的小巷，一座座文学艺术名人的纪念馆相映生辉。有人曾经做过统计，仅在莫斯科，就有图书馆418家，博物馆、美术馆和展览馆97家，电影院110家，文化音乐厅103家，剧院301家。我们本想去参观被誉为“俄罗斯之光”的莫斯科大剧院，但因2003年车臣武装分子劫持人质事件而关闭，所以未能如愿。幸好此前我们在圣彼得堡的亚历山大大剧院观看了芭蕾舞剧《天鹅湖》，现场感受了一下俄罗斯人喜爱艺术的氛围。这也是我平生看到的最好的舞剧，没想到喜爱枪炮的俄罗斯人竟把这种世界上最为精巧和尖端的艺术演绎到了极致。

在参观莫斯科卫国战争博物馆时，我们深深地被俄罗斯人的坚强而感动。在瞻仰了120米高的胜利碑后，我们踏着轻轻的脚步迈进宽大庄严的博物馆内，一件件文物、一幅幅油画、一个个雕像，把我们带进了60多年前那艰苦卓绝的战争岁月。面对希特勒发动的闪电式进攻和狂轰滥炸，包括俄罗斯在内的全体苏联人民并没有被吓倒、被摧垮，而是与敌人展开了英勇不屈的战斗。在这里，我们看到了圣彼得堡人民被敌人围困900天而弹尽粮绝，依然不怕牺牲顽强坚守的惨烈情景；看到了莫斯科人民冒着敌人的炮火，众志成城保家卫国的感人场面……正是靠着这种顽强持久的浴血奋战，英雄的苏联人民最终取得了反法西斯战争的伟大胜利，并在此后成为可与美国抗衡的超级大国。但在克里姆林宫内，当我们伫立在空荡沉寂的万人大礼堂的门前时，又明显地感觉到俄罗斯人的脆弱。20世纪90年代初期，就是这样一个坚强得令人生畏的民族，却在一夜之间发生剧变，不仅国家解体，而且苏共也被解散。曾经打响十月革命第一炮的“阿芙乐尔”号巡洋舰如今只能静静地躺在涅瓦河上供人凭吊；曾经飘扬在克里姆林宫上空的红旗如今也只能成为人们的回忆。在敌人面前，俄罗斯人显得多么的英勇顽强；在自我面前，俄罗斯人又显得多么的脆弱无能。

在圣彼得堡的皇村，我们从伟大诗人普希金的身上感悟到了俄罗斯知识分子的儒雅与刚烈。皇村，这座花园般的沙皇行宫，简直就是冬宫的翻版，一样的风格，一样的规模，一样的豪华，一样的气派。贵族出身的普希金，曾经在这里读书和生活了6年，写下了大量脍炙人口的诗歌，展现了他无与伦比的文学天赋。正如别林斯基所说：“只有从普希金起，才开始有了俄罗斯文学。”现在这里立有一尊普希金的铜像，望着他身子微微侧倾、一手托腮、凝神沉思的情景，一股高山仰止之情在我们心头油然而生。或许是诗歌的激情常常会迸发出爱的火花，普希金在创作中不仅收获了诗歌，同时也收获了爱情。他和花朵般的娜塔丽娅结婚了。一个英俊儒雅，才华横溢，一个年轻漂亮，温柔多情，这天作之合的一对，吸引了当时社会上不少羡慕的眼光。然而，一个名叫丹特士的法国青年的出现，破坏了这个家庭的幸福和安宁。为了捍卫自己的荣誉，儒雅的普希金毅然地拿起了枪，于1837年1月27日同丹特士进行决斗，并为此付出了自己年轻的生命。“俄罗斯诗歌的太阳”从此陨落了。一个握笔的儒雅文人却有着武士一样的烈性和刚勇。这是一场普希金与情敌的决斗，更是一场普希金自身笔与枪的决斗。正是这种双重的矛盾性格，导致了这场悲剧的发生。

在俄罗斯城市街头的酒吧饭馆里，我们见证了俄罗斯男人的傲慢与自卑。据友人说，不酗酒、不打老婆、不离婚，就不是俄罗斯男人。的确，我们在用餐时发现，当俄罗斯男人走进餐馆坐下后，先是用不屑一顾的眼光打量或扫视一下周围的人们，接着用傲慢的口气大声叫喊服务员上酒上菜，然后旁若无人地自顾自地拼命喝起酒来。他们喝酒不像我们中国人自己不喝却千方百计劝说别人喝，而是一杯一杯地先把自己灌个酩酊大醉。这时，他们脸上的傲慢不见了，随之浮起的是一种哀伤和自卑，许多人甚至会悲伤得声泪俱下。正是因为酗酒成性，不少俄罗斯男人因酒精中毒而早逝，尤其是在寒冷的冬季，一些男人因醉酒回家倒在雪地里被活活冻死。也就是因为这个缘故，俄罗斯男女比例严重失调，女人比男人多一倍。怪不得在我们所到的地方，几乎所有的工作人员都是女的，而且大多是中年以上的女性。

在俄罗斯展览中心，我们领略了俄罗斯人的精细与粗糙。这是一个巨大的公园式建筑群。入口处是高达107米的航天纪念碑。一枚巨大的火箭冉冉地升向太空，象征着人类第一次飞往宇宙的壮举。进入高大雄伟的哥特式正门，不时可以看到一座座规模宏大、新颖别致的雕塑和喷泉，其中有一组工人和农民的雕塑因人物的逼真刻画而成为举世闻名的美学典范。中心内有不同建筑风格的展览馆近百个，约10万件展品。它们之中，有人类历史上第一颗人造卫星、第一艘飞船和第一个宇航员穿的宇航服这样高精尖的产品，但也不乏外表笨拙、制作粗糙的轻工产品。徜徉其间，我突然明白了俄罗斯为什么能成为航天、军事工业大国而农业长期处于落后状态，人们买面包和黄油还要排队，大概与他们的这种性格有很大的关系。

在俄罗斯的许多建筑中，我们体会到了俄罗斯人的大气与小气。在圣彼得堡和莫斯科，有不少的大楼和宾馆，从外表看上去气势恢宏，但里面的房间却显得十分逼仄。特别是20世纪50—60年代所建的那些居民住宅楼，内部结构极不合理，走廊非常宽大，而卧室却很狭小。这种建筑风格反映在俄罗斯人的待人方式上，就是他们对待朋友和客人有时表现得非常大度、非常热情、非常无私，以至倾其所有。但若遇到些许不满，有违自己的心愿，就立即翻脸不认人，甚或进行无情的打击，心胸显得非常狭隘和小气。他们的思维，经常在朋友和敌人、好人和坏人之间跳跃，没有中间过渡。

在参观莫斯科的新圣女公墓时，我们在曾经的苏联最高领导人赫鲁晓夫的墓前停留了很久。虽然这里的每一块名人墓碑都是一件杰出的艺术品，整个墓园就是一座雕塑艺术博物馆，但赫鲁晓夫的墓碑却别具一格、发人深思。一块齐人高的基座上竖立着他的青铜头像，墓碑一半为白色，一半为黑色。一块墓碑，两种颜色。赫鲁晓夫一生的功过是非就这样深深地蕴含在这截然分明的一白一黑之中，让世人任意论说和评判。听说这块墓碑的设计者还是当年反对赫鲁晓夫最为坚定的人。

这与其说是赫鲁晓夫的墓碑，不如说是表现俄罗斯人双面性格的雕刻。

## 三

莫斯科红场，是俄罗斯的象征。

原以为红场很大，其实比我国的天安门广场要小得多。这里有庄严肃穆的列宁墓，有色彩斑斓的圣巴西勒大教堂，有古老壮观的国家历史博物馆，有全俄最大的古姆百货商场，有燃烧着不灭火焰的无名英雄烈士墓。当然，最著名的还是克里姆林宫，特别是那高耸在红色宫墙上面的斯巴斯克和尼古拉两座钟楼，更使整个红场显得无比的雄伟壮丽。

这时，钟楼上响起了巨大悠扬的报时钟声。透过那“嘀嗒嘀嗒”不断左右来回摆动的钟摆，我联想到俄罗斯人的性格。我脑子里反复思索着这样一个问题：世界上其他国家和民族也都有自己鲜明的个性，其中也不乏两面性，但是为什么俄罗斯民族的两面性格会像这钟楼上的钟摆一样不停地来回摆动，而且幅度是如此之大呢？

有人认为，是因为俄罗斯横跨欧亚大陆的特殊地理环境，使得他们认为自己既不是纯粹的欧洲民族，也不是纯粹的亚洲民族，所以经常摇摆于西方与东方之间。

有人认为，是因为俄罗斯绝大部分地方靠近北极圈或处于北极圈之内，造成了其夏天几乎没有黑夜、冬天几乎没有白昼的极端天气现象，所以导致了他们好走两个极端的性格。

有人认为，是因为俄罗斯欧洲地域的河流是自北向南流，而亚洲地域的河流是自南向北流。河流是文明的摇篮，背道而驰的河流文明使得他们常常处于相互矛盾的对立之中。

应该说，这些都有一定的道理。因为地理环境和气候条件对于一个民族的性格有着重要的影响。

但是，这都不是决定性的因素。一个民族性格的形成归根到底是这个民族历史和文化长期发展与积淀的结果。

在同俄罗斯有关人士的交谈中，我们强烈地感受到这一点。正是俄罗斯的历史，造就了俄罗斯人的性格。

大约1000年以前，俄罗斯还是一个信奉多神教的十分封闭的大公国。988年，弗拉基米尔大公废除了多神教，转而信奉基督教的东正教，从此拉开了俄国融入西方社会的序幕。

但好景不长，1240年，蒙古鞑靼人的铁骑长驱直入，不费吹灰之力踏遍了俄国领土，并建立了金帐汗国，从而结束了俄国的西方化进程，开始了长达240多年的东方统治。1480年，俄国虽然打败了金帐汗国，但此后由于蒙古东方文化的惯性影响，俄国的东方化进程又持续了200多年。

这种状况直到17世纪末至18世纪初才得到彻底改变。彼得大帝在俄罗斯推行激进的“西化改革”。他不仅引进西欧的文化、教育、军事和科技，而且要求人们穿欧式服装，跳欧洲的宫廷舞蹈，一切以欧洲为蓝本。我们参观的彼得夏宫，就是彼得大帝仿照法国的凡尔赛宫亲自设计的。三座金碧辉煌的宫殿在高坡上呈“一”字形耸立，宫前是大小二级梯形瀑布飞流直下，瀑下是一潭碧水泛着清波，四周是各种喷泉争奇斗异，有的喷出来像金字塔，有的喷出来像太阳，有的喷出来像蘑菇，有的喷出来像花束。特别是位居中央的“拉开狮子嘴的大力神参孙”喷泉，高高的水柱如巨龙般直射云霄。对着大力神喷泉的正中，一条笔直的小溪潺潺流向芬兰湾，两旁绿荫如盖，花团锦簇，100多座风格各异的雕塑掩映其中。这与其说是一座庞大的仿欧皇家园林建筑群，不如说是俄罗斯全面欧洲化的一个缩影。

在18世纪中叶和后半叶，叶卡捷琳娜二世又继续在俄罗斯欧洲化的道路上前行。由于受以孟德斯鸠、伏尔泰和狄德罗等为代表的法国启蒙思想家的影响，她效仿西欧，在政治上实行“开明专制”，同时在其他方面也不断地“西化”。此时的俄罗斯，俨然成了一个欧洲化的国家。

然而，到了19世纪初期，新的沙皇亚历山大一世虽然推行的仍然是西方化的政治统治，但接替其位的亚历山大二世一方面宣布解放俄国的数千万农奴，这无疑是带有强烈西方色彩的革新之举，而另一方面又宣布东方式的专制制度是国之基础，任何时候都不能动摇。到了亚历山大三世时期，俄罗斯则干脆采用东方式的警察专制统治方式，因此也被称为俄国历史上最黑暗的时代。1917年十月革命一声炮响，俄罗斯又走上了同西方社会制度完全对立的社会主义道路，但在历经74年后，于1991年又改旗换帜，恢复了西方的意识形态和社会制度。

也许就是因为俄罗斯的历史像一个巨大的钟摆，一直在西方和东方之间摇摆，它有时亲近西方，有时又摆向东方；有时非常强调自己的西方特征，有时又十分钟情于东方的文化。也正是因为其经常摇摆不定，西方从来就没有把俄罗斯人当成是真正的欧洲人，而东方也没有把俄罗斯当成是亚洲国家的一员。所以，俄罗斯人始终有一种文化上没有归属的感觉，始终在西方文化和东方文化上做着一种艰难的选择，没有像有些国家那样专心致志地谋求建立一种独立的文化。由于长期的犹豫和彷徨，俄罗斯的民族性格也就难免出现两个分裂的极端。由此可见，是东摇西摆的双头鹰历史，铸就了俄罗斯人的双重性格。

由此，我想起了19世纪俄国著名思想家赫尔岑。当时，他把俄国向何处去，究竟是走西方式道路还是东方式道路，称为俄国历史发展的斯芬克斯之谜，并由此引发了俄国思想文化界一次大规模的思想论战。最后，这场论战除了使俄国的知识分子内部分裂成了两个对立的派别外，并没有从根本上找到这个历史之谜的答案。

也许这永远是一个解不开的谜。因为在俄罗斯的历史文化中，西方和东方两种因素永远在相互角力，双头鹰的目光也永远不可能朝着同一个方向。

俄罗斯，双头鹰一样的民族。

俄罗斯，双头鹰一样的国度。

2007年10月

# 后　记

中国文化人都有一个梦想，这就是读万卷书，行万里路。我虽不是一个饱读诗书的文人，但对文化有着一种深深的情结，因而也喜欢到伟大祖国乃至世界的一些名山大川、人文胜地参观考察，实地学习。当气象万千的山河向自己扑面而来的时候，顿时会感到心花怒放、血脉偾张。比起读万卷书来，行万里路更为生动直观，更让人难以忘怀。

其实，行万里路也是在读书，读一本无字之书。

这是一本写在广袤大地、大好河山上的巨书。

也许是日有所思，夜有所梦吧，多少个月明星稀的晚上，凡是我到过的地方，都会一个个进入我的梦乡。北国风光、南国海疆、西部风情、东海波涛，以至一些域外风景，都会在我的梦境里呈现出一幅幅五彩缤纷的画面，让我如醉如痴。

真个是山河气象入梦来。

这种山河气象，不仅是一种瑰丽的自然气象，更是一种瑰丽的人文气象。于是，这些山河气象，也就变成了我笔下一篇篇被称为散文的作品。

从某种角度看，山河气象，可以说是散文思想和艺术的最高气象。只有像山河那样壮美大气，又像山河那样灵动多姿的散文，才是优秀的散文。当然，散文的山河气象，不仅仅是指描写山河的散文作品，而是指散文在整体上所应当具有的一种风貌。无论是什么散文，都要体现一种境界、一种精神、一种品位、一种美感。

散文创作要尽可能多地拥有山河气象，我认为首先就应该有一种“会当凌绝顶，一览众山小”的目光。只有从大处着眼、大处着墨，才能做到通观全局、明察事理、立意高远、情感交融。在散文《江西老表》中，我以全方位的视角，从历史、文化和地域等多个方面，描写和分析了江西老表整体性格的特征及其形成的原因，给江西老表画了一幅“肖像画”。《九江赋》也是如此，全篇采取大开大合的摄像手法，来回推拉、左右移扫，把九江的山川风貌、人文典故和历史现实，全部浓缩在镜头之中，让人感受到九江的自然之美和文化底蕴的深厚。在《双头鹰的国度》这篇散文里，我描绘了俄罗斯人特殊另类的民族性格，在他们身上，既具有西方人的特征，又具有东方人的特点，两种性格集于一身，让人们看到了从内心世界到外在行为都充满着矛盾的俄罗斯人。

但是，强调散文的山河气象，绝不是要作者都去写气势恢宏的大散文。山河有大有小，且形态各异。山有高峰，也有峡谷；有奇岩怪石，也有奇花异草。河有大川，也有小溪；有飞瀑流泉，也有浅滩深潭。以小见大，小中有大，方寸纳万千气象，一尺具千竿之势。这也是散文的山河气象。所以，从小角度或小口子切入，同样可以把散文的山河气象表现得出神入化，而且常常会收到意想不到的效果。散文《万里长江第一湾》《一张小桌与一首名词》《一座围屋的回响》《好望角》等，就是从一件事情、一个物品、一座建筑、一处场景等开始下笔，然后慢慢拓展、慢慢开掘，渐渐进入广阔的天地，渐渐展示博大的气象，将读者带入高远的境界，获得新的思考和启迪，让读者与作者产生强烈的合鸣共振。这种“鸡头、猪肚、豹尾”的写法，也许更适合散文这种文字不多但意蕴博大的文体。

创作具有山河气象的散文，绝不是一件容易的事情。这不仅要求作者要有扎实的文学功底，更重要的是必须具有一种创新的精神，敢于冲破一些写作的条条框框，这样才能闯出一片散文创作的新天地。

第一，写别人不敢写。对一些驾驭不了的高难度题材，有些散文作者往往望而却步，不敢触碰。但我喜欢不断探索，迎接挑战，越是高难度的题材，越是主动去写。在写《点赞“抚州蛤蟆头”》这篇散文前，有人认为要把对抚州人的这个贬称变为褒义，简直比登天还难。但我还是千方百计把文章写出来了，最终为抚州人正了名。由此可见，只有克服不敢写的心理，在别人不敢动手的一些高难度题材上，勇敢进击，敢于动笔，才能使自己的散文创作不断登上新台阶。

第二，写别人不曾写。这就要求散文作者有一双敏锐的眼睛，在数以万计的事物中，善于发现新的事物；在习以为常的风景中，善于发现新的风景；在前人已有定论的答案中，善于发现新的答案；在他人认为见底的深井中，善于掘出新的清泉；在别人看不见的大陆中，善于发现“新大陆”；在别人看不见的山河中，善于发现“新山河”。扁担是一件平常得不能再平常的物件，但我在《扁担颂》的散文中，却让人们从我们党领导的艰苦卓绝的革命斗争和社会主义建设中，从新时代发展的大势中，看到了一条不一样的扁担，从而赋予了扁担一种特殊的意义。

第三，写别人不想写。出于自己的偏见、偏好，有些散文作者对某些题材不感兴趣，根本不想写。也有些作者认为某些题材没有什么意思，没有必要写。这种仅凭自己好恶和兴趣的写作态度会戕害散文的创作。也许是写油菜花的散文太多，有些作者提到写油菜花就摇头。但我却颇有兴致地写了一篇散文《油菜花咏叹调》，从油菜花由一般农作物变为旅游观光的景物中，看到了观光农业带来的某些后果，进而产生了对粮食生产的忧虑。实践证明，在历史和现实中，有些自己不感兴趣的题材恰恰是最应该写作的题材；有些自己认为是平淡无奇而没有必要写的题材，恰恰是最值得写的题材。这关键在于自己是否有一个善于思考的头脑。

第四，写别人不能写。由于种种原因，有些散文题材，不是作者想写就能写的。或者是对某件事情不了解，或者是对某个地方不熟悉，或者是对某个问题不清楚，或者是对某个人物把握不准，所以无所适从，没办法下笔。万寿宫是江右商帮的会馆，但对江右商帮为何要把万寿宫作为自己的会馆，一直无法弄清楚。由于历史资料太少，有的人认为这个题材根本写不了。但我就不信这个邪，在深入调查研究的基础上，我把自己融入现场，让自己进入角色，写出了散文《万寿宫：江右商帮的精神殿堂》。这样，一个人们认为“不能写”的题材，我终于把它作成了文章。

第五，写别人不善写。由于思想和写作水平的限制，对一些题材的散文，有些作者再怎么努力都写不好，要么流于一般化，没有任何新意，要么满篇都是华丽的辞藻，没有实际内容，要么絮絮叨叨逻辑混乱，让人不得要领。我开始散文写作时，就遇到了这个问题。但我坚持迎难而上，排难而进，勤于动笔，多练多写，对不少文章，写一遍不行，就写两遍，两遍不行，就写三遍，如此坚持不懈，慢慢写作能力就提高了，自己的笔也变得稍稍“善写”了。

综观当前的散文创作，总体上呈现一派欣欣向荣的景象。但我也觉得有一些问题值得重视和注意。这些问题在我的散文创作中也不同程度地存在。现提出来和同仁们一起商榷，以使今后的散文创作能够健康和高质量的发展。

一是散文长篇化。散文本来是文学的“轻骑兵”，以短小精悍隽永绮丽取胜。但如今的不少散文却越写越长，这是散文写作的大忌。文章太长，就失去了散文的特性、失去了散文的韵味，特别是在今天“碎片化阅读”“快餐式阅读”的时代，长篇散文不太符合阅读诉求。

二是散文虚构化。散文区别于小说，乃散文是真实性情之作，主要事件和人物必须真实，不能像小说那样虚构。否则的话，散文就会变成“既不像散文，又不像小说”的怪诞文体了。

三是散文学术化。对一些重大历史题材，由于内容庞大厚重，有些散文作者在写作过程中，虽也注重文学性，但在写作过程中，不知不觉把散文写成了学术论文，引经据典，考究分析。这种“学术散文”是不可取的。

四是散文故事化。有些散文作者为了体现生活的真实，喜欢把自己经历或看到的人和事，像讲故事一样娓娓道来，虽然也很生动感人，但整篇文章只见起伏跌宕的故事，没有散文的情景交融，没有散文的理性升华。所以这样的文章，充其量只是一篇好故事，算不上一篇好散文。

五是散文时髦化。受西方文学思潮的影响，散文界也不断有所谓的“新潮文体”出现，这种赶时髦的创作风气是十分有害的。对西方一些好的文学形式，我们要学习和借鉴，但绝不能盲目照搬，否则就会遗失自我，迷失方向。

六是散文随意化。一个时期以来，散文创作出现了体例繁杂混乱、写法随心所欲的现象，一些不像散文的文章，也堂而皇之地登上了散文的殿堂。必须明白，散文有自己独树一帜的特点，不是“大杂烩”，也不是“一锅煮”，更不是一个筐，什么文字都可往里装。

散文创作是一项十分艰苦的脑力劳动，也是一项崇高的具有创造性的文化事业。创作具有山河气象的散文作品，是每一个散文作者的美好追求。只要切实树立正确的文学创作观，认清历史和社会发展的趋势，做到胸中有格局、笔端有新意、眼中有读者，我们所写出的散文，就一定能像山河一样绚丽多彩，如山河一样永远长存。

刘上洋

2021年6月

| | | | | | |
|---|---|---|---|---|---|
| 8 | 梁晓声 | 我与橘皮的往事 | 24 | 徐　风 | 风生水岸 |
| 9 | 雷　达 | 黄河远上 | 25 | 叶延滨 | 前世是鸟 |
| 10 | 刘庆邦 | 野生鱼 | 26 | 阎　纲 | 散文是同亲人谈心 |
| 11 | 陆　梅 | 时间纷至沓来 | 27 | 赵丽宏 | 亲爱的母亲河 |
| 12 | 罗文华 | 将谓偷闲学少年 | 28 | 周大新 | 呼唤爱意 |
| 13 | 刘汉俊 | 刘汉俊评说历史人物 | 29 | 卓　然 | 天下黄河 |
| 14 | 林　希 | 平常人语 | 30 | 朱　鸿 | 退　出 |
| 15 | 刘兆林 | 牛化自己 | 31 | 查　干 | 红叶归处 |
| 16 | 秦　岭 | 眼观六路 | | | |

**第三辑**

| 序号 | 作者 | 作品 | 序号 | 作者 | 作品 |
|---|---|---|---|---|---|
| 1 | 杜卫东 | 陶人：远古之神 | 7 | 王泉根 | 往昔皆为序曲 |
| 2 | 高洪波 | 拔笔四顾 | 8 | 王必胜 | 我写故我在 |
| 3 | 郭保林 | 孤独者的绝唱 | 9 | 徐　刚 | 八卷·九章 |
| 4 | 韩小蕙 | 火与剑，还是康乃馨 | 10 | 杨晓升 | 人生的级别 |
| 5 | 简　默 | 活在尘世中 | 11 | 张庆和 | 漂泊的心灵 |
| 6 | 剑　钧 | 写给岁月的情书 | | | |

**第四辑**

| 序号 | 作者 | 作品 | 序号 | 作者 | 作品 |
|---|---|---|---|---|---|
| 1 | 白阿莹 | 高山之巅 | 10 | 邱华栋 | 地球是圆的 |
| 2 | 陈奕纯 | 生命，向美的境地漂流 | 11 | 素　素 | 乡　愁 |
| 3 | 淡巴菰 | 下次你路过 | 12 | 孙　郁 | 在时间深处 |
| 4 | 何向阳 | 无尽山河 | 13 | 王子君 | 一个人的纸屋 |
| 5 | 李　舫 | 不安的缪斯 | 14 | 许谋清 | 每次涨潮都换一波海水 |
| 6 | 陆春祥 | 柏拉图的斧子 | 15 | 叶　梅 | 江河之间 |
| 7 | 刘上洋 | 山河气象入梦来 | 16 | 朱以撒 | 两片落叶 |
| 8 | 陆建德 | 看得见风景的书房 | 17 | 朱小平 | 一担山河 |
| 9 | 马　力 | 江水之南 | | | |

# 文学百年 / 名家散文自选集

| 第一辑 | | | | | |
|---|---|---|---|---|---|
| 序号 | 作者 | 作品 | 序号 | 作者 | 作品 |
| 1 | 冰　心 | 一日的春光 | 17 | 沈从文 | 湘行散记 |
| 2 | 从维熙 | 朝花夕拾 | 18 | 铁　凝 | 会走路的梦 |
| 3 | 褚水敖 | 我负北大 | 19 | 闻一多 | 复古的空气 |
| 4 | 邓友梅 | 饮茶闲话 | 20 | 王巨才 | 退忧室漫笔 |
| 5 | 郭沫若 | 竹阴读画 | 21 | 徐志摩 | 翡冷翠山居闲话 |
| 6 | 葛水平 | 绣履追尘 | 22 | 萧　红 | 春意挂上了树梢 |
| 7 | 甘铁生 | 人生浪语 | 23 | 徐小斌 | 生如夏花 |
| 8 | 韩小蕙 | 新新中国 | 24 | 郁达夫 | 一个人在途上 |
| 9 | 蒋子龙 | 红豆树下 | 25 | 叶圣陶 | 没有秋虫的地方 |
| 10 | 鲁　迅 | 秋　夜 | 26 | 杨匡满 | 感恩的翅膀 |
| 11 | 老　舍 | 抬头见喜 | 27 | 袁　鹰 | 生正逢辰 |
| 12 | 林徽因 | 你是人间的四月天 | 28 | 朱自清 | 背　影 |
| 13 | 柳　萌 | 寒风吹哑琴音 | 29 | 张抗抗 | 北　方 |
| 14 | 李美皆 | 爱你备受摧残的容颜 | 30 | 周　明 | 写意凤凰 |
| 15 | 刘锡诚 | 芳草萋萋 | 31 | 赵　玫 | 陪伴着你在暮色里闲坐 |
| 16 | 茅　盾 | 白杨礼赞 | 32 | 朱　蕊 | 蛇发女妖 |

| 第二辑 | | | | | |
|---|---|---|---|---|---|
| 序号 | 作者 | 作品 | 序号 | 作者 | 作品 |
| 1 | 陈建功 | 我和父亲之间 | 17 | 束沛德 | 爱心连着童心 |
| 2 | 陈世旭 | 天南地北 | 18 | 王剑冰 | 古道秋风 |
| 3 | 陈喜儒 | 履痕碎影 | 19 | 吴泰昌 | 散文六十篇 |
| 4 | 陈善壎 | 你这人兽神杂处的地方 | 20 | 汪浙成 | 远　影 |
| 5 | 范小青 | 坐在山脚下看风景 | 21 | 肖复兴 | 昔日重现 |
| 6 | 黄文山 | 烟霞满衣 | 22 | 徐　迅 | 响水在溪 |
| 7 | 刘成章 | 安塞腰鼓 | 23 | 肖克凡 | 一个人的野史 |